I0643579

Pour toi mes études soient modestes
a te les dédier je m'empresse
reçoy les donc d'un ami
qui se fiche de tous comme d'un quart,
Mon nom a la postérité n'ira jamais
sans rire — ni jamais je te les
dédie donc et suis
pour toi ton camarade et ami
Reçois d'Arquement

PARIS ANECDOTE

[PARIS. — BLOT ET FILS AINÉ, IMPRIMEURS, RUE BLEUE, 7.

PARIS ANECDOTE

LES INDUSTRIES INCONNUES
LA CHILDEBERT. — LES OISEAUX DE NUIT
LA VILLA DES CHIFFONNIERS
VOYAGE DE DÉCOUVERTE DU BOULEVARD A LA
COURTILLE, PAR LE FAUBOURG DU TEMPLE
PARIS INCONNU

PAR

ALEX. PRIVAT D'ANGLEMONT

PARIS

A. DELAHAYS, LIBRAIRE-ÉDITEUR

4-6, RUE CASIMIR-DELAVIGNE

PARIS ANECDOTE

LES INDUSTRIES INCONNUES

I.

LA LOUEUSE DE VOITURES A BRAS ET SA REMISE.
LE FABRICANT D'ASTICOTS.

Ne vous est-il point arrivé, en vous promenant
dans Paris, un jour de fête, par exemple, de vous
demander comment toute cette population peut
faire pour vivre? Puis, vous livrant mentalement
aux douceurs de la statistique, cette science si chère
aux flâneurs et aux savants, si vous avez calculé
combien la grande cité contient de maçons, de
rentiers, de charcutiers, d'avocats, de charpen-
tiers, de médecins, de bijoutiers, de forts de la
halle, de banquiers, en un mot d'hommes exerçant
au grand jour, par devant la société et la loi, des
professions avouées et inscrites dans le dictionnaire de l'Académie, n'avez-vous pas toujours
trouvé des masses énormes de gens auxquels vous

ne pouviez assigner aucun état, aucun emploi,
aucune industrie ?

Eh bien ! tous ces gens-là composent la grande
famille des existences problématiques, que, suivant
les statisticiens patentés, MM. Parent Duchatelet,
Moreau Jonnès, Frégier, on évalue à *soixante-
dix mille* ; c'est-à-dire que chaque matin il y a
à Paris soixante-dix mille personnes de tout
âge qui ne savent ni comment elles mangeront,
ni où elles se coucheront. Et cependant tout ce
monde-là finit par manger ou à peu près. Comment
font-elles? C'est leur secret, secret souvent terrible, que divulguent les tribunaux.

Mais nous n'avons rien à dire des classes dangereuses ; nous laissons aux hommes sérieux le
soin d'en parler dans de gros livres que personne ne
lit, mais que l'Académie couronne. Nous ne voulons que vous donner une idée de l'esprit ingénieux du Parisien, en passant en revue la race
pauvre, laborieuse, intelligente, qui à su se créer
une industrie honnête répondant aux divers besoins du public.

Dans nos excursions à travers le douzième arrondissement, nous avons vu des choses si sur-
prenantes, que nous n'avons pu résister au désir
de les livrer à la curiosité des lecteurs. Ils verront

que bien des gens entreprennent de longs voyages,
des courses périlleuses, pour trouver des choses
extraordinaires, lorsqu'à leur porte, à une course
d'omnibus de leur foyer, le nouveau, le bizarre,
l'extraordinaire, se rencontrent à chaque pas.

Les mœurs patriarcales de l'âge d'or, la finesse
du sauvage, la naïveté du nègre de la côte de Gui-
née, sont des choses communes. Levaillant, le capitaine Cook, René Caillié, n'ont rien observé de
plus curieux dans leurs voyages aux pays sans
nom que ce que nous avons vu dans certains quartiers de Paris.

Il existe derrière le collège de France, entre
la bibliothèque Sainte-Geneviève, les bâtiments
de l'ancienne école normale, le collège Sainte-
Barbe et la rue Saint-Jean-de-Latran, tout un
gros pâté de maisons connu sous le nom de Mont-
Saint-Hilaire. Ce quartier ressemble beaucoup à
un gigantesque échiquier : il est tout emmêlé de
petites rues sales et étroites, qui se coupent à
angle droit, et forment de tout petits carrés de
maisons adossées les unes aux autres. Dans cet
îlot, long d'une centaine de mètres sur quarante
de large, on trouve une dizaine de rues toutes
vieilles, noires et tortueuses. Le Mont-Saint-Hilaire est le point culminant de ce qu'on est con-

venu d'appeler le quartier latin ; c'est l'extrême limite du pays de la science et de la montagne Sainte-Geneviève, dont il est séparé par une rue et quelques maisons.

Mais quelle différence de mœurs, de population et d'industries ! Car Paris a cela de merveilleux, que les habitudes de la population d'une rue ne ressemblent pas plus à celles des habitants de la rue voisine que les mœurs du Lapon ne ressemblent à celles des peuples de l'Amérique du Sud. Vous tournez un coin de rue, et l'aspect change, la population aussi. Les goûts, la manière d'être, les travaux, les industries, rien ne se ressemble. Les habitants de la rue Meslay sont aussi différents de ceux de la rue Saint-Martin que les mœurs douces des petits rentiers de la rue Copeau diffèrent des coutumes bruyantes de leurs voisins de la rue Mouffetard.

Un étranger qui aurait passé un jour dans la rue du Croissant sans en sortir, qu'on enfermerait dans une voiture pour lui faire faire un long détour et le déposer dans la rue du Sentier, ne croirait jamais que ces deux rues correspondent ensemble.

C'est ce qui fait l'incomparable supériorité de Paris sur toutes les villes du monde. C'est cette physionomie multiple qui captive tous les gens

qui ont vu notre bonne ville. C'est ce kaléidoscope
continuel qui charme tant l'observateur et met un
si profond regret au cœur de tous ceux que leurs
affaires forcent à quitter notre vieille cité.

Faisons un tour sur les hauteurs de l'Univer-
sité, et nous y trouverons deux quartiers jumeaux,
les Monts Sainte-Geneviève et Saint-Hilaire. Autant la Montagne-Sainte-Geneviève est bruyante,
criarde, tapageuse, flâneuse, déguenillée, autant
son voisin, le Mont-Saint-Hilaire, est calme, tranquille, laborieux et propre. Les maisons sont aussi
vieilles, aussi tremblottantes, d'un côté que de
l'autre; mais celles du Mont-Saint-Hilaire ont un
aspect vénérable qui leur donne l'air de bons vieillards, tandis que les autres font l'effet de vieilles
femmes ivrognesses titubant sur leurs jambes
amaigries. Les derniers reflets de la truanderie
s'aperçoivent encore à la Montagne-Sainte-Geneviève. Les ombres sévères des vieux scolastiques
semblent planer incessamment sur le Mont-Saint-
Hilaire, à l'ombre des grands murs de tous les
établissements scientifiques accumulés dans ce
petit coin de Paris.

L'enfant de la première prendra une hotte de
chiffonnier, pour contenter ses goûts de bohême
et vaguer constamment dans les rues ; ou bien il

choisira un métier bruyant pour chanter en chœur,
se disputer, et faire le lundi en nombreuse compagnie. Celui du second choisira une profession
tranquille, sans marteau, qu'il pourra exercer en
chambre. L'un sera débardeur, porteur aux halles, garçon marchand de vin, servant de maçon ;
l'autre sera relieur, cordonnier, fabricant de boîtes et de menus objets en carton. En un mot,
ce sont presque deux peuples de race et de nature
différentes.

Le Mont-Saint-Hilaire appartient tout entier à
ces petites industries inconnues qui, en le faisant
vivre, donnent à l'ouvrier la liberté et l'indépendance. L'esprit ingénieux et libre de l'enfant de
Paris s'y est développé sous toutes ses faces. La
petite fabrique y a pris des développements exces-
sifs. Toutes les maisons renferment des inventeurs
auxquels il ne manque qu'un plus grand théâtre
pour devenir célèbres. C'est le véritable microcosme du génie humain. Le fondateur des boutiques de galette sur le boulevart, le précurseur du
brillant pâtissier du Gymnase, le fameux M. *Coupe-
Toujours,* qui a laissé de si solides souvenirs à
tous les estomacs sexagénaires, l'homme qui durant vingt ans a occupé toutes les bouches de la
république, du premier empire et de la restau-

ration, était originaire du Mont-Saint-Hilaire. Il
a fait une immense fortune à vendre des parts de
galette à un sou, sur le boulevard Saint-Martin.
Aujourd'hui l'astre du Gymnase a fait pâlir son
étoile. Il n'y a plus guère que quelques familles
du Marais qui se souviennent de cette gloire dé-
chue, et qui font encore venir, aux grands jours
de galas, les jours de cidre et de marrons, le gâ-
teau, si cher aux enfants de Paris, de la modeste
boutique de cette ancienne renommée. Les gamins
et les grisettes de notre temps dédaignent sa pâte
feuilletée. M. Napoléon Richard, l'inventeur du
café avec petit verre à deux sous la demi-tasse,
vulgairement connu sous le nom d'*Estaminet des
pieds humides*, était également un enfant de ce
quartier. M. *Coupe-Toujours* avait fait ses études
au fameux *Puits-Certain*, au coin de la rue Saint-
Jean-de-Beauvais, une des plus vieilles maisons
de pâtisserie du monde, car sa renommée remonte
au quatorzième siècle, et ses pâtés chauds sont encore aujourd'hui aussi en vogue qu'au beau temps
de nos aïeux. Jamais les propriétaires n'y passent
plus de dix années pour faire fortune. Jugez,
d'après cela, de la prodigieuse quantité de pâtés
au veau et au jambon que doivent consommer les
estomacs parisiens.

Lorsqu'un homme d'une ville de province a fait fortune à Paris en vendant n'importe quoi, en exerçant n'importe quelle profession, tous ses compatriotes s'empressent de l'imiter ; ils embrassent cette profession ou vendent ce n'importe quoi. Le premier Auvergnat qu'a vu Paris y a dû ramasser des écus en vendant de la vieille ferraille, et le premier Normand en achetant des vieux habits, vieux galons. Depuis ce temps, temps immémorial, tous les Auvergnats sont marchands de ferraille et tous les Normands brocantent de vieux habits.

La grande révolution de 1789, en changeant la population du Mont-Saint-Hilaire, qui était alors occupé par les étudiants des diverses Facultés, y a porté des ouvriers. L'un d'eux a fait ses affaires, comme on dit aujourd'hui, en inventant un petit commerce de détail. Depuis ce temps, tous les enfants du quartier veulent aussi inventer quelque chose, pour faire leurs affaires, comme les inventeurs de la galette et du café à deux sous.

Cela se comprend : l'homme, en apparence, n'est qu'un singe perfectionné, beaucoup plus méchant, plus traître, plus laid, mais infiniment moins malin que le singe, quoi qu'en dise Buffon, et même Boileau.

Après avoir visité la Montagne-Sainte-Geneviève en tous sens, quelques membres de la commission du douzième et moi, nous nous pro-
menions dans ces rues calmes, mais affreuses,
comme dans un oasis. Nous éprouvions ce bien-
être que doit éprouver tout voyageur, après avoir
été aveuglé, étouffé, presque englouti par les
sables du désert, en arrivant à la fontaine, sous
un bosquet d'arbres parfumés, verdoyants, plein
d'ombre, de silence et de fraîcheur. Nous nous
sentions heureux, nos poitrines étaient moins op-
pressées, la vie revenait; nous retrouvions enfin
les hommes, la civilisation, l'existence.

Notre tâche n'était pas remplie : nous devions
visiter encore quelques uns de ces logements,
voir les habitants, les interroger. A la première
maison, nous remarquons cette enseigne :

Mᵐᵉ LECOEUR, LOUEUSE DE VOITURES A
BRAS. LES PREND EN REMISE.

Une remise de voitures à bras! c'était assez curieux pour des touristes : nous entrâmes.

Figurez-vous une grande cour entourée de
hangars, encombrée de roues, de boîtes, d'essieux, de bâches. Ces boîtes, longues de 1 mètre
40 centimètres, étaient les voitures. Mᵐᵉ Lecœur

est une femme de trente ans, grande, grasse, brune, tout à fait désirable, qui rit plus souvent qu'*à son tour,* pour montrer des dents éblouissantes. Elle a de jolies mains, de jolis pieds, de beaux yeux, des bras superbes, qu'elle fait voir avec une complaisance à nulle autre pareille. Elle aime à causer, surtout avec les *messieurs bien.* En moins d'un quart d'heure elle nous avait confié tous les secrets de son industrie.

Elle loue les charrettes pour déménagements cinq sous l'heure, et les charrettes des *quatre saisons* dix sous la journée. Ainsi il est très rare que les petits marchands passants, criant les légumes dans la rue, soient propriétaires des petites voitures qu'ils poussent devant eux ; généralement ils les louent. Lorsque par hasard ils ont assez d'avances pour se procurer un numéro, ils remisent la nuit chez la *belle* Mme Lecœur. Cette location se fait à forfait. Si le marchand sort à trois ou quatre heures du matin pour aller à la halle, il paie un sou de plus par jour ; s'il ne vient qu'après le soleil levé, il ne paie que deux francs vingt-cinq centimes par mois, ou six liards par jour.

Comme nous nous récriions sur ce prix exorbitant de cinq sous l'heure, Mme Lecœur, qui, quoique riant toujours à belles dents, a cependant réponse à tout, nous dit :

« Comment ! cinq sous l'heure, c'est trop cher ! Ah bien ! mais c'est dans l'intérêt des savoyards : ça les empêche de flâner, et ça contente les pratiques.

— C'est très bien pour des bourgeois ; mais ces pauvres revendeurs, leur faire payer dix sous par jour une chose qui vous coûte peut-être vingt francs une fois confectionnée !

— Oui ! mais vous ne comptez pas les patentes, les numéros et les fourrières. Et puis ces marchands-là font les *panés* (pauvres) ; mais il ne faut pas les croire : il n'y en a pas un qui ne mette de côté au moins une pièce de trente sous tous les jours ! »

Comme nous voulions calculer à peu près ses bénéfices journaliers, elle nous dit :

« Oh ! je n'y vais pas par quatre chemins : le remisage des autres me paie mes frais au bout de l'année. Quant à mes cinquante voitures, elles rapportent chaque soir à la maison leurs petites trois pistoles et demie, comme disent les *charabias*. Quand j'en aurai une centaine, et cela arrivera avec du temps et de l'économie, je pourrai marier mes filles, s'il m'en vient jamais. »

Comme nous nous étonnions des bénéfices énormes de Mme Lecœur.

« Qu'est-ce que c'est que cela, nous dit-elle, auprès de ce que gagne la mère Brichard ? Vous vous étonnez de ce qu'une femme seule gagne sa vie ! La mère Brichard a son mari, ses garçons, qui, loin de l'aider, lui coûtent les yeux de la tête. Malgré ça, elle gagne de l'or, et sa fille Annette est un bon parti : elle pourrait la marier avec un avocat ; mais elle aime mieux la faire travailler, et lui acheter une bonne place à la halle le jour qu'elle la mariera à quelque bon ouvrier, qui de ce jour-là se croira rentier et se fera nourrir par sa femme.

Il est à remarquer, en effet, que dans cette classe la majeure partie des hommes mariés à des marchandes ou à de bonnes ouvrières ne font rien ou presque rien. C'est à peine s'ils aident leur femme dans ses travaux ; ils passent leurs journées au cabaret, à godailler, se grisent, rentrent chez eux toujours entre deux vins. Les malheureuses femmes se trouvent encore heureuses lorsque, sur une observation, ces hommes brutaux ne répondent pas par des voies de fait, qui finissent presque toujours à la police correctionnelle ou sur les bancs de la cour d'assises. Pour ces

femmes, le prototype de l'élégance, de la distinc-
tion, de l'esprit, est l'avocat, soit à cause de la
cravate blanche inhérente à cette classe de ci-
toyens, soit à cause de la robe noire et de la
parole à l'heure, qui ont encore beaucoup de prestige sur ces imaginations. Cependant l'influence
du barreau est contrebalancée par celle du phar-
macien, qui est le *nec plus ultra* de la science et
du savoir; il leur apparaît dans son officine, entouré de bocaux verts, rouges et bleus, comme
un espèce de magicien, de mire du moyen âge.

Mme Lecœur voulut bien s'offrir pour nous
conduire chez la mère Brichard, sa voisine.

En sortant de sa maison, nous rencontrâmes un
vieillard rouge en couleur, une véritable *trogne
de père Trinquefort*, un amant de la dive bouteille, comme on disait jadis; un ami de la treille,
comme disent encore les guinguettiers. Mme Lecœur le salua légèrement de la main. Le père Salin,
c'est son nom, répondit à ce signe amical par la
plus profonde révérence. Nous avons su depuis
qu'il était son locataire, car Mme Lecœur est *principale* de la maison dont sa remise occupe la cour.
Elle a, comme on voit, plusieurs cordes à son arc;
aussi emploie-t-elle une femme de ménage à six
francs par mois.

2

« Que fait M. Salin? demanda M...

— Oh! il n'est pas au bureau de l'assistance publique! (Être au bureau est une honte pour un homme, dans ces quartiers de travailleurs.) C'est un homme qui gagne *joliment* sa vie : il est FABRICANT D'ASTICOTS.

Nous avouons que nous ne nous y attendions pas. Cette industrie nous parut exorbitante. Le fabricant d'asticots dépassait de cent coudées notre imagination. Nous craignions de n'avoir pas bien entendu, mais certainement nous ne comprenions pas. Il nous fallait une explication.

« Fabricant d'asticots! dis-je avec surprise.

— Mais oui... Vous savez bien ces petits vers qui servent à pêcher.

— Je sais. Mais comment les fabrique-t-il?

— Ah voilà! Ce n'est peut-être pas très propre, cet état-là, mais on y gagne sa vie. Il y a à Paris plus de deux mille pêcheurs à la ligne, beaucoup de gamins et pas mal de bons bourgeois établis ou retirés des affaires. Le père Salin a fait connaissance avec ceux-ci sur le bord de l'eau. Il leur fait des asticots pour amorcer toute l'année. Pour cela il a loué tout le haut de la maison, un ancien pigeonnier. Il y met macérer des charognes de chiens et de chats que lui fournissent les

chiffonniers. Quand c'est en putréfaction, les vers
s'y mettent ; le père Salin les recueille dans des
boîtes de fer-blanc qu'on nomme *calottées*, et il
les vend jusqu'à quarante sous la calottée. Vous
voyez que ce n'est pas bien malin à fabriquer.
Mais dame ! il faut un fier odorat pour faire ce métier-là ! Tout le monde ne le pourrait pas. Aussi
ses journées sont-elles très bonnes au commencement de la saison : il ne gagne jamais moins de
dix à quinze francs par jour, et tout le reste de
l'année sept à huit francs. Mais ça n'a pas d'ordre, ça aime trop à *lever le coude* (boire).

— Cependant, lorsque les eaux sont hautes,
on ne pêche guère ; il doit souvent chômer pendant l'hiver ?

— Au contraire, c'est son meilleur temps, parceque alors il élève des vers pour les rossignols, ce
qui est un excellent métier, dont il a presque le
monopole. C'est propre, c'est facile, cela rapporte
beaucoup. Il suffit de prendre de la recoupe (petit son), qu'on mêle avec de la farine et de vieux
morceaux de bouchons ; on les laisse couver dans
de vieux bas de laine, et les *asticots rouges* naissent tout seuls. Cela se vend dix sous le cent. Généralement les amateurs de rossignols sont de
vieilles femmes riches et des bourgeois qui ont

des métiers tranquilles : les bouquinistes, les re-
lieurs, les tailleurs à façon. Tous ces gens-là
paient bien et comptant : il suffit donc d'avoir une
dizaine de pratiques possédant chacune trois ou
quatre oiseaux pour vivre bien à son aise et payer
une femme de ménage. S'il n'aimait pas tant la
boisson, le père Salin pourrait être propriétaire
tout comme un autre ; mais il mourra à l'hôpital, il
est trop *artiste*. »

II.

UN MOT SUR LES ARTISTES POPULAIRES. — LA CUISEUSE
DE LÉGUMES. — UN RENTIER A CINQ FRANCS DE CAPI-
TAL. — LE TZIGAN MUSICIEN.

Nous vous avons conduit dans un monde étrange, que vous ne connaissez pas, dont vous comprenez à peine le langage, car ce monde-là a un
lexique à lui, des mots qui lui appartiennent en
propre, et nous vous en devons l'explication toutes les fois qu'ils se présenteront sous notre plume.

Il est trop artiste ! a dit Mme Lecœur. Etre
artiste veut dire ici : jeter l'argent par les fenêtres,
le dépenser à tort et à travers sans compter, boire
de-ci et de-là, courir la fillette, chanter, rire toujours, en un mot être un gai boute-en-train, un
enfant de la joie, un Roger Bontemps. En effet,
dans ces quartiers, on ne connaît, en fait d'artistes,
que les peintres en décors de boutiques et les musiciens d'orchestres de barrières, gens engendrant
le moins qu'ils peuvent la mélancolie et ne cra-
chant pas du tout sur le jus de la treille. Ils gagnent facilement leur vie, ils travaillent le moins
possible, ils sont passablement payés ! aussi dé-

pensent-ils leur argent beaucoup plus vivement qu'ils ne le gagnent.

Braves gens au demeurant, cœurs loyaux, toujours prêts à rendre service à tout le monde indistinctement; bons, charitables, mais flâneurs, paresseux avec délices; ne refusant jamais une partie de plaisir, en proposant toujours, ils ont le mot pour rire et ils chantent agréablement la romance égrillarde et la chanson bachique.

Ils sont très aimés du peuple, parcequ'ils sont bons drilles et passent pour des farceurs qui n'ont pas froid aux yeux. La plus belle partie du genre humain les estime fort, car, après tout, ils forment la haute aristocratie des classes laborieures. Ils ne sont pas encore bourgeois, ils ne sont déjà plus ouvriers; ils se trouvent sur l'extrême limite, et servent pour ainsi dire de chaînon pour relier les deux castes. Ils sont indépendants, libres et fiers; ils n'ont ni patrons ni bourgeois, ce qui est beaucoup.

Nous avons rencontré dans ce monde-là des vertus touchantes, des délicatesses exquises. Laissez-nous vous raconter l'histoire du chef d'orchestre du théâtre de M. Morin. Cet homme est âgé de cinquante et quelques années ; c'est un petit vieillard, au visage triste et réfléchi, plein de résignation. L'œil est doux et intelligent ; on voit que cet homme pense et qu'il est bon. Il est toujours vêtu de noir ; ses habits, quoique vieux, sont d'une propreté militaire. Il fait peu de gestes, il parle bas et semble écouter avec plaisir son interlocuteur, tout en donnant audience à ses pensées. Il est d'une politesse méticuleuse ; il a plutôt l'air d'un homme de chiffres et de calcul que d'un homme d'inspiration. Il est né en Savoie ; il se nomme Brosset. Il partit de son pays à l'âge de huit ans pour venir chercher fortune à Paris ; il était avec son frère. Ils jouaient de la vielle, en demandant un petit sou, le long de la route. Après un voyage qui dura bien long-temps, hélas ! pour de pauvres petites jambes de dix ans, ils entrèrent dans la grande ville. Là leur sort devait changer, car, à peine la barrière franchie, la première chose qui se présenta à leurs yeux était un portefeuille bien ventru, bien rebondi, ayant tous les airs d'un meuble de bonne maison. Nos deux petits Savoyards s'empressèrent de cacher leur trouvaille à tous les yeux ; retirés dans un coin, ils l'examinèrent : il contenait dix beaux mille francs en billets de banque, et d'autres papiers, tels que lettres de change, billets à ordre, etc., etc., et toute la série des papiers tim-

brés paraphés de noms solvables. — Ah! mon
Dieu! s'écria Brosset, aussitôt qu'il eut apprécié
la valeur de sa trouvaille, il doit être bien malheureux celui qui a perdu un pareil trésor! Il faut
le retrouver et lui rendre son bien.

Les deux frères ne prirent aucun repos qu'ils
n'eussent trouvé le propriétaire du portefeuille
perdu. C'était un riche commerçant. Ce beau trait
de probité le toucha; il prit les deux enfants, leur
fit faire des études, apprendre la musique, et leur
procura ainsi tous les moyens de gagner honorablement leur vie. Il ne voulut pas que ce trait de-
meurât inconnu; il le fit raconter dans tous les
journaux du temps, en citant l'âge et les noms
des deux frères. Brosset depuis lors eut bien des
succès, car il est excellent musicien; il a couru
le monde d'un bout à l'autre, mais il a toujours
conservé le journal qui relate ce fait, encadré
dans sa chambre, parceque, dit-il, il lui rappelle
le temps de sa misère et le souvenir de la reconnaissance qu'il doit à son bienfaiteur. Malheureusement, le nom de ce dernier nous échappe; nous
ne pouvons l'accoler ici à celui de l'obligé.

Ainsi le père Salin est artiste par la seule raison que, sans boutique, sans patente, sans frais, il
gagne sa vie sans avoir besoin de personne, et

qu'il vit tout à fait à sa guise, se renfermant dans sa spécialité.

Nous arrivâmes chez la mère Brichard. Sa boutique est un immense fourneau : figurez-vous deux bassines gigantesques où l'on pourrait faire cuire un bœuf entier avec ses cornes et ses autres agréments ; une cheminée comme on n'en voit plus que dans les provinces les plus éloignées, et, au milieu de tout cela, Mme Brichard et sa fille, Mlle Annette. L'une préside à la cuisine, l'autre à la vente des artichauts. La mère Brichard est une femme de quarante-cinq ans environ, grosse, ronde, courte, un type de bœuf de labour, de cheval de trait. Elle est active, remuante, toujours en mouvement; elle va, vient, crie, rit, parle, chante, travaille, tout cela à la fois ; elle ne perd pas un moment et dit cinquante paroles de trop à chaque phrase. Sa fille, Mlle Annette, est blonde, jolie, avec de beaux yeux bleus ; elle semble timide, et ne parle qu'avec la plus grande réserve.

Ce que Mme Lecœur aurait expliqué en cinq minutes, la mère Brichard, grâce à ses phrases incidentes, mit une bonne heure à nous le dire. Pendant la saison, elle achète les artichauts sur pied aux champs, et à la halle par voitures. Elle choisit les plus beaux, qu'elle vend aux fruitières pour

les maisons bourgeoises ; les petits sont mangés à
la poivrade ; elle fait cuire tous les autres pour son
commerce. Elle en fournit à presque tous les petits marchands à charrettes qui les crient par la
ville. Le prix de l'achat en gros et sur une grande
échelle est si minime, qu'il paraît presque incroya-
)le : il varie de un à six centimes. Lorsqu'ils sont
cuits et livrés aux crieurs, la mère Brichard gagne
deux centimes. Il va sans dire que ceux qui sont
vendus au détail aux passants et aux bourgeois
procurent un bénéfice triple.

Pendant l'automne et l'hiver, son matériel lui
sert à fournir de légumes cuits, oseille, chicorée,
épinards, une partie des fruitières et des marchandes de la halle. Elle fait outre cela des poires
et des pommes cuites pour les détaillants.

— « Pourquoi ceux-ci ne font-ils pas cuire
leurs légumes eux-mêmes?

— Cela leur coûterait plus cher que de les
acheter tout cuits, nous répondit la mère Brichard : ils ne sont pas outillés, et le matériel
coûte très cher. Ce métier-là, il faut le faire en
grand ou ne pas s'en mêler : on y perdrait son
temps et son argent. Dans notre partie, il faut
savoir d'avance, à un centime près, sa dépense,
pour chauffage, entretien, loyer, temps, et tout

le reste : il n'y a pas de petites économies ; il ne
faut rien perdre, pas un charbon, pas une minute
de feu. Si je nourris des lapins, c'est pour profiter de mes épluchures.

Au commencement du printemps , elle fait des
œufs rouges et entreprend par adjudication ceux
des coquetiers en gros. Elle a toujours, en toutes
saisons , quelque chose à vendre aux petits marchands ambulants , parcequ'elle tient avant tout à
conserver ses pratiques, et elle ne veut pas les
déshabituer de venir à sa maison faire leurs pro-
visions.

Pendant que nous causions avec Mme Brichard,
nous entendîmes un grand caquetage à la porte.
La rue devant l'établissement avait l'aspect de la
rue du Coq-Saint-Honoré au moment de l'exposi-
tion du jour de l'an de la maison Alphonse Giroux.
Seulement, au lieu des beaux cochers fourrés ,
poudrés , luisants , c'étaient de pauvres femmes
en guenilles , de jeunes filles portant la glorieuse
livrée du travail, et des petites charrettes à bras à
la place des fringants équipages. C'était l'heure
d'une *cuite*, Mme Brichard allait commencer sa
vente de l'après-midi , celle de deux heures ,
moment où les ouvriers des fabriques font leur
second déjeuner.

La mère Brichard fournissait aux demandes,
Mlle Annette recevait l'argent. Toutes ces femmes
payaient sans discuter, sans mot dire. C'est que
la mère Brichard n'entend pas raillerie à l'article
du crédit. Elle préférerait faire crier par les rues
toutes ses cuites à sa fille Annette, que de faire
deux sous d'*œil* (crédit).

« Cependant, lui dis-je, ces pauvres femmes ne doivent pas toujours avoir l'argent à la
poche?

— Elles savent bien où en trouver. Est-ce qu'il
n'y a pas dans ce quartier M... *Vautour*, un
brave *Auverpin* (Auvergnat), qui a fait ses affaires,
et chez qui elles savent qu'il y en a toujours?

— Oui, mais à quelles conditions?

— Oh! c'est un bien brave homme, allez! Il
aime à obliger le pauvre monde. Il leur donne
cinq francs tous les *matins*, et elles lui rapportent
cent cinq sous tous les *soirs*.

— Cinq sous d'intérêt pour cinq francs et pour
douze heures! Mais c'est exorbitant!

— Il leur rend service!

— Ah! vous appelez cela un service! Si M...
Vautour prête aux mêmes conditions à celles qui
travaillent pendant la nuit, c'est-à-dire cinq
francs à six heures du soir pour avoir cinq francs

cinq sous à six heures du matin, un écu lui rapporte *cent quatre-vingt-deux francs cinquante centimes* par an, et chacune de ces pauvres marchandes lui donne par an quatre-vingt-onze francs vingt-cinq centimes d'intérêt, ce qui fait que son argent est prêté à *dix-huit cent vingt-cinq* pour cent.

— Diantre ! fit Mme Lecœur, mais c'est assez bien placer sa monnaie.

— Mais oui, c'est un assez bon métier, dit la mère Brichard ; ça vaut mieux que de se brûler le tempérament à faire bouillir un tas de choses.

— Savez-vous qu'avec cent francs ainsi placés, c'est-à-dire vingt pièces de cent sous, cet homme si bienfaisant, ce protecteur des pauvres, se ferait *dix-huit cent deux* francs de revenu par an ?

— Bon Dieu ! le vieux coquin », s'écrièrent toutes les femmes.

Puis on n'y pensa plus. Mais nous autres, nous y pensions, et nous disions : En supposant que cet honnête philanthrope, cet homme honoré, respecté, vénéré dans son quartier, soit un homme d'ordre, un homme qui travaille, un homme venu à Paris, comme la plupart de ses compatriotes, pour s'amasser un petit *boursicaut*, afin d'acheter un petit morceau de terre dans la Limagne ; si cet ami de

l'humanité ne dépense pas ses cinq francs et leurs
intérêts, que devient alors le célèbre calcul des
grains de blé multipliés sur les cases de l'échiquier? Tous les quatre jours il a un franc. Il prête
généreusement à toutes les femmes qui lui sont
recommandées et dont répondent ses pratiques, et
Dieu sait combien il y a dans notre ville de gens
qui accepteraient ces conditions pour avoir le
droit de travailler! En faisant le calcul des intérêts
composés, au bout de l'année il se trouve avoir
gagné avec *une pièce de cinq francs* 3,900,000
francs, ou 780,000 pièces de cinq francs.

Faisons maintenant un calcul plus facile, pour
ceux qui n'auraient pas le temps d'additionner jour
par jour pendant la durée d'une année de 365
jours.

Cinq francs, avons-nous dit, à cinq sols (25 centimes) d'intérêt par jour, rapportent 91 francs 25
centimes par année. Si dans l'année suivante on
se sert de la somme *gagnée* pour ce même commerce, aux mêmes conditions, on obtient 1665 fr.
31 centimes, plus une fraction. La troisième année
lui rapportera une somme de 30,391 fr. 90 cent.
plus une fraction. La quatrième année le trouvera
à la tête 654,652 fr. 17 centimes, plus fraction.
Enfin la cinquième année donnera la somme énorme

de 11,947,402 francs 10 centimes et fraction.
A la septième année, le capital accumulé surpasserait considérablement la totalité de la monnaie circulant en France.

Et l'on parle de l'usure qui ronge nos campagnes, du paysan saigné à blanc, ruiné! Hélas! voilà ce qui se fait à Paris, au centre de la ville, dans tous les quartiers populeux. Abordez, dans la rue, n'importe quelle petite marchande criant ses légumes : si vous savez lui inspirer de la confiance, en lui parlant son langage, elle vous donnera l'adresse d'un de ces vampires qui s'attachent à l'existence du pauvre et sucent son sang jusqu'à ce que mort s'ensuive.

Il y a dans Paris peut-être mille sociétés de bienfaisance se partageant toutes les paroisses. De jeunes femmes du monde, des fils de famille, des hommes haut placés, vont chaque jour visiter les pauvres à domicile, leur porter du linge, du bois, des habits, du pain. C'est très bien : il n'est rien au monde que nous respections à l'égal de la charité, c'est une vertu toute divine.

Mais est-ce assez que de donner?

Ne devrait-il pas y avoir aussi une société qui encourageât le travail?

Ne serait-ce pas une grande et belle œuvre

que celle qui délivrerait de l'usure ces malheureux travailleurs?

Et pour cela il ne faudrait qu'une simple mise
de fonds de quelques centaines de francs : car
jamais, de mémoire de marchande, ces misérables
usuriers n'ont perdu une seule pièce de cinq
francs. Celle qui ne leur rapporterait pas, le soir,
la somme prêtée le matin, serait montrée au doigt
et vilipendée dans tout le quartier.

Nous prions M. l'abbé Mullois, dont nous
avons lu avec intérêt les livres sur la charité, de
prendre notre idée en considération.

Vous concevez qu'après avoir découvert des
choses si extraordinaires : une loueuse de voiture à
bras qui se faisait 12 à 15,000 livres de rentes;
une cuiseuse de légumes des quatre saisons qui
bénéficiait de 25 à 30,000 francs par an ; un philosophe élevant des vers pour les rossignols et
des asticots pour la pêche qui gagnait autant
qu'un chef de division et beaucoup plus que de célèbres feuilletonnistes ; enfin un monsieur auprès
duquel nos plus illustres banquiers n'étaient que
des philanthropes, nous ne pouvions nous arrêter
dans nos pérégrinations : nous avions rencontré
l'incroyable, nous voulions de l'impossible.

Nous avions rencontré les musiciens errants,

les joueurs d'orgue, les montreurs de singes et
d'animaux vivants; — il y a là des maisons qui
sont de véritables ménageries, — les impresarii
de marionnettes y établissent leurs quartiers généraux. Ceux-ci ont importé toute une industrie
dans la rue du Clos-Bruneau. Ils y font vivre toute
une population, population curieuse, douce,
bonne, presque artiste, qui rappelle de loin
certains personnages des contes fantastiques
d'Hoffmann. Elle est toute employée à la fabrica-
tion des fantoccini. Il y a d'abord le sculpteur en
bois qui fait les têtes. Il est à la fois peintre et
perruquier; il travaille dans le commun et dans le
soigné. Il vend ses têtes jeunes, dans le *soigné*,
de 2 à 4 francs; celles de vieillards à barbe et
cheveux blancs, de 10 à 15 francs; une perruque
simple, 12 sous; avec agréments et frisure, pour
femme ou pour chevalier Louis XIII, 2 francs.
A côté de lui se trouve l'habilleuse qui fait les
costumes; on lui fournit les étoffes; lorsqu'elle
travaille pour un spectacle bien établi, comme
celui de M. Morin, rue Saint-Jean-de-Beauvais,
elle gagne 2 francs par jour, *sans se donner trop
de mal.* Puis viennent les cordonnières, celles
qui font les souliers de satin pour les marionnettes
danseuses et les bottes en chamois pour les che-

valiers. Les souliers se vendent 4 sous la paire,
les bottes 15 sous. Enfin, le véritable magicien
de ce monde, celui qui *ensecrète* les bouisbouis.
Ensecréter un bouisbouis consiste à lui attacher
tous les fils qui doivent servir à le faire mouvoir
sur le théâtre : c'est ce qui doit compléter l'illu-
sion. Il faut une certaine science pour bien ensecréter, car celui qui est chargé de faire danser la
marionnette doit ne jamais pouvoir se tromper et
ne prendre jamais un fil pour un autre, faire remuer un bras pour une jambe; la disposition de
l'ensecrètement doit être telle, qu'en voyant les
fils détachés, celui qui a l'habitude de ces exercices doit dire : Celui-ci sert aux bras, celui-là
aux jambes.

Dans vos promenades d'été à travers les bois,
vous êtes-vous quelquefois arrêté sous la tonnelle,
dans un de ces délicieux cabarets des environs de
Paris, où les clématites, les volubilis, les capucines et les gobéas semblent se disputer à qui
vous donnera l'ombre la plus fraîche et le par-
fum le plus suave; où la brise arrive douce et
parfumée; où les oiseaux, se piquant d'amour-
propre, vous chantent à qui mieux mieux leurs
plus délicieuses cavatines? Et là, avez-vous été
tout à coup réveillé par des chants barbares qui

ont fait s'envoler à la fois les rêves et les oiseaux?

Vous avez rencontré devant vos yeux un vieillard, au teint basané, à l'œil fauve, aux haillons picaresques, râclant avec un morceau de plume sur une mandoline bizarre, une manière de Guzzla, quelque chose rappelant l'origine de la musique, une espèce d'écaille de tortue, comme devait être la lyre du poète Orphée.

C'est un tzigan de la Valachie, un bohémien, comme nous disons; un Zingari, un Gypsy, comme disent les autres du midi et du nord. Cet homme a une histoire, ce qui est rare.

Il est né à Bucharest; il était serf au service d'un boyard quelconque. Ce seigneur avait fait ses études à Paris; il retourna dans son pays avec les idées françaises. Son premier soin, en rentrant sur ses propriétés, fut de faire brûler, devant les paysans, tous les instruments de supplices, knout, batogues (baguettes), cordes, nerfs de bœufs. Les paysans, voyant cet auto-da-fé, ne comprirent qu'une chose, c'est que leur jeune seigneur les faisait libres, c'est qu'il abolissait le travail obligé. Car qu'est-ce que la liberté pour un tzigan de Valachie ou un nègre de l'Amérique, si ce n'est le droit de ne rien faire? On se mit à se promener, à jouer de la guzzla, à danser toute la

journée. Les premiers jours, le Valaque crut
qu'on lui faisait fête, que chacun célébrait à sa
manière l'avénement des idées progressives. Mais
bientôt il s'aperçut de l'erreur de tous ces braves
gens ; et, pour les réintégrer dans les saines idées
des amis de l'ordre, il leur donna à chacun un
petit morceau de papier, en les priant de le porter au chef de la police de Bucharest.

Ces morceaux de papier étaient autant de bons
pour cinquante coups de knout à se faire admi-
nistrer par les valets de ville.

Le moyen était dur ; mais il paraît qu'il était
bon, car, dès le lendemain, chacun se remit au
travail, et, pendant un mois, personne n'eut un
reproche à subir : les travaux étaient exécutés
avec une exactitude merveilleuse. Mais, le mois
suivant, on commença à se relâcher : les dos
étaient cicatrisés ; on oubliait le terrible exemple
du mois précédent ; on baguenaudait ; chacun en
prenait à son aise. Il fallut revenir aux petits
morceaux de papier, aux bons de knout. L'ordre
rentra dans l'atelier. Notre jeune homme, recon-
naissant l'excellence de son invention, ne trouva
rien de mieux que d'assembler tous les premiers
du mois ses serfs, et, de même qu'ici on fait la
paie, on leur remettait à chacun un de ces ter-

ribles petits bons ; qu'il fût content ou non, qu'on eût travaillé ou flâné, qu'on eût bien ou mal fait, c'était une affaire réglée, le premier du mois on recevait son petit morceau de papier.

Notre homme, qui était plus avancé que les autres, se fatigua de ce régime. Un jour , il prit sa guzzla sous son bras, tout ce qu'il put enlever sur son dos, et il partit à la grâce de Dieu, ne sachant où il allait. Mais, étant chez son maître, il avait entendu parler de Paris. Paris ! Qu'est-ce que cela pouvait être? N'était-ce pas le pays où s'allume le soleil? N'était-ce pas la terre promise par les prophètes aux bienheureux de toutes religions? C'était la ville des plaisirs , du bon vin, des arts et de la liberté : que fallait-il de plus à notre maugrabin? Il aimait toutes ces belles choses-là. Il partit pour la patrie de ces beaux rêves.

Vous dire comment il fit les six cents lieues qui séparent Paris de la Valachie, cela serait toute une odyssée. Il eut quelques bonnes veines et beaucoup de misères. Il rencontra une troupe de bohémiens, il courut avec eux les foires d'Allemagne en qualité de musicien. Enfin ils arrivèrent sur les bords du Rhin ; il contemplait déjà cette terre de France tant désirée, il s'y voyait arpentant les grandes routes. Mais hélas ! l'homme propose et Dieu dispose.

Il comptait sans la gendarmerie, cette noble institution qui existe partout, même en Allemagne ; ses compagnons, qui ne laissaient jamais rien traîner, avaient trop emprunté aux bons Germains pendant leur lourd sommeil de bière. On s'était fâché, la troupe fut appréhendée au corps. Ce qu'on lui reprocha, on n'en saura jamais rien. Toujours est-il que notre tzigan ne revit le Rhin et la terre française que six longues et sans doute bien tristes années après sa première contemplation.

Tant qu'il fut en Alsace, tout allait pour le mieux ; il avait appris la langue allemande pendant son long séjour en Saxe. Mais, dès qu'il eut quitté ces contrées, il se trouva dans une position identique à celle de la Sarrasine de la légende, la mère de saint Thomas Becket, nous croyons, qui partit de son beau pays d'Orient pour venir en Angleterre chercher un amant volage, en ne sachant que deux mots de la langue d'Occident, Londres et Becket. Le tzigan avait un désavantage sur elle encore : il n'en savait qu'un, Paris !

Enfin, à force de demander, il arriva. Le soir de son entrée, se croyant encore dans les plaines de

la Roumanie, il se coucha sans souper sur le premier banc qui se présenta. Une patrouille passa ;
on l'interrogea, lui et sa compagne de voyage, une
jeune et belle gypsy qu'il avait ramenée d'Allemagne. Ils répondirent en allemand , on les con
duisit à la préfecture. L'interprète du lieu leur
dit que , s'ils demandaient une médaille de chan-
teurs des rues, on pourrait les rendre à la liberté.

Le lendemain , ils commencèrent donc leur
nouvel état. La femme était jeune et jolie, elle
faisait la quête. On est toujours généreux avec
une jolie femme. L'homme amusait par ses grimaces et son instrument inconnu. Dans la journée
ils posaient chez les peintres pour augmenter leur
revenu. Il y a de cela quarante ans. L'homme
chante toujours et joue toujours de la guzzla. La
femme s'est faite tireuse de cartes ; elle vend des
noix et des coquilles dorées dans lesquelles sont
enfermés les arrêts du destin. Vous devez l'avoir
vue aux Champs-Élysées. C'est une vieille femme
au teint bistré , à l'œil noir, édentée, refrognée,
ridée comme une pomme de l'année dernière.
Paris leur a porté bonheur, ils sont aujourd'hui ,
propriétaires !

Oui, propriétaires ! et de deux maisons encore !
Deux maisons sises à Paris, dans le quartier de

Lourcine, deux maisons *louées à la semaine*, rapportant deux mille huit cents francs.

Louées à la semaine ! Nous avons souligné ces mots, parceque beaucoup de nos lecteurs ne savent peut-être pas que cette mode anglaise est encore un emprunt fait aux vieilles coutumes de la France, coutume barbare, qui s'est perpétuée dans les quartiers pauvres, comme tout ce qui est laid et cruel. Le dimanche, les propriétaires viennent faire la ronde chez tous leurs locataires, recevoir leur argent ou donner congé dans les vingt-quatre heures. De cette façon, les mois n'ont que vingt-huit jours pour eux ; ils ont inventé des années de treize mois. C'est ingénieux et productif.

Notre tzigan est sans pitié pour les mauvais payeurs. Que si on lui parle de l'état qu'il continue d'exercer : Qu'appelez-vous demander l'aumône ? dit notre homme en se drapant dans ses haillons. Je suis musicien, on paie mon talent ; est-ce que Paganini demandait l'aumône quand il donnait un concert ?

III.

L'ARLEQUIN. — L'EMPLOYÉ AUX YEUX DE BOUILLON. — LES LOUEURS DE VIANDE. — LE PEINTRE DE PATTES DE DINDONS. — LE BOULANGER EN VIEUX, ETC.

J'ai dit que des membres de la commission centrale des propriétaires et habitants du douzième arrondissement m'avaient prêté le concours de leur expérience et me guidaient à la recherche des étrangetés qui n'appartiennent qu'à cette zone de Paris. Mais il commençait à se faire tard, la nuit s'avançait à grands pas ; de fumeuses chandelles s'égouttaient en longues stalactites au fond de toutes les boutiques : mes compagnons me quittèrent. Resté seul, je m'adressai à un des industriels de la localité que j'avais visités le matin. Il voulut bien m'accompagner.

« Savez-vous, me dit-il, comment mange une partie de cette population ?

— Je connais, répondis-je, le plat de viande à deux sous et de légumes à cinq centimes, et j'ai entendu parler du *hasard de la fourchette* et du bouillon à *jet continu*.

— Oui, mais ce que vous ignorez, c'est que les

ouvriers qui ont du travail mangent seuls le plat à
deux sols; les autres se nourrissent tout simplement chez le *Bijoutier*.

— Le *bijoutier!* qu'est-ce donc? Serait-ce par
hasard la fameuse soupe au caillou dont on m'a
tant parlé dans mon enfance?

— Non ; suivez-moi un moment, et vous verrez. Si vous avez des nausées, ne vous en prenez
qu'à votre curiosité, et surtout bornez-vous à raconter ce que vous aurez vu ; vous n'avez pas besoin de rien exagérer pour apitoyer utilement sur
le sort de ces malheureux et appeler sur eux l'attention des gens compétents.

Nous descendions une de ces petites rues raides dont les pavés, appuyés les uns contre les
autres, semblent se faire la courte échelle pour
monter jusqu'au Mont-Saint-Hilaire. A la rue des
Noyers, mon cicérone me dit :

— Visitons d'abord les alentours du marché.
Voici la mère Maillard : c'est une *bijoutière* ou
marchande d'*arlequins*. Je ne sais pas trop l'origine du mot *bijoutier*, mais l'*arlequin* vient de ce
que ses plats sont composés de pièces et de morceaux assemblés au hasard, absolument comme
l'habit du citoyen de Bergame. Ces monceaux de
viandes que vous voyez là sont très copieux , et

cependant ils se vendent un sou, indistinctement.
Ce bon marché n'a rien d'étonnant. La mère Maillard a passé un traité avec les laveurs de vaisselle
de presque tous les grands restaurants. Ces hommes, qui sont relégués dans une étuve où, d'un
bout de l'année à l'autre, il restent soumis à une
chaleur de soixante à quatre-vingts degrés centigrades, ont généralement vingt-cinq francs d'appointements fixes par mois ; mais ils se font de
quatre à cinq cents francs par mois avec les restes,
qui leur appartiennent.

Ce qu'on appelle en terme du métier les rogatons, c'est-à-dire tous les morceaux que la pratique laisse dans les assiettes, se vendent par seaux.
C'est-là ce qu'achète la mère Maillard, et c'est
avec cela qu'elle compose ses *arlequins*. Le seau
vaut trois francs. On y trouve de tout, depuis le
poulet truffé et le gibier jusqu'au bœuf aux choux.
Les ortolans, si on en mange à Paris, y coudoient familièrement le modeste beefsteak. Les
eaux grasses, les os, les rognures, les épluchures,
se vendent à part ; la graisse se met dans de petits
barils, elle est achetée par les fabricants de lampions pour les illuminations, à raison de sept
francs le baril. C'est un prix fait, comme les petits
pâtés. Mais il y a là un terrible revers de la mé-

daille : ces hommes ne peuvent jamais durer plus
de trois ans à faire leur métier ; ils se cuisent, ils
finissent par ne plus avoir de sang. C'est une espèce de glu, quelque chose comme de la confiture
de groseilles, qui coule dans leurs veines. Les ver-
riers, les chauffeurs de machines, sont dans un
doux printemps auprès de ces pauvres diables,
qui tous, pareils à des jokeys *entraînés* au moment
des courses, sont d'une maigreur vraiment épique.

La mère Maillard *travaille* tous ces *rogatons ;*
elle les assemble, elle les assortit, elle les appro-
prie et les vend aux gens aisés pour les animaux
domestiques, et aux pauvres pour leur nourriture.

— C'est triste.

— Je n'en disconviens pas. Quant aux os, je
vais vous dire ce qu'on en fait. Avant d'arriver
chez le marchand de noir animal, le tabletier ou le
fabricant de boutons, ils sont cuits deux ou trois
fois. D'abord le boucher les vend quatre sous la
livre, sous le nom de *réjouissance*, aux bourgeois
et aux grands restaurants , pour faire des consom-
més ; ceux-ci les cèdent au rabais aux traiteurs de
quatrième ordre, qui en font des potages gras pour
leurs abonnés ; enfin ces derniers les repassent aux
gargotiers, qui en composent une espèce d'eau
chaude, qu'ils colorent à grand renfort de carot-

tes, d'oignons brûlés, de caramel et de toutes sortes d'ingrédients. Or , comme ces ingrédients ne peuvent donner ce que recherchent les amateurs, c'est-à-dire des *yeux* au bouillon, un spéculateur habile a inventé l'*employé aux yeux de bouillon.* Voici à peu près comme cela se pratique : un homme prend une cuillerée d'huile de poisson dans sa bouche, au moment où doivent arriver les pratiques, à l'heure de l'*ordinaire*, et, serrant les lèvres en soufflant avec force, il lance une espèce de brouillard qui, en tombant dans la marmite, forme les yeux qui charment tant les consommateurs. Un habile *employé aux yeux de bouillon* est un homme très recherché dans les établissements de ce genre.

— Mais cela doit avoir un goût détestable!

— Eh mon Dieu! le goût ne se développe que par la pratique. Comment voulez-vous que des gens habitués aux arlequins de la mère Maillard deviennent des gourmets? L'eau-de-vie, d'ailleurs, leur a brûlé le palais.

— Heureusement, ajoutai-je, les viandes que nous voyons pendues aux vitres de toutes ces gargottes me semblent belles et bonnes.

— Ces viandes ne so-- là que pour le coup d'œil.

— Comment , pour le coup d'œil?

— Oui : ces quartiers de bœuf, de mouton et de veau pendus aux vitres des marchands de soupe, ne leur appartiennent pas : ce sont des *viandes louées*.

— Des viandes louées! De qui, et pourquoi?

— Pour servir de montre, pour achalander la boutique. Ces gens-là vendent le plat de viande six sols au plus, trois sols au moins; ils ne peuvent donc employer que de basses viandes. Et que voyez-vous chez eux? de magnifiques filets, de superbes gigots, de succulentes entre-côtes. S'ils donnaient cela à leurs pratiques, ils se ruineraient. Ils s'entendent donc avec des bouchers qui, moyennant redevance, consentent à leur louer quelquefois même des animaux entiers. Le loueur les reprend quand il en a besoin.

— C'est encore une industrie qui m'était inconnue. Je ne soupçonnais pas le *Loueur de viandes*. Cependant, dans nos visites rue Traversine et Clos-Bruneau, nous avons vu çà et là bouillir le pot-au-feu.

— Je le sais bien; mais alors c'est du pot-au-feu de *rognures et d'abats*.

— En vérité, les exploitants doivent être aussi pauvres que les chalands.

— C'est une erreur : ils gagnent beaucoup d'argent, et certains qui ont commencé avec des sous comptent aujourd'hui par louis. Les filles de la mère Maillard sont toutes quatre établies dans de bonnes boutiques. Leur mère a des succursales dans tous les marchés de Paris, et elle vend en gros à ses concurrentes.

— Il me semble entendre un conte fantastique

— Eh bien! tout cela n'est rien. Si vous voulez me suivre, je vais vous présenter au Rothschild du quartier, au millionnaire qui fait la hausse et la baisse dans sa partie. Vous allez voir le père Chapellier, *Boulanger en vieu* comme Mme Maillard est *traiteur en vieux*.

Le père Chapellier est un homme d'une soixantaine d'années environ. Son établissement est sans contredit le Creuzot du microcosme industriel de ces quartiers si ingénieux. De tous les inventeurs que nous avons visités, le père Chapellier est celui qui fait preuve de la plus grande imagination. Il faut être presque un homme de génie pour tirer des croûtes de pain tant de choses extraordinaires et leur faire produire les choses qu'elles produisent.

En 1815, le père Chapellier revint à Paris, car il a été soldat, comme tous les Français de son âge.

La réquisition était venue le prendre à dix-huit ans pour en faire un guerrier. A l'armée, il avait appris à tirer des coups de fusil, à échanger proprement un coup de sabre, à tuer avec élégance les ennemis et quelquefois les amis ; mais on ne lui avait rien enseigné qui pût le faire vivre. Il n'avait pas d'état, et à Paris le meilleur ouvrier, l'homme le plus habile, s'il n'a pas deux ou trois cordes à son arc pour les circonstances difficiles, risque fort de mourir de faim pendant une grande partie de l'année. Enfin, ne sachant que faire, le brave soldat de l'armée d'Espagne se fit *Ravageur*.

Encore une industrie qu'on ne connaîtra bientôt plus.

On donnait ce nom à des hommes qui, lorsque les rues avaient un seul ruisseau au milieu, y fouillaient avec un morceau de bois pour en retirer les clous de chevaux, les morceaux de fer ou de cuivre ; quelquefois, mais rarement, ils y trouvaient des pièces de monnaie. Leur récolte se vendait à la livre chez les marchands de ferraille. Les journées d'un *ravageur,* même des plus actifs, étaient fort minimes ; mais, en y joignant des commissions, l'ouverture des portières de voitures le soir et la planche faisant pont les jours de grandes averses, on pouvait en vivre très mal. L'administration municipale, sous prétexte qu'ils déchaussaient les pavés, a défendu l'industrie du ravageur, qui, d'ailleurs, devait être tuée par le système des rues à dos d'âne, avec deux ruisseaux sous les trottoirs. Aujourd'hui, il n'y a plus que les vieux Parisiens qui se souviennent de ce métier, et même de la planche sur laquelle il passaient pour ne pas se mouiller les pieds.

Chapellier rencontra quelques anciens camarades revenant de l'armée ; il eut honte de son état, quoiqu'il n'eût aucun préjugé et qu'il se fût souvent répété le fameux proverbe parisien : *Il n'y a pas de sot métier, il n'y a que de sottes gens.* Il renonça au *ravage* pour entrer chez un chiffonnier en gros de la Montagne-Sainte-Geneviève. Il devint *Trilleur.*

Lorsque vous voyez un de ces braves philosophes des faubourgs portant crânement son *cabriolet* sur le dos, ou une pauvre femme pliée sous son *cachemire d'osier,* vous ne pouvez vous figurer tout ce que renferment ces hottes pleines. Là se trouvent tous les débris de la création et de l'industrie : vieux os, tessons de verres, peaux d'animaux, chiffons de laine, de linge, de coton et de papier, loques de parures de fête et débris

4

de festins, rogatons de toutes sortes, épaves re-
cueillies sur toutes les côtes de la civilisation.

Le chiffonnier insouciant, gagnant sa vie au
jour le jour, dormant sur le coin d'une table de
cabaret, n'ayant le plus souvent ni feu ni lieu,
vend sa récolte journalière aux hauts commerçants de la partie. Ceux-ci se chargent de la diviser, de mettre tous les objets de même nature
ensemble, de les garder en magasin, jusqu'à ce
qu'une occasion favorable de vente se présente.
Ils emploient pour cette besogne des hommes et
des femmes que l'on nomme trilleurs. Ces malheureux vivent douze heures de la journée dans
une atmosphère empestée, à laquelle les exha-
laisons des amphithéâtres d'anatomie ne sont pas
comparables. Le salaire du *trillage* n'était guère
plus élevé que le gain du ravageur; mais, du
moins, Chapellier travaillait à couvert; il n'était
plus exposé à rougir en rencontrant ses anciens
camarades. A ceux qui lui demandaient ce qu'il
faisait, il pouvait répondre : « Je travaille chez un
négociant », et s'ils lui proposaient de l'aller voir,
il disait : « Le patron nous défend de recevoir
des visites à l'atelier. » Bref, il fit ce métier six
mois; mais, habitué à vivre au grand air et à
prendre beaucoup d'exercice, il dépérissait; le

mauvais air le rendit malade. Il fut obligé de demander à la charité publique un lit pour se faire traiter.

A l'hôpital, il fit connaissance avec un *gaveur de pigeons,* qui lui proposa de le présenter à son patron, riche marchand de volaille de la Vallée. Il fut admis. Son nouveau métier consistait à se remplir la bouche de graines ou de pois, à ouvrir le bec des jeunes pigeons et à leur ingurgiter le tout dans l'œsophage. — « La chose vous paraît simple », nous dit-il, « mais vous ne pouvez vous figurer combien il est fatigant de *gaver* ainsi deux ou trois cents pigeons en une heure. »

Le père Chapellier gagnait quarante sous par jour à ce métier. Son ambition n'était pas satisfaite. En regardant autour de lui, il vit que les marchandes de volaille qui ne vendaient pas leur provision tout de suite étaient obligées d'en baisser le prix d'un quart par chaque jour de retard, de telle sorte qu'elles arrivaient même à la vendre à perte, quoique la marchandise eût la même apparence de fraîcheur que si elle venait d'être tuée. Et pourtant aucune cuisinière ne s'y trompait. Il s'inquiéta de ce prodige ; on lui répondit que c'était uniquement parceque les pattes des dindes, qui étaient noires et brillantes le jour de

leur mort , prenaient des tons de plus en plus
grisâtres à mesure qu'on s'éloignait de ce moment.

Il n'en fallait pas plus à un homme de génie.
Chapellier rentra chez lui et se mit à composer
un vernis qui pût conserver aux gallinacées, bien
des jours après leur trépas, ce lustre brillant
qui orne leurs pattes et constate leur valeur auprès des gourmets. Deux jours après la révé-
lation qui lui avait été faite, il revint triomphale-
ment au marché ; il pouvait s'écrier comme je ne
sais plus quel ancien : *Eurêka !* ou comme je ne
sais quel moderne : *J'ai trouvé !* Il expliqua et
expérimenta sa découverte : toutes les commères
s'y trompaient elles-mêmes. On fit des essais ; on
présenta de la volaille à pattes vernies aux plus
fines cuisinières ; elles se laissèrent prendre aux
apparences. L'invention fut adoptée.

Le père Chapellier reçut des marchandes, sur
toute volaille peinte, la moitié du quart qu'elles
auraient perdu à la vendre avec ses pattes ternies.

Le métier de *Peintre de pieds de dindons* était
assez lucratif, mais il fallait trop de surveillance
pour se faire payer. Et puis l'ambition du père
Chapellier n'était pas encore satisfaite ; il n'avait
pas, ce qui était le but de sa vie, un établissement

à lui, *son* petit *dada,* traînant sa petite carriole.
Vous voyez qu'il y a déjà loin du modeste ravageur, demandant simplement à gagner sa vie,
au *brillant coloriste* devenu la Providence des
dames de tout le marché. Aussi vendit-il son secret et sa clientèle à un ami moyennant 1,000
francs. Ce successeur est aujourd'hui retiré avec
de belles rentes, ce qui ne fait l'éloge ni de la
sincérité des marchandes de volaille, ni de la
perspicacité des cordons bleus, ni de la délica-
tesse du palais des Parisiens.

—Je voulais *m'établir,* me dit le père Chapellier. Mille professions se présentaient. Je ne pouvais
passer devant une boutique sans envier le sort
de celui que j'y voyais installé. J'interrogeais tout
le monde; chacun me donnait un conseil; chaque
soir j'arrêtais un plan, qui était abandonné le lendemain. Je me croyais né tantôt pour être fruitier, tantôt pour être traiteur, tantôt pour être
marchand de vins. Mais je connaissais mes capa-
cités absorbantes, et j'avais peur de manger et
de boire mon fonds. Et puis j'avais trop d'amis,
et les crédits m'effrayaient. Il me fallait donc
quelque chose qui ne fût pas de consommation
immédiate. Enfin j'allai voir mon premier patron, dans l'intention de m'associer avec lui. Sa-

vez-vous combien il me demanda pour m'intéresser à ses affaires?

— Non ; vos mille francs, peut-être?

— Vous n'en approchez pas ; il me demanda
50,000 francs comptant.

— Diantre ! 50,000 francs pour être chiffonnier en gros !

— Aujourd'hui cela ne m'étonne plus , je
connais le métier : on peut y devenir facilement
millionnaire, et mon patron l'est devenu deux
fois. C'est néanmoins à lui que je dois le *petit
bien-être* dont je jouis. J'étais arrivé dans ses
magasins au moment de la vente du matin, c'est-
à-dire lorsque les chiffonniers errants viennent
débiter leur hottée. On les paie toujours au comptant ; il n'y a pas de crédit dans ce métier-là : ces
pauvres gens ont besoin du prix de leur journée
pour vivre. Une chose me frappa : ce fut la
grande quantité de morceaux de pain qu'ils avaient
en leur possession. Je les questionnai ; je sus
comment tous ces rogatons leur arrivaient et
comment ils s'en défaisaient. J'eus l'idée de m'é-
tablir *boulanger en vieux* et de vendre en gros
ce que les autres vendaient au détail.

Le père Chapellier venait, en effet, de trouver
la route qui devait le mener à la fortune. Il ne

perdit pas de temps. Le jour même, il fit acquisition d'un petit bidet et d'une charrette; il loua
une grande pièce dans un des anciens colléges si
nombreux dans ces vieux quartiers, et il alla voir
tous les garçons de cuisine des grands établissements scholaires du douzième arrondissement.
Ceux-ci étaient habitués depuis longues années à
donner leurs morceaux de pain aux chiffonniers:
ils crurent avoir affaire à un fou; ils acceptèrent
toutefois ses propositions.

Le succès que notre homme obtint auprès des
cuistres de collège ne fit que l'encourager : il résolut d'accaparer toutes les croûtes de pain de la
ville, de façon à ne pas laisser de place à un concurrent. Il vit tous les laveurs de vaisselle des
restaurants grands et petits, il s'entendit avec les
chiffonniers, et fit à chacun des avantages qu'il ne
pouvait rencontrer nulle autre part. Lorsque toutes ses précautions furent bien prises, un matin, il
s'établit à la halle avec des bourriches vides et de
gros sacs pleins autour de lui. Au dessus de sa tête
on lisait cet écriteau : *Croûtes de pain à vendre*. Le
spéculateur connaissait son Paris; il savait que la
population parisienne qui fréquente les barrières
a pour la gibelotte de lapin un goût tout particulier. Or, pour élever des lapins, même sans avoir

la bizarre ambition de M. Maldant, de s'en faire
3,000 francs de rentes, il faut, outre les choux,
beaucoup de pain. Les poules qu'on engraisse
pour la consommation sont aussi presque exclusivement nourries avec les miettes de la desserte
parisienne. Les chiens et tous les animaux domestiques en absorbent également des quantités
prodigieuses.

Le père Chapellier, qui vendait sa bourriche
pleine 6 sous, c'est-à-dire beaucoup meilleur
marché que le pain de munition, eût bientôt attiré
à lui tous les petits éleveurs de la grande et de la
petite banlieue. Au bout d'un mois, il put, en
comptant son bénéfice, constater qu'il avait eu
une idée extrêmement fructueuse.

Il avait presque doublé son fonds, et cependant il n'avait pas encore donné à son commerce
toute l'extension possible : il était seul ; il ne
pouvait faire sa récolte aux quatre coins de
Paris avec la promptitude dont elle avait besoin
pour être réellement productive. Il ne pouvait paraître sur le marché que tous les deux jours, et il
fallait absolument y prendre place tous les matins. Il aurait bien pris un aide, mais sa maison
n'était pas encore suffisamment établie, et, en di-
vulguant son secret, il pouvait se susciter un con-

current dangereux. Enfin il se souvint d'un proverbe qu'il avait souvent entendu répéter par les
Italiens enrôlés dans son régiment, et que nous
avons arrangé ainsi : Qui va *piano* va *sano*. Il se
dit : Puisque tout un peuple se conduit d'après
cet axiome, il doit être bon.

« — Que vous dirai-je ? continua le père Chapellier : chaque jour je passais de nouveaux marchés avec les tables d'hôte, les cafés, les chefs de
grandes maisons, les cuisiniers, et même les sœurs
de communautés religieuses ; tous les matins je
voyais augmenter ma clientèle. Quatre mois après
ma première apparition à la halle, j'avais trois
chevaux et trois voitures continuellement occupés;
nous étions en 1820. Je voyais venir le moment
où je pourrais me retirer à la campagne et jouir
en paix de mes épargnes. Vous savez que c'est là
la *toquade* de tous les Parisiens ; ils se figurent,
eux qui sont nés dans des rues où le ruisseau
tient plus de place que le pavé, qu'ils ne pourront
être heureux que sur le bord des claires fontaines,
dans des prés émaillés de fleurs. Tous ceux qui
l'ont essayé se sont ennuyés à périr, et ils se sont
hâtés de revenir ici contempler la belle nature
dans la rue Saint-Jacques ou dans la rue de la
Harpe. J'ai eu cette folie-là aussi. J'en suis guéri.

Mais je lui rends grâces, car c'est elle qui m'a poussé à donner de l'extension à mes affaires.»

Dans son commerce, le père Chapellier se trouvait nécessairement en rapport avec les cuisinières, les bouchers et les charcutiers, tous grands amateurs de chiens. Peu à peu il s'initia aux secrets de ces diverses professions; il apprit que tous ces hommes usaient des quantités considérables de chapelure pour les côtelettes, les gratins, etc. La chapelure, qui se fait avec du pain sec pilé ou râpé, se vendait 8 sous la mesure. Cette mesure était d'une capacité un peu moindre que le litre. Il s'établit *fabricant de chapelure.* Il en livra le litre, mesure légale, pour 6 sous. Cette baisse de prix lui attira tous les consommateurs. En moins de six mois, il dut encore se procurer des chevaux et prendre des ouvriers.

— Monsieur Chapellier, lui dis-je, vous êtes comme tous les ambitieux , insatiable.

— Que voulez-vous! je ne suis pas meilleur que les autres. Je commandais une escouade; je voulus une armée. Quand je l'eus, cette armée, eh bien! elle m'ennuya; je désirai avoir autre chose.

En effet, à son commerce de *boulanger en vieux,* à sa fabrique de chapelure, cet homme de génie joignit bientôt une fabrique de *croûtes pour la soupe*.

Dans les morceaux que lui livraient ses vendeurs, il avait vu des croûtes de deux espèces : de bonnes et de gâtées. Il avait bien eu la pensée de les diviser et d'en faire des lots séparés ; mais le gain ne lui parut pas assez réel pour s'y arrêter. Il aima mieux inventer une nouvelle industrie. Il fit des *croûtes au pot*.

Vous avez vu chez les épiciers de ces morceaux de pain croustillants que les ménagères achètent avec empressement les jours de pot-au-feu. Eh bien ! défiez-vous de ces choses si appétissantes dans les potages gras ; défiez-vous des soupes au pain des petits restaurants ; défiez-vous surtout des purées aux croûtons. Tout cela sort de la fabrique du père Chapellier ; tout cela est le reliquat du pain distribué aux enfants dans les collèges, les pensionnats et les séminaires ; tout cela provient de morceaux que vous avez laissés il y a quinze jours sur le coin de votre table. Heureusement, dit-on, le feu purifie tout.

Ces espèces d'éponges noircies se vendent moins cher que le pain ordinaire. Aussi la consommation qu'on en fait dans les petits ménages, chez les petits gargottiers des halles, pour la soupe et

le café au lait, est-elle prodigieuse. Cette fabrica-
tion forme la meilleure part du revenu de M. Chapellier. Il a établi aux environs de la barrière
Saint-Jacques des fours qui ne refroidissent jamais,
et où sont empilés des milliers de livres de pain,
qui servent tant à la *chapelure* qu'aux *croûtes au
pot*. Une multitude d'ouvriers, hommes, femmes
et enfants, sont occupés à piler et à râper la marchandise à la sortie du four. On met de côté les
parties carbonisées, dont on fait du *noir de pain*
pour blanchir les dents. Cette poudre est ensuite
passée au tamis de soie et vendue aux parfumeurs
comme poudre dentifrice.

Rien n'est plus curieux que les magasins du
père Chapellier. Ce sont d'immenses pièces où il
arrive à chaque instant des montagnes de pain.
On *trille* toutes ces croûtes. A droite sont les
mannes destinées aux hommes; à gauche celles
qu'on destine aux lapins. Tout cela se fait avec un
ordre et une propreté extrêmes. De jeunes filles
font les paquets de *croûtes au pot*, après les avoir
pesées, et des enfants tout noirs, semblables aux
jeunes nègres des colonies, emplissent de grandes
boîtes de poudre. Le propriétaire est parmi ses
travailleurs, commandant, causant, riant, plaisan-
tant.

Je sortais émerveillé de ma conversation avec ce modeste homme de génie.

« Le père Chapellier est donc bien riche ? demandai-je à mon introducteur.

— Malgré tout ce que lui ont mangé les femmes, il ne connaît pas sa fortune.

— Ce qui veut dire sans doute qu'il a trois ou quatre mille francs de rente ?

— Allons donc ! Le chevalier Langlois, dont vous voyez les belles voitures dorées porter dans tout Paris des allumettes et du cirage, a quatre-vingt mille francs de rentes. Il a donné cent mille francs à chacune de ses filles en les mariant. Le père Chapellier n'a pas d'enfants, et son métier est bien meilleur que celui de M. Langlois. »

Je me rendis à cette raison, mais en n'admettant que la première moitié du proverbe de M. Chapellier : « Il n'y a pas de sot métier », et je ne pus m'empêcher d'ajouter : « Si ce n'est tous ceux qui s'adressent à l'intelligence, au lieu de s'adresser à l'estomac. L'humanité pense un peu et quelquefois ; elle mange toujours et beaucoup. »

IV.

LE MARCHAND DE FEU. — LES BRICOLEURS. — LES RÉ-
VEILLEURS. — L'ANGE GARDIEN. — LE FAVORI DE LA
DÉESSE. — LES CONTREMARQUES JUDICIAIRES.

Après avoir étudié Paris dans tous les sens, j'en
suis arrivé à formuler ainsi le fond de ma croyance : Si on me disait qu'il existe dans quelque rue
éloignée un homme qui fait des manches à couteaux avec les vieilles lunes, je le croirais.

Paris a usé toutes mes facultés d'étonnement.
Je ne fais plus de commentaires ; je regarde, j'é-
coute, et je dis : « C'est possible. » J'ai tout vu
dans mes courses à travers la cité des misères ;
j'y ai rencontré des hommes de génie, des Colombs
qui, pour manger le jour et dormir la nuit à couvert, sont obligés chaque matin de découvrir quelque nouvelle Amérique.

Dans mes précédents articles je vous ai parlé
du *boulanger en vieux*. Je continue la galerie.
Le premier portrait qui se présente est celui du
marchand de feu.

M. Jannier est un homme de trente-cinq ans,

à large poitrine, aux cheveux rejetés en arrière
comme une crinière de lion. Le visage est franc
et ouvert. Il porte toujours des habits de velours
à larges basques, des paletots-sacs et de larges
pantalons à la hussarde. En le voyant passer, un
vieux Parisien physionomiste le prendrait plus
volontiers pour un sculpteur ornemaniste que pour
un commerçant. *Il a l'air artiste,* et il aime les
arts. Dans sa jeunesse il a tant soit peu *cabotiné,*
mais, l'âge lui ayant mûri la raison, il a renoncé
à Satan, à ses pompes et à ses œuvres. Il aime
certes encore les théâtres du boulevard, les mélodrames et les vaudevilles pleurnicheurs, mais son
rêve est ailleurs : il veut faire fortune.

M. Jannier rêve le bien-être, la *demi-fortune*
avec un cheval pour aller voir à son aise, dans *sa*
stalle prise à l'avance, *ses* comédiens chéris. Son
ambition suprême, son utopie, c'est de réunir,
dans une villa blanche à volets verts, sous *sa* tonnelle, **MM.** Surville, Francisque jeune, Saint-
Ernest et Chilly, ses plus anciennes admirations,
et de connaître à la ville MM. Lacressonnière et
Deshayes, ce qui lui permettrait peut-être de tu-
toyer MM. Christian et Ernest Vavasseur, des
Folies, et de saluer en plein jour les dames de
théâtre sur le boulevard. C'est là le mobile qui a

fait agir notre inventeur, l'étoile qui l'a conduit à la découverte.

Les dames des halles et marchés, qui restent toute une journée exposées à l'intempérie des saisons, se servent toutes, pendant sept mois de l'année, de chaufferettes en bois doublées de tôle et de ces horribles petits pots en grès qu'on nomme des *gueux*. Elles les posent sur leurs genoux pour se réchauffer les doigts. Ces dames faisaient faire leur chaufferette et leur gueux chaque matin, et souvent deux fois par jour, chez les charbonniers voisins. Elles payaient les deux feux trois sous, et souvent elles étaient obligées d'attendre le bon plaisir et le réveil de messieurs les Auvergnats. Ces messieurs étaient indispensables, ils dormaient leur grasse matinée.

M. Jannier *bricolait* à la halle, c'est-à-dire qu'il y faisait à peu près tout ce qu'on voulait, qu'il était au service de qui désirait l'occuper, qu'il était porteur, commissionnaire, et qu'il remplaçait, au besoin, messieurs les forts, lorsque le faix était trop lourd pour l'échine de ces privilégiés. M. Jannier donc avait remarqué, pendant ses longues nuits passées à attendre l'ouvrage, la négligence de ces hauts barons du commerce de charbon. Il résolut de les supplanter. Il avait une idée, idée féconde, qui, bien dirigée, devait inévitablement conduire son inventeur à cette *demi-fortune* tant rêvée, à cette stalle si enviée.

Il se dit : « Je ne puis arriver à mon but qu'en donnant meilleur et à plus bas prix, qu'en allant complaisamment au devant de la pratique au lieu de l'attendre couché. Les Auvergnats garnissent les chaufferettes avec du poussier de charbon, qui peut être dangereux ; il me faut trouver quelque chose d'inoffensif, qui donne autant de chaleur et brûle plus long-temps. » Il réfléchit, il chercha, il fit des essais, enfin il trouva la *motte carbonisée!*

Il avait barre sur les fournisseurs, il pouvait afficher partout : « Plus de maux de tête ! » M. Jannier était inventeur, ses concurrents n'étaient que de vulgaires marchands. M. Jannier avait du génie, il était dans le progrès, tandis qu'eux ils restaient dans la routine.

Vers la fin de l'hiver de 1836, alors que les dames de la halle n'usaient plus de feu que pendant les longues attentes nocturnes, et qu'elles n'arrivaient qu'au moment où les charrettes des maraîchers, jardiniers et montreuils (marchands de fruits) débouchaient sur le carreau, il s'approcha des groupes, prit part aux conversations, plai-

5

santa agréablement ces dames, qui se laissaient faire la loi par les *charabias*. On le connaissait pour un bon enfant, on le laissa dire ; enfin il leur fit insidieusement cette question :

« — Que penseriez-vous d'un homme qui n'est ni Auverpin ni Charabia, et qui chaque matin vous ferait votre chaufferette, à votre place, sans que vous vous dérangeassiez, sans que vous eussiez à vous en occuper, et qui serait à vos ordres à toutes les heures du jour et de la nuit ?

— Nous dirions : Celui-là est un bon garçon ; il ferait notre affaire et la sienne.

— Eh bien ! ce garçon-là, ce sera moi, car je m'établis *marchand de feu* l'hiver prochain. »

Une idée nouvelle, un homme voulant faire autrement qu'on n'avait jamais fait, souleva un *tolle* général, un haro universel. Avant que personne sût ce qu'était l'affaire, on en avait décidé l'exécution impossible, les essais même inutiles ; il n'y fallait plus songer. M. Jannier subit toutes les plaisanteries, tous les mots ironiques, avec le calme du génie. Il était fort, car il était confiant en lui-même ; il laissa passer l'orage. — Se chauffera bien qui se chauffera le dernier, se disait-il.

Dès le lendemain, il loua là-bas, sur les bords de la Bièvre, presque dans les champs, rue Croulebarbe, une espèce de masure abandonnée, un toit et une grande pièce entourée de murailles. Là, avec quatre pavés pris dans les terrains vagues, un étouffoir de tôle acheté d'occasion, il commença son établissement. Il s'était placé en plein douzième arrondissement, au centre des tanneries, afin d'avoir sa matière première sous la main. Une petite charrette à bras lui servait au transport de ses achats, et un grand coffre de bois doublé de ferblanc servait de magasin aux marchandises fabriquées. Avec ce modeste matériel, M. Jannier se mit à la besogne. Il établit un courant d'air dans sa chambre; les pavés lui servaient de fourneau. Il jouait sa fortune sur une carte; il était parti à la grâce de Dieu, comme ces hardis marins qui vont à la recherche des mondes inconnus. Il n'avait avec lui que son courage et sa bonne volonté. Il commençait avec 600 fr. en beaux écus sonnants.

Pendant tout l'été, il passait ses journées dans son laboratoire, sans vêtements, subissant à peu près la température du pain dans un four de boulanger. Tout autre y serait mort; mais il était tenace, courageux, entreprenant; il voulait avoir raison des rieurs. Malgré ses travaux du jour, M. Jannier n'avait jamais cessé d'aller à la halle aider les marchands pendant la nuit. Il y faisait l'ouvrage de trois hommes de première force ; mais il s'était solennellement promis de ne pas toucher au capital consacré à son établissement, et il fallait vivre chaque jour.

Vers la fin de l'été, il construisit un fourgon doublé intérieurement et extérieurement de forte tôle. Il l'adapta aux roues de sa charrette à bras, et, dès que les premiers froids se firent sentir, par une nuit fraîche et bien étoilée de la fin de septembre, il apparut tout à coup sur le carreau des Innocents, traînant derrière lui quelque chose de noir qui avait toutes les apparences d'un coffre de deuil. Au moment où on s'y attendait le moins, on entendit tout à coup ce cri bizarre, qui fit retourner toutes les têtes :

« Feu ! feu à vendre ! Voici le marchand de feu ! Mesdames, approvisionnez vos chaufferettes ! Voici le marchand de feu ! »

Sa voix mâle et sonore avait traversé le marché de la rue Saint-Denis à la Halle aux Draps. Un mmense éclat de rire accueillit ce cri bizarre, qui renait augmenter la collection des cris de la rue. Mais il avait excité la curiosité, on s'approchait, on voulait voir, on voulait savoir. Les plus hardies d'entre les marchandes se hasardèrent à lui demander de voir sa marchandise. Lui, toujours galant et conservateur fidèle des traditions de la chevalerie française, il s'empressa de leur montrer l'intérieur du fourgon, qui semblait une fournaise ardente. Elles firent *faire* leurs chaufferettes pour un sou, et dès le lendemain elles se chargeaient, en caquetant, de lui rendre inutile toute publicité. On ne parla plus dans les halles que du nouveau commerçant. La mode vint de se faire faire sa chaufferette et son gueux par le marchand de feu, qui était si gai, si bon enfant, qui avait to jrs le mot pour rire.

Aujourd'hui M. Jannier emploie quinze à gt vieilles femmes à sa fournaise ; elles carbonisent des mottes tous les jours de l'année, hiver comme été. Il a quatre vigoureux chevaux percherons qui traînent, non plus des voitures doublées en tôle, mais des espèces de locomotives en fer battu, qui ont des noms inscrits en lettres noires sur des plaques de cuivre : *Vulcain, Polyphème, Cyclope, Lucifer*, absolument comme les machines d'un chemin de fer. Ces voitures distribuent du feu à toutes les femmes des halles et marchés de Paris, depuis le faubourg Saint-Antoine et le Temple jusqu'aux faubourgs Saint-Germain et Saint-Honoré. Outre cela, il fournit les chaufferettes des vieillards de plusieurs grandes maisons de refuge, et, si l'administration de l'assistance publique mettait en adjudication la fourniture de feu aux femmes de la Salpétrière et aux vieillards de Bicêtre, M. Jannier soumissionnerait, et son rêve, qui est déjà aux trois quarts réalisé, se trouverait surpassé. Il pourrait recevoir à sa table chaque jour MM. Deshayes, Saint-Ernest, Christian, Ernest Vavasseur, venir voir jouer ces messieurs dans *sa* loge prise au bureau de location, et s'y faire mener, non pas dans *sa* demi-fortune, mais bien dans une bonne et douce calèche traînée par deux beaux chevaux du Mecklembourg.

Certes il y a des fortunes immenses à la halle, mais il ne faut pas croire pour cela qu'il suffise d'approcher du carreau des Innocens et d'avoir une idée pour à l'instant voir les croûtes de pain et le feu de mottes se changer en or. Là aussi il y a les vaincus de la fête, les Pierres qui roulent en n'amassant point de mousse. Il gravite autour des marchés une infinité de pauvres hères qui ne gagnent leur pain qu'avec des peines infinies et qu'en l'arrosant de leur sueur. Ceux dont nous parlions tout à l'heure, les *Bricoleurs,* par exemple, sont des gens actifs, entreprenants, hardis, qui ne reculent devant aucun travail, qui s'offrent pour tout faire, qui portent des fardeaux à assommer un bœuf, font dix lieues avant le lever du soleil, sont prêts à toute course, à toute commission, à tout labeur connu ou inconnu. Ils n'épargnent ni leurs bras ni leur corps ; ils sont dévoués, probes ; ils ont toutes les qualités qui distinguent l'honnête homme, et cependant ils ne recueillent pour tant de qualités qu'un salaire souvent insuffisant.

La *Réveilleuse*, qui passe toutes les nuits à parcourir en tous sens les quartiers de Paris pour aller réveiller les marchands, les forts, les porteurs et les acheteurs de la halle, n'a que dix centimes par personne et par nuit. Souvent il lui faut héler sa pratique pendant un quart d'heure avant d'en recevoir une réponse. Pour peu qu'un coup de *picton* de trop se soit égaré dans le gosier de l'abonné, il s'endort la tête lourde ; la pauvre réveilleuse est obligée de monter trois ou quatre étages pour l'arracher aux douceurs du lit. Elle est reçue par des grognements, des bourrades. Rien ne l'émeut : elle a sa conscience pour elle ; elle sent qu'elle fait son devoir, et elle sourit encore à ceux qui l'injurient, persuadée qu'elle est que le lendemain ils la remercieront de son insistance.

L'état de réveilleuse est un des plus durs et des plus fatigants de tous ceux qui s'exercent aux alen-

tours des halles et marchés, et néanmoins c'est un
des moins rétribués. Jadis les réveillés donnaient
aux réveilleuses de quatre à six sous ; mais, aujour-
d'hui que les affaires vont bien , que les loyers aug-
mentent, la concurrence s'en est mêlée, et, quoique
les somptueuses bâtisses de la rue de Rivoli aient
éloigné du quartier presque toute la population des
halles, il y a des réveilleuses qui s'offrent à dix
centimes, et qui sont obligées, pour satisfaire leurs
pratiques, de se transporter jusqu'au fond des faubourgs bien avant l'heure qui leur est désignée.
Auparavant, lorsque l'agglomération existait dans
le quartier St-Denis, une bonne réveilleuse (car
là comme partout il y a des gens qui ont du talent,
qui sont plus ou moins appréciés ; les voix claires
et perçantes, par exemple, sont surtout recher-
chées), une bonne réveilleuse, disions-nous, pouvait avoir jusqu'à quinze et vingt clients, ce qui
lui faisait une journée de trente à quarante sols par
jour, sans compter les bonis, plus les ménages des
réveillés, qui lui étaient presque toujours octroyés.
Aujourd'hui il est presque impossible, avec la dis-
sémination causée par les démolitions nouvelles,
d'en réunir plus de cinq ou dix. C'est donc un état
perdu , pour le moment du moins.

L'*Ange gardien* semble devoir subir le sort des

éveilleuses; il a beaucoup perdu de son importance
avec les démolitions, mais il lui reste une ressour-
ce : il se retire aux barrières, où il aura encore de
l'ouvrage pendant de longues années.

Mais, à propos, qu'est-ce qu'un ange gardien? Je
vais vous l'expliquer. On nomme ainsi un homme
qui est préposé, chez les marchands de vins et dans
les cabarets en renom, à la surveillance des ivrognes. Il les prend sous sa protection, il les reconduit chez eux, et il en répond au cabaretier qui les
a confiés à ses bons soins. Il doit les défendre, au
besoin les coucher, en un mot ne les quitter qu'alors
qu'ils sont en sûreté, loin de la portée des voleurs dits
au poivrier, gens sans foi, sans croyance, qui dé-
valisent les ivrognes, sans respect pour le dieu
Bacchus, dont ils sont les fervents adorateurs.

N'est pas ange gardien qui veut. On ne peut se
figurer toutes les qualités qui lui sont demandées.
Il passe un examen où plus d'un bachelier échoue-
rait. Un bon ange gardien doit être sobre; sans
cela il boirait avec son protégé, et tout serait perdu.

Les ivrognes veulent toujours boire, même alors
qu'ils ne peuvent plus porter leur vin. Et il n'y a
pas de femme désirant une parure, de solliciteur
demandant une place, qui emploient plus de dé-

tours, plus de paroles doucereuses, plus de flatteries, que l'ivrogne. Il devine toutes les insinuations, toutes les câlineries des coquettes les mieux exercées, pour arriver à son but. L'ange doit demeurer ferme, impassible, ne se laisser induire en aucune tentation, aller droit son chemin, n'accédant à aucune prière, ne se laissant intimider par aucune menace. Il doit être brave, en effet, car il faut qu'il tienne tête à ceux qui ont *le vin mauvais*, qu'il soit toujours prêt à se jeter au milieu de la rixe lorsque le client se livre à ses ébattements sur les épaules de quelque passant peu endurant. Et puis, de quelle patience ne doit-il pas être doué pour comprendre et réfuter toutes les divagations que suggère le vin dans ces cerveaux exaltés, en délire, qui semblent jouer aux propos interrompus. Il doit savoir flatter la manie de son compagnon, entrer dans ses vues, le comprendre, s'en faire écouter et l'intéresser par une conversation vive et animée. C'est alors qu'il rendrait des points à tous les diplomates pour la finesse, l'à-propos de ses réparties, et sa façon de plaider le faux pour arriver au vrai. A toutes ces qualités morales l'ange gardien doit joindre les qualités physiques les plus remarquables. S'il n'est adroit, vigoureux, ingambe, il devient impropre à remplir ses fonc-

tions, car il lui faut souvent emporter son homme
sur ses épaules pour l'arracher aux tentations et
aux collisions si fréquentes aux barrières et à la
halle.

Eh bien, toutes ces qualités, toutes ces vertus,
(car, si nous n'avons pas compté la probité la plus
stricte, c'est que les anges gardiens la jugent si na-
turelle chez eux, qu'ils n'en parlent même pas),
ces périls qu'ils affrontent, tous ces ennuis qu'ils
subissent, sont cotés comme les fonds à la bourse.
Ces hommes, qui sont si bien nommés, ne gagnent
souvent pas de quoi s'entretenir. Chez les marchands
de vins, où se réunissent les véritables ivrognes,
aux *renommées*, aux *guoguettes* (maisons où l'on
chante), il est établi qu'un homme qui ne peut plus
se tenir doit être reconduit. Pour cela, il donne ce
qu'il veut à son ange gardien, qui se fie à la géné-
rosité du buveur; mais celui-ci ne peut jamais donner moins de cinquante centimes : c'est une règle
établie, une convention adoptée, à laquelle personne ne manque.

Celui qui refuserait d'acquitter cette dette serait
renié par ses confrères, car il porterait préjudice
à la sûreté de tous. En effet, dès qu'un homme
est mis entre les mains d'un ange, eût-il cent francs
dans ses poches, le lendemain en se réveillant il

est certain de les trouver tels qu'il les y avait mis.
On ne se souvient pas, de mémoire d'ivrogne,
d'un seul buveur qui ait été dépouillé ou qui ait eu
à se plaindre des procédés de son ange gardien,
car à toutes les qualités énumérées plus haut il
faut encore joindre la politesse.

Généralement ils sont nourris par les marchands
de vins qui les emploient, auxquels ils rendent de
menus services, et qui les en récompensent en
leur donnant par ci par là un morceau à manger.

L'ange gardien est ordinairement une espèce de
poète, un rêveur, qui aime la vie contemplative ;
c'est le lazzarone de Paris ; il se contente de peu et
vit dans ses rêves à la recherche d'un inconnu quelconque. Sa journée ordinaire ne monte jamais à
plus de trente ou quarante sous ; mais il a ses dimanches et ses jours de réunion. Les habitués le
respectent et sont pleins d'attentions pour lui. Ils
ne commandent jamais un repas sans l'inviter à y
prendre place. Il vit heureux de cette considération et fier de sa conscience pure et sans tache. Il
ne fait pas d'économies, mais il se crée de bonnes
relations pour les mauvais jours. On en cite deux
qui ont été portés sur le testament d'un riche ivrogne, ancien banquier, qui fréquentait le cabaret de
l'*Arrosoir,* à Montparnasse, et qui, malgré ses ren-

tes et sa passion pour le vin à six , avait su garder
au fond de son cœur assez de reconnaissance pour
se souvenir, à son lit de mort, des deux pauvres diables qui lui avaient tant de fois épargné le dangereux bonheur de coucher dans les champs.

A côté de ces bonnes , belles , fortes et franches
natures, pourquoi placer ce petit homme à jambes
grêles et à gros ventre , cet esprit faux, cauteleux ,
chicaneur, âpre au gain , cet être amphibie , moitié
avocat, moitié accusé? C'est qu'ici , comme partout,
tout est contraste , tout est antithèse. Nous allons
entrer dans le monde qui ne vit que le code à la
main et qui étudie sans cesse la manière de poser
le pied entre ses paragraphes , sans jamais marcher
sur un article criminel. C'est ce qu'ils nomment ,
dans leur argot, faire *suer Thémis* , et les praticiens qui exercent l'état, qui vivent des conseils
qu'ils donnent pour faire éviter les rigueurs de la
loi, prennent le nom de *Favoris de la déesse*. Ces
gens connaissent le code mieux qu'ils n'ont jamais
su le catéchisme ; ils en savent le fort et faible ,
ils en ont étudié tous les détours , et ils se promè-
nent à l'aise dans le labyrinthe des lois. Certes ,
leur industrie n'est pas parfaitement honorable ;
un bourgeois de la rue Saint-Denis ou un fabrican
du faubourg n'y destinera pas ses fils, et nous ne

la consignons ici que parceque nous désirons autant que possible faire de ces études une galerie
complète.

Une façon d'huissier marron, d'homme d'affaires ténébreux, plus retors qu'un procureur, tient
son cabinet chez un marchand de vin du quai aux
Fleurs, au milieu des tables de marbre, dont l'une
lui est réservée. Lorsque je pénétrai dans ce cabinet, toutes ces tables étaient occupées. Je m'em-
parai de la seule libre. Je vis que cette action si
simple semblait produire un effet inaccoutumé dans
l'endroit. On me regardait en dessous ; toute la
race des *rats du palais* qui fréquentent l'établissement, praticiens, recors, grossoyeurs d'études de
bas étage, gratte-notes, en un mot toute l'aimable
engeance commençait à murmurer. En effet, j'a-
vais fait une école ; j'avais eu l'imprudence de m'as-
seoir à la TABLE DE M. AUGUSTE.

M. Auguste est le mamamouchi, le grand-vizir,
l'homme saint de l'établissement. Il est choyé, envié, admiré ; on rit de ses bons mots. Il y entre
en triomphateur. On se lève, on se découvre à son
approche. Comme Jupiter, il fait trembler tout ce
peuple en fronçant le sourcil. Heureusement pour
ma pauvre personne, j'étais en compagnie d'un
homme qui avait l'insigne honneur de connaître

M. Auguste. Sans cela on me faisait un mauvais parti.

Lorsque M. Auguste fit son entrée triomphale, il nous regarda d'un œil courroucé ; mais bientôt, ayant reconnu mon compagnon, il s'avança vers nous d'un air souriant. Tous ces gens qui attendaient un éclat, qui étaient prêts à nous courir sus, changèrent de physionomie comme par enchantement. M. Auguste ne nous avait-il pas salués ?

M. Auguste est un homme de trente-cinq à quarante ans ; il a une physionomie qui ne prévient nullement en sa faveur. Il a de gros yeux vert de mer à fleur de tête qui sont faux, une bouche fausse, un faux sourire, un faux toupet blond albinos. Nous l'avons dit, ses jambes sont grêles et son ventre est gros. Il est tout de noir habillé, il singe autant qu'il peut la tenue des gens du palais. Mais tout cela est vieux et râpé, car M. Auguste s'habille *au décroche-moi cela*, ce qui veut dire en français : chez le fripier.

Mon compagnon avait jugé à propos, pour délier la langue de cet important personnage, de l'inviter à déjeuner. M. Auguste jouit d'un remarquable coup de fourchette ; mais il a un verre superbe ; au café, je m'aperçus qu'il devait être un des enfants les plus distingués de Paris, car ce n'est qu'au septième ou huitième petit verre qu'il daigna nous donner quelques renseignements sur son *truc*, le métier qui le fait vivre.

M. Auguste est un ancien clerc de province. Il est venu à Paris sans sou ni maille ; il a été marchand de contremarques à la porte des théâtres du boulevard, où il a connu beaucoup de flâneurs et de petits rentiers, gens désœuvrés qui ne savent jamais comment franchir l'abîme immense qui sépare le déjeuner du dîner, la lecture du journal de l'ouverture des théâtres. Un jour qu'il se promenait dans le palais, il vit beaucoup de ces bons citadins qui stationnaient à la queue du public des tribunaux et qui faisaient mille gentillesses aux gardes municipaux pour les attendrir et tâcher de pénétrer dans le sanctuaire de la justice. M. Auguste, qui est un homme à expédient, vit là une source de fortune. Il avait une idée.

Dès ce moment il passa ses journées à courir dans les corridors du palais, accostant toutes les personnes qu'il voyait sortir des cabinets de messieurs les magistrats instructeurs. Il se proposait pour conduire les témoins à la caisse afin d'y toucher les deux francs que la justice alloue à tous ceux qui viennent la renseigner. Lorsque le témoin avait reçu son argent, et qu'après avoir offert

soit un canon de vin, soit une demi-tasse à **M. Auguste**, il voulait le quitter pour vaquer à ses affaires, celui-ci l'apitoyait en lui contant quelque
histoire bien larmoyante, bien pathétique; il savait encore se faire donner quelques sous pour sa
peine. D'autres fois, le témoin dédaignait la rétri-
bution; alors **M. Auguste** changeait sa batterie :
il inventait un autre conte, il implorait sa pitié; il
lui demandait son assignation en lui disant qu'il
était père d'une nombreuse famille. On lui aban-
donnait facilement ce morceau de papier inutile.
C'est en collectionnant toutes ces citations et assignations que **M. Auguste** a fondé le magasin qui
le fait vivre.

Aujourd'hui, **M. Auguste** vit comme un chanoine; il est devenu une autorité dans le bas peuple du palais; il gagne beaucoup d'argent. Il loue
des citations en témoignage aux curieux pour les
faire entrer aux cours d'assises et aux chambres
correctionnelles, les jours de procès curieux. Les
gardes municipaux qui sont de planton aux portes
des tribunaux ont pour consigne de ne laisser
passer que les personnes assignées. Ils ne lisent
jamais les assignations; il suffit donc qu'on se présente hardiment avec un papier timbré pour qu'ils
vous laissent passer, car du moment qu'on a le

papier, la consigne est sauve. M. Auguste avait
observé cela ; aussi a-t-il su en profiter. Il sait par
cœur la liste des affaires à juger ; il connaît les
jours où les premiers sujets du barreau et de la
magistrature debout doivent prendre la parole ; et
ces jours-là, dès sept heures du matin, il est à son
poste avec sa liasse de citations et d'assignations
périmées. Il les loue ordinairement 1 fr. pour la
séance. On le connaît ; il a ses habitués ; on ne
paie qu'après qu'on est placé ; mais on est obligé
de laisser en nantissement 5 fr., qu'il ne remet
qu'après la restitution de son papier.

— « Et vous gagnez beaucoup d'argent à ce
métier-là ? lui demandai-je.

— C'est selon les procès ; celui de Laroncière
m'a rapporté jusqu'à cent francs par jour ; j'étais
obligé d'envoyer un de mes clercs dans la salle,
pour redemander mes assignations. J'ai loué la
même citation jusqu'à dix fois en une séance.
Soufflard n'a pas mal donné ; la bande de *Poil-de-
Vache* était bonne, mais ne valait pas les *habits
noirs.*

— Et les affaires politiques ?

— Cela dépend des personnages. Les complots
m'ont laissé d'ailleurs d'excellents souvenirs ; les
procès de presse furent d'un assez joli rapport.

Les cris séditieux valaient moins. Quant aux cri-
mes, aux infanticides, aux faux, aux vols de confiance, c'est chanceux.

— D'après ce que je vois, en lisant les détails
d'un assassinat, vous savez combien il vous rapportera.

— Il y a crime et crime; c'est la position de
l'accusé qui fait tout. S'il est jeune et féroce, il
devient intéressant; c'est très bon. Si c'est un
homme qui a simplement tué sa femme ou un passant dans la rue, ça ne vaut absolument rien. Les
maris jaloux et farouches amènent des dames.
Mais parlez-moi de ces gaillards qui coupent leur
maîtresse en morceaux! qui l'attendent le soir
dans une allée, la poignardent et tirent un coup
de pistolet à leur rival! à la bonne heure! c'est
du nanan! Ils ont un public à eux, on les lorgne,
on leur envoie des albums pour y écrire deux
mots, ils posent devant un parterre de femmes.
S'ils sont tant soit peu jolis garçons et que l'affaire
prenne plusieurs audiences, la seconde journée
double ma recette. Si le jugement se prononce la
nuit, je suis obligé de donner des contremarques.
La nuit est très propice aux drames judiciaires,
le beau sexe s'y crée des fantômes. C'est si intéressant, un scélérat passionné qui égorge propre-

ment la femme qu'il aime! il y a de quoi en rêver
quinze jours. On envie le sort de la victime, on
voudrait être aimé ainsi une fois, rien que pour
en essayer. Ah! Lacenaire! nous ne trouverons
malheureusement pas de sitôt son pareil! Il faisait
des vers, monsieur! s'écria M. Auguste, d'un air
moitié d'admiration et moitié de regret. Il était
galant, intéressant, il s'exprimait bien. Encore
deux affaires comme la sienne, et je me retirais
dans mes terres. Ah! si le huis-clos n'existait pas
pour certains attentats! quelle source de fortune!
je serais millionnaire. Tout le monde en veut:
c'est le fruit défendu. »

Une espèce de pleutre ballottant dans un immense habit noir boutonné jusqu'au col, et dont
les jambes flageolaient, vint interrompre M. Auguste au milieu de ses regrets. C'était son clerc.
Cet homme le remplace lorsqu'il y a plusieurs
affaires intéressantes le même jour; il lui recrute
des clients, il lui procure des affaires, car M. Auguste joint à son industrie celle de défenseur offi-
cieux aux justices de paix; il fait en outre des
mémoires et des pétitions aux ministres.

Le *Détripé,* il est ainsi surnommé, a plusieurs
cordes à son arc. Dès qu'un crime est commis, il
se transporte sur les lieux; il recueille tous les

bruits, il raconte les détails, il a soin de dire son
nom et son adresse dans les cabarets environnants,
il répète cent fois ces détails, il en invente au
besoin, on les redit, cela arrive jusqu'aux magistrats instructeurs ; on le fait appeler, il raconte ce
qu'il a entendu dire ; il fait une déposition insi-
gnifiante. On le renvoie, mais il a ses quarante
sols, c'est toujours ça de gagné. Du reste, il jure-
rait, au besoin, sur l'Évangile, devant Dieu et les
hommes, après avoir vu un chien de chasse étran-
gler un lapin, que c'est le lapin qui a commencé,
qu'il avait tous les torts, et que ce n'est qu'à son
mauvais naturel qu'il doit sa triste fin.

Ce maître Jacques n'ose faire concurrence à son
maître, car celui-ci maintenant ne mendie plus
les assignations : il les achète et les paie plus cher
que le caissier du palais. Il ne souffre pas de rivaux ; il leur fait une guerre acharnée. Il a fait sa
petite pelote, comme il dit ; il espère bientôt pouvoir se retirer à la campagne, pour y former sou-
che d'honnêtes gens.

Quand nous quittâmes M. Auguste, il nous regarda d'une façon triomphante, et il dit à ses admirateurs : « — Je les ai *épâtés*, les bourgeois ! »

Il avait raison, en effet : nous étions émer-
veillés.

V.

CORRESPONDANCE. — LES FÊTES ET FOIRES.—LES JEUX
LE 90. — LE LAPIN IMMORTEL. — LE PATISSIER AMBU-
LANT.

Un journaliste ne manque jamais de recevoir
beaucoup de lettres, affranchies ou non, signées
ou anonymes, de compliments ou d'injures, lorsqu'il a entrepris une série d'articles sur un sujet
quelconque. En voici deux entre celles qui nous
sont parvenues à propos de nos *Industries inconnues :*

« Monsieur,

» Je lis avec le plus grand plaisir les articles
que vous publiez dans le journal le *Siècle*, qui
est mon journal. Vous voulez faire une galerie
originale de tous les commerces que nous inven-
tons chaque jour, nous, pauvres gens jetés au hasard sur le pavé de Paris. Ce que vous avez dit
jusqu'à ce jour est vrai, bien étudié et compris.
Presque tous ces industriels me sont connus, et
quelques uns sont mes amis.

» J'ai cependant une observation à vous faire.
Peut-être vous paraîtra-t-elle juste.

» Lorsque vous avez parlé de mon ami Chapellier, le boulanger en vieux, vous avez dit :
« Le père Chapellier a su tirer des croûtes de
» pain tout ce qu'on en pouvait tirer. »

» Cela n'est pas exact. Il n'est peut-être pas
d'industrie au monde autour de laquelle un homme
ne trouve à ramasser sa vie. On peut penser à
tout, embrasser d'un coup d'œil toutes les branches qui viennent se rattacher à l'arbre principal,
mais on ne les cultivera pas toutes. Le temps,
la place, les outils, la patience, manquent. Puis
vous ne pouvez vous figurer quelle est la force de
cet axiome : « Il faut que tout le monde vive. »
Rien ici-bas ne se fait qu'en vertu de ce principe.
Le fabricant de bijouterie qui, après avoir brûlé
ses cendres et les balayures de son atelier, vend
les cendres des cendres au laveur de cendres, sait
parfaitement bien qu'il y a encore de l'or dans ce
qu'il vend, mais il se dit : « Il faut que tout le
monde vive. » Puis il n'a pas l'admirable patience
de l'Auvergnat, il n'est pas outillé, il n'a pas d'emplacement convenable pour faire le lavage lui-
même ; il perdrait trop de temps à l'entreprendre.

» Il en est de même partout. En littérature,
après le romancier, qui trouve le sujet, esquisse

les caractères, décrit les lieux, donne la vie aux
personnages, les fait marcher, parler, agir, en
un mot écrit un livre, vient l'auteur dramatique,
qui transporte tout cela au théâtre sous une autre
forme. Le premier auteur eût pu faire la pièce
lui-même, mais il n'est pas en relation avec les
directeurs, et d'ailleurs il n'est pas outillé pour le
théâtre, il ne connaît pas les *ficelles* de la scène.
Il abandonne donc son œuvre à qui veut la prendre : il faut que tout le monde vive.

» Examinez, cherchez, et vous trouverez toujours une glane dans les champs déjà moissonnés.
Quelqu'un qui voudrait bien s'en donner la peine
vivrait même des huissiers, qui vivent aux dépens
de tout le monde, et ce ne serait ni la moins curieuse ni la moins productive des *industries inconnues.*

» Moi, Monsieur, qui écris ces lignes, j'ai
trouvé ma glane dans le champ du père Chapellier, j'en vis depuis une vingtaine d'années, et je
n'ai pas à me plaindre de mon sort. Si je ne suis
pas un capitaliste comme mon heureux ami, je
suis du moins un notable commerçant dans le
genre. Si vous voulez me faire l'honneur de venir
me voir, je vous montrerai mes fours, je vous ex-
pliquerai mes moulins; je crois que vous aussi

vous pourrez trouver à glaner quelques bonnes observations dans mon champ.

» Agréez, Monsieur, etc. HÉBARD. »

Nous nous sommes donc rendu derrière ce vieux collége Henri IV, où nous avons passé les dix plus belles années de notre vie, pour visiter l'usine de M. Hébard. Un grand gaillard, qui portait pardieu bien le gilet rouge distinctif des valets de grande maison, vint nous demander ce que nous voulions.

« Je désire voir M. Hébard.

— Il est dans sa bibliothèque ; si monsieur veut me dire son nom, j'aurai l'honneur de l'annoncer. »

Tout se fait dans les formes ; mais nous sommes habitué aux surprises. Quelques instants après, un homme d'une cinquantaine d'années vint à notre rencontre. Il était vêtu d'une vareuse rouge et d'un pantalon de moleton à pied. C'était M. Hébard.

Si les Parisiens, qui, à l'exemple de Voiture, ont la prétention de deviner la profession d'un passant rien qu'à sa démarche, rencontraient notre industriel se promenant un jour au Luxembourg, nous sommes certain qu'ils pourraient s'attirer la même réponse que celle qu'on fit au poète

du dix-septième siècle, lequel, voyant un jour un
homme en carrosse qui passait sur le Cours la
Reine, l'aborda en disant : « Monsieur, j'ai pa-
rié que vous êtes un receveur aux gabelles. —
Monsieur, lui répondit le quidam, pariez que vous
êtes une bête, et vous gagnerez. »

En effet, jamais homme n'a moins eu le physique de son emploi que M. Hébard : il est petit,
un peu replet ; il a les mains blanches, le visage
pâle et blanc, comme tous les hommes qui mè-
nent une vie sédentaire, et certainement le physionomiste moderne voudrait voir dans M. Hébard
un homme de bureau, un professeur ou un savant,
et non pas un homme de travail manuel et d'invention commerciale.

Nous l'avons dit, presque jamais ces hommes
qui cherchent si péniblement la fortune n'aiment
l'argent pour le bien-être qu'il procure ; ils veulent la fortune, non pas pour la fortune, mais
pour satisfaire un caprice, pour avoir quelque
chose qui leur a fait envie chez un autre qu'ils
ont connu il y a vingt ans. M. Hébard, lui, doit
son énergie à un voisin qui possédait une bibliothèque. M. Hébard y passait sa journée et ses soirées à lire Voltaire. Un jour il lui arriva à peu
près ce qui arrive dans le conte des *Deux Voisins*.

L'un deux avait des livres et un ménage très mal
monté ; l'autre avait au contraire un très beau ménage, mais pas le plus petit livre. Un soir celui-
ci cria à travers la cloison : « Voisin, prêtez-
donc un livre, je ne puis dormir. — Mes livres ne sortent pas, répondit celui-là ; venez lire
chez moi tant que vous voudrez. » Quelques
jours après, ce fut le tour du bibliophile de s'é-
crier : « Voisin , mon feu ne veut s'allumer ;
prêtez-moi votre soufflet. — Venez souffler chez
moi tant que vous voudrez, répondit l'autre, mon
soufflet ne sort pas de chez moi. »

Or, dès qu'il se fut brouillé avec son voisin, M.
Hébard se dit : — Moi aussi j'aurai mon Voltaire !
Et il se mit à travailler pour se le procurer. Mais,
âgé de quinze ans, il n'était que petit *patronnet*
chez un *regrattier*. Les regrattiers sont les pâtissiers qui fabriquent les chaussons aux pommes,
les brioches sans beurre et les gâteaux sans sucre
qu'on vend aux écoliers et aux gamins de Paris.
Il gagnait, pour-boire compris, vingt-cinq sous
par semaine. M. Hébard était nourri à la boutique, et ses parents, qui étaient portiers d'un hôtel d'étudiants dans la rue Saint-Jacques, le lo-
geaient. Pour se procurer les quatre-vingts volumes de Voltaire, édition Touquet, à un franc

soixante quinze centimes le volume, il fallait donc deux années d'économie. M. Hébard ne se sentit pas ce courage. Il abandonna son métier pour se faire *camelot*, c'est-à-dire marchand de bimbelotteries dans les foires et fêtes publiques. Il y portait de la bijouterie fausse. Pendant trois étés, il fit les départements de la Seine, Seine-et-Marne, Seine-et-Oise. Ses affaires prospérèrent au delà de ses espérances. Mais ce qui lui profita beaucoup plus que son commerce, c'est qu'il y apprit tous les stratagèmes que les marchands forains mettent en pratique pour vivre. Il connut leurs besoins, leurs façons d'acheter, de vendre, et il y conçut une idée excellente : aussi manqua-t-elle de l'envoyer passer cinq ans à Sainte-Pélagie. On y enfermait encore les prisonniers pour dettes. Il voulut fonder à Paris une sorte d'entrepôt où tous les *camelots* s'approvisionneraient de marchandises. L'affaire ne réussit pas ; il dut faire faillite, et le Voltaire ne fut pas encore acheté de cette fois.

Pendant les trois années d'ensuite, il accompagna les Hercules, les femmes phénomènes, les disloqués, les avaleurs d'épées, les mangeurs de feu, les dentistes, les escamoteurs, les banquistes, les nains, les géants, les enfants à deux têtes, les veaux à quatre cornes et tous les charmants spec-

tacles qui réjouissent les yeux du peuple le plus
spirituel du monde dans les jours de réjouissan-
ces. Il s'était acquis une certaine réputation dans
le *boniment,* la *postiche* et la *parade.* On nomme
ainsi le prologue que les saltimbanques jouent
devant leur baraque pour allécher le public en
l'amusant aux bagatelles de la porte, et qui finit invariablement ainsi : « Entrez, messieurs,
mesdames, entrez; vous y verrez ce que vous
n'avez jamais vu ; et cela ne coûte que 2 sous. 2
sous! il faudrait ne pas avoir 2 sous dans sa poche, etc. »

M. Hébard, qui était Parisien, qui savait son
boulevard du Temple par cœur, imitait les comi-
ques à la mode, faisait des grimaces, parlait fort
et captivait l'attention des *combrousiers :* c'est
ainsi que les forains nomment les paysans. Aussi
Gringalet était-il fort recherché par les Bilboquets
du temps.

C'est tout un monde à part, nous disait-il,
que la population des forains; il serait très curieux
de les étudier. Figurez-vous qu'il y a là des familles entières qui n'ont jamais habité dans des
maisons; les enfants naissent, vivent, grandissent
et meurent dans ces longues et larges voitures
qu'on rencontre souvent sur les routes, et dans

lesquelles ils couchent, font leur cuisine et trans-
portent tout leur mobilier. Ils se marient entre
eux, et les nouveaux conjoints ne font que passer
d'une voiture dans une autre. Un enfant n'a pas
deux ans, qu'on lui a déjà assoupli les reins, pour
lui apprendre la dislocation et les *sauts de carpe*.
Il fait ses exercices d'agilité, il danse la danse des
œufs, à l'âge où les autres enfants font à peine
leurs dents. Ce petit être, à dix ans, connaît à
fond toutes les roueries qu'on n'apprend dans le
monde que par une longue pratique de la vie, et
la fréquentation assidue des *sociétés* les moins
mêlées. Lorsque les autres balbutient papa, ma-
man, et jouent à la poupée, lui, il *entortille déjà
le pétrousquin en faisant la manche* (il sait attra-
per le public en faisant la quête). C'est pitié de
voir ces vieux enfants qui raisonnent de tout et
avalent le *canon* comme des hommes. Les gens
du monde croient qu'Eugène Sue a exagéré les
caractères de Bamboche et de Basquine. Non,
le profond moraliste n'a fait qu'atténuer, au contraire, ce que ces mœurs nomades ont d'horrible.
Il faut avoir un corps de fer, un cœur d'acier, une
âme de bronze, pour vivre de cette vie-là.

Vient ensuite le *truqueur*. On appelle ainsi tous
ces gens qui passent leur vie à courir de foire en

foire, de village en village, n'ayant pour toute industrie qu'un petit jeu de hasard. Cela s'appelle *passe-carreau*, le *chandelier*, etc. Le jeu du *chandelier* consiste à abattre un chandelier de feutre sur lequel on a mis 1 sol. Le joueur, armé d'une longue baguette, doit d'un seul coup faire tomber ces deux objets hors de l'assiette qui les supporte. On joue ordinairement un lapin, de l'argent ou des macarons. Cet exercice paraît fort simple au premier abord, et le truqueur l'exécute avec une telle facilité que tout le monde veut essayer. On s'entête à gagner, les paris s'engagent entre le marchand et le joueur, et bientôt celui-ci quitte la place le gousset à sec.

Il est tel industriel de ce genre qui part au printemps, emportant un lapin dont, à la fin de la campagne, il fait une excellente gibelotte. Pendant les six mois de beau temps, il gagne de quoi passer grassement son hiver. Voici la mise de fonds : un chandelier en feutre, deux sous ; une assiette, trois sous ; un lapin, trente sous. Quant à la baguette, il la cueille au premier aulne qu'il rencontre sur son chemin. Ajoutons-y le sou à mettre sur le chandelier : total, trente-six sols. C'est avec ce capital qu'il vit, qu'il nourrit sa femme, qu'il élève plusieurs enfants, et qu'il

finira par acheter quelque beau domaine. Il y a
peu de financiers, même à la bourse de Paris, qui
sachent mieux *faire suer* leur argent.

Dans certains pays, les fêtes sont organisées
par des particuliers. Ces pays-là sont la terre
promise des banquiers du *biribi*, du *passe-carreau* et du *chandelier*. On charge ordinairement
de la surveillance de la foire le garde champêtre
du lieu ou un des gardes du plus riche propriétaire. Alors les *truqueurs* font ce qu'ils nomment
une *bouline*, c'est-à-dire une collecte entre eux,
et ils chargent un compère de distraire le surveil-
lant, de l'emmener à l'écart, de l'inviter et de
le griser. Alors, malheur aux pauvres *pétrous-
quins* (particuliers) qui s'aventurent à jouer! ils
sont rançonnés sans merci. Une sentinelle veille
pendant ce temps avec mission de signaler l'approche fortuite de la maréchaussée : la gendarmerie a tant de préjugés!

Si vous vous êtes promené dans une fête de
village, vous avez dû jouer au *quatre-vingt-dix*.
Ce jeu est une espèce de loto, et l'un des spectateurs se charge de remplir l'office du destin : il
plonge la main dans un sac et en retire le numéro
qui doit faire un heureux. On y gagne ordinairement de la porcelaine. Vous y voyez des déjeu-

ners, des vases superbes, de belles pendules, etc.
Le quatre-vingt-dix a droit à une pièce au choix du
gagnant, mais ce gagnant est presque toujours un
ami sûr, un *compère*, qui emporte son gain, fait
le tour de la tente et remet l'objet gagné à son
premier et seul propriétaire, le banquiste. Quelquefois celui-ci offre à son compère, devant tout
le monde, de le reprendre pour cent cinquante ou
deux cents francs. Le compère n'a garde de refuser,
et on lui compte la somme. Le public, alléché
par un tel gain, passe sa soirée à tirer des numéros, et s'en retourne chez lui, emportant des
coquetiers, deux ou trois verres communs et des
tasses dépareillées. Le tour est fait, le *combrousier*
a été *mis dedans*.

Il existe dans les foires des environs de Paris
une boutique de porcelaines véritablement luxueu-
se ; on y voit de tout, des vases d'église et des
glaces dignes de figurer dans le boudoir d'une
petite-maîtresse ; les mille caprices de la mode y
chatoient, coffrets ornés de médaillons ciselés et
verres de Bohême. La boutique est tenue par une
dame agréable et sa *demoiselle*, qui est charmante. Lorsqu'elles arrivent dans un village, en
demandant au maire la permission d'étaler, elles
commencent par faire un don de cent à deux cents

7

francs aux pauvres de la paroisse. Cela fait du
bruit dans le pays; la *dame* et sa *demoiselle* assistent à la grand'messe et n'ouvrent leur boutique
qu'après l'office divin. Cela fait très bien. La haute
société du lieu s'empresse d'accourir au magasin
de ces dames : les femmes pour voir une personne si pieuse, les jeunes gens pour contempler
les beaux yeux de la demoiselle. La partie s'en-
gage; c'est à qui restituera en détail la somme si
généreusement donnée aux pauvres. Et voilà
comment il se fait que la *dame* possède aujour-
d'hui deux maisons sur le pavé de Paris et que la
demoiselle a dû l'an dernier épouser un notaire.
Parlez-nous de la philanthropie! c'est le meilleur
placement qu'on ait encore trouvé. Demandez à
messieurs tels et tels, qui se sont fait de si bonnes
rentes en visitant les pauvres prisonniers.

Donc M. Hébard traversait tout ce monde-là,
mais en philosophe observateur. Il était un peu
poète, et faisait des couplets; un peu orateur, et
composait des parades; un peu acteur, et jouait ses
œuvres; et cela en continuant de rêver à son Voltaire. Enfin, un jour, jour à jamais mémorable, la
troupe d'acrobates à laquelle appartenait M. Hébard
donnait ses représentations à Montargis. Un régiment qui passait fit sa grande halte sur la place de

la ville. Il menait à sa suite tout son attirail de guerre, et notamment un petit four ambulant. M. Hébard, qui se connaissait en fours, voulut voir celui-ci. Il l'examina et s'en fit expliquer tout le mécanisme. Il eut affaire à un homme qui, par amour-propre, lui donna tous les renseignements possibles. C'était le boulanger du corps. Ce soldat boulanger était un noble, de très haute naissance, dont la famille avait été ruinée et dispersée par les événements. Ne sachant que faire, sans état, sans ressources, il s'était fait soldat pour vivre, croyant gagner l'épaulette en six mois; mais son éducation était trop négligée, et on le relégua à la manutention des vivres. Là il devint boulanger, et excellent boulanger. En 18... il était donc attaché comme maître-boulanger à un régiment de ligne. Nous le reverrons bientôt. Mais revenons.

M. Hébard vit tout de suite une belle fortune dans ce simple four de campagne. En remontant sur son estrade pour faire sa dernière parade, il feuilletait déjà dans son imagination les premières pages de son Voltaire, édition Touquet. En effet, en revenant à Paris, le premier soin de notre voltairien fut de courir chez les fabricants de tôle et de se faire construire un appareil semblable à celui qu'il avait admiré la vielle à **Montargis**.

Le dimanche suivant il s'établissait dans une des avenues des Champs-Elysées. C'était le temps de la vogue de *M. Coupe-Toujours,* le marchand de galette du boulevard Saint-Martin. M. Hébard, d'après ce principe que tout état laisse une glane pour quelqu'un, se mit à glaner sur *M. Coupe-Toujours.* Il se fit *fabricant de galette ambulant;* il courut les fêtes et les foires, traînant toujours derrière lui son *établissement.* Il eut un moment de grande vogue; mais, voyant qu'il était menacé d'une nombreuse concurrence, au lieu de s'y opposer, il se mit à faire fabriquer des fours pareils au sien, et les vendit à qui en voulut; puis, avec son juste instinct, sentant que l'affaire ne pouvait durer, il laissa cette industrie devenue vulgaire pour se faire fabricant de pain d'épice commun.

Au premier coup d'œil, faire du pain d'épice ne paraît pas être une grande innovation. Les Champenois de Reims sont réputés pour fabriquer le meilleur; mais le faire à si bon marché que personne ne puisse rivaliser avec vous, voilà la malice. Il fallait trouver quelque prodige de la chimie qui remplaçât la farine de seigle, comme les gargotiers de la barrière savent remplacer, dit-on, le bœuf par du cheval et le lapin par du chat.

Or un homme vendait des croûtes de pain à un prix qui ne permettait pas de supposer que jamais ce qu'il vendait fût sorti de la boutique d'un boulanger. C'est là qu'il fallait frapper. Le *prodige de la chimie* était de faire redevenir cet ex-pain farine. C'est à ce problème que s'arrêta M. Hébard. Il fit des essais de toute sorte; enfin, en soumettant ce pain à la chaleur d'un *bain marie* dans un four construit exprès, il réussit à le sécher assez pour qu'en passant sous la meule d'un moulin de son invention, il fût ramené à sa forme première, c'est-à-dire à l'état de farine.

Ce procédé trouvé, M. Hébard était maître de la place de Paris; il pouvait fournir du pain d'épice commun aux marchands ambulants, à ceux qui pour deux sous donnent aux enfants plus d'un demi-kilo de cette *friandise*. Comme il vendait sa marchandise à cinquante pour cent de rabais sur tous les autres fabricants, il eut bientôt la pratique de tous les *truqueurs* qui tiennent ces petits jeux de tourniquet où l'on gagne à tout coup. Ses anciens confrères devinrent ses clients.

Décidément, M. Hébard avait conquis son Voltaire.

Mais, hélas! il en est des livres comme de l'appétit, qui vient en mangeant : plus on en a, plus on désire en avoir, et l'on finit par passer à l'état de bibliomane. Et c'est alors le vrai moment où on cesse de lire.

C'est ce qui arrive aujourd'hui à M. Hébard ; il a une magnifique bibliothèque, des livres précieux, dix éditions de Voltaire dans tous les formats ; mais il ne les ouvre jamais. Il passe des journées à les ranger sur des rayons de chêne, et ses soirées dans les salles de vente pour en augmenter incessamment le nombre.

— Si vous ne lisez plus, lui demandai-je, pourquoi achetez-vous tant de livres ?

— Hélas ! monsieur, la nature humaine est ainsi faite. Ce sont les gens qui digèrent le moins bien qui se font servir les meilleurs dîners, comme ce sont les plus vieux sultans qui possèdent les plus nombreux harems. J'ai de la fortune ; personne ne pouvait glaner sur mon industrie. La nature m'a donné la manie des livres en compensation. Les librairies sont ma caisse d'amortissement. Il faut bien que tout le monde vive !

VI.

LE PÈRE PUTATIF. — LES VIEUX RUBANS. — L'ATELIER DES ÉCLOPÉES. — LE BERGER EN CHAMBRE. — UN DERNIER MOT SUR LES ANGES GARDIENS.

Il y avait chez M. Hébard un homme robuste, quoique grisonnant, à l'œil ouvert, à la parole brève. Il était boutonné dans une longue redingotte bleue ; il portait la moustache en brosse et l'impériale longue de trois pouces. Pour celui-ci, il n'y avait pas moyen de s'y tromper : tout le monde, en le voyant, même sans habit militaire, eût deviné qu'il avait été soldat.

Il se nomme le comte de... : c'est l'ancien soldat, maître-boulanger d'un régiment de ligne, auquel M. Hébard doit sa fortune. En sortant du service, il s'est souvenu de sa connaissance de Montargis, et il est venu à Paris ; sa première visite, avant d'arrêter un logement, fut pour son ami de hasard, qu'il croyait trouver tirant le diable par la queue. Jugez de son bonheur, lorsqu'au lieu de ce qu'il pensait, il trouva le bien-être et l'aisance. M. Hébard, qui possède entre autres vertus la reconnaissance poussée à sa quatrième puissance, reçut son homme, comme on dit, à bras ouverts. Le soldat-boulanger avait 300 fr. de pension pour ses services : c'était suffisant pour le tabac. Mais il lui fallait un emploi pour vivre. Le fabricant de pain d'épice lui offrit un logement et la table pendant le temps qu'il mettrait à chercher une place. L'ami accepta, comme de juste ; il accepta même avec empressement, promettant de se mettre en course dès le lendemain. Les places sont rares, fort rares, il paraît, à Paris, car il y a quinze ou dix-huit ans de cela, et l'ami n'a pas encore trouvé à employer ses talents, et il demeure toujours dans la même chambre ; il y est toujours en camp volant, car il doit toujours se mettre en quête d'un emploi demain.

M. le comte*** gagna bientôt de l'argent, il eut une industrie très lucrative : il se fit *père putatif !* il *reconnaît* les enfants qui n'ont pas de père officiel.

Étant en garnison à Givet, un jeune officier du régiment de M. le comte*** séduisit une jeune fille. Il appartenait à une famille noble et riche ; sa fortune dépendait d'un oncle qui n'aurait jamais souffert une mésalliance. L'amant heureux savait que la moindre infraction aux préjugés

aristocratiques de son oncle serait une exhéréda-
tion. Pendant ce temps, la jeune fille se désolait ;
elle voulait un nom pour son enfant. L'officier
lui disait bien qu'Eugène, Alfred, Arthur, étaient
des noms charmants, et qu'en y joignant Didier,
Bertrand ou Martin, on pouvait faire un homme
complet, ayant deux patrons intercédant pour lui
dans le ciel, et toutes les apparences d'une famille
comme beaucoup de bourgeois de la plus fine
bourgeoisie. Mais la belle ne voulait rien entendre ; elle voulait un nom sérieux, avec une par-
ticule nobiliaire pour le moins.

Que faire en telle occurrence ? Un jour qu'il était
de semaine, on fit l'appel devant lui. Tout à coup
il entendit le nom superbement historique du soldat-boulanger. Il se fit présenter le soldat porteur
d'un si beau nom ; il le combla de bienfaits en lui
payant une goutte à la cantine. Il s'inquiéta de sa
famille, lui fit des offres de services ; enfin, après
bien des détours, il finit par lui proposer de le
substituer en ses lieu et place et de lui faire présenter le marmot à venir chez M. le maire.

Notre homme fit des objections ; mais le jeune
officier sut mettre fin à ses scrupules en lui glissant
trois louis dans la main, lui promettant une égale
somme pour le jour de la présentation. M. le

comte n'avait jamais soupçonné qu'il pût y avoir des objections contre de pareils arguments : il ferma la main et ne dit plus mot.

Le soir, l'officier se présentait devant sa larmoyante victime et lui disait que son fils serait en possession d'un titre de comte, qu'il serait reconnu et porterait un des plus vieux noms de France. Cette nouvelle fit merveille : car, malgré toutes nos révolutions, les femmes tiennent encore énormément à la noblesse. Le prestige de l'aristocratie nobiliaire s'est complétement conservé dans les arrière-boutiques.

Quelques mois après, les cloches de Givet sonnaient à toutes volées : on baptisait le jeune vicomte Olivier de ***. Il va sans dire que l'officier était parrain.

L'histoire fit du bruit ; toutes les filles de Givet qui devenaient mères voulaient avoir aussi leur petit vicomte ; de sorte qu'on ne voyait que notre soldat aux mairies de la petite ville et des environs. M. le comte de *** ne pouvait suffire aux demandes ; il était toujours en fête, il menait une vie de carnaval. Il ne sortait d'un repas de naissance que pour assister à un banquet de baptême.

Il reconnaissait même au rabais : car il s'était fait cette réflexion bien simple : « Lorsque je

serai vieux, je me retirerai tout bonnement chez
le plus riche de mes enfants, et il ne sera pas assez barbare pour chasser son vieux père. C'est
donc un morceau de pain, un morceau de brioche,
que je ménage pour ma vieillesse. »

Dans toutes les villes où le régiment tint garnison, le comte de *** continua son métier. On avait
fini par en faire une plaisanterie dans le régiment.
On l'appelait même lorsque les mères ne réclamaient point de nom de famille. Le métier était
bon, notre homme ne refusait jamais. Enfin il
prit son congé en laissant nos départements, du
nord au midi, peuplés de deux ou trois cents jeunes
vicomtes ou vicomtesses ; il arriva dans la grande
ville, ayant la ceinture bien garnie, et rencontrant
la Providence au fond du faubourg Saint-Marceau,
sous les traits du brave M. Hébard.

A cette époque, des fils de famille qui ne se
sentaient de goût pour aucun état, ni pour la di-
plomatie, ni pour la magistrature, ni pour l'administration, ni pour la politique, avaient adopté la
carrière des armes pour faire dire à leur famille :
« Mon fils fait quelque chose : il est militaire, en
garnison dans tel endroit.» Ce qui peut se traduire
ainsi : « Il fume des cigares et il fait des parties
de piquet au café de telle sous-préfecture. » A la

mort de ces parents fâcheux qui croient qu'un jeune homme doit s'occuper, nos officiers n'avaient rien de plus pressé que d'envoyer leur démission au ministre de la guerre et de revenir à Paris. Ils contèrent à leurs amis les Parisiens l'histoire du comte et de sa très nombreuse progéniture. On en rit beaucoup ; puis on n'y pensa plus.

Mais à peu près à cette même époque, un jeune baron allemand, homme d'ailleurs fort spirituel, menant grand train et tout à fait à la mode, fit la folie de reconnaître un fils qu'une femme des plus légères lui attribuait. Il voulait, disait-il, faire élever cet enfant avec tous les soins possibles, pour savoir ce que pouvait devenir un plant de lorette transplanté en d'autres climats.

Cette reconnaissance mit tout le camp des lorettes en révolution. C'était un cri général, c'était à qui d'entre ces dames aurait son petit baron. On n'entendait plus qu'un cri de la rue Laffite à la barrière Blanche : « Je veux un nom pour mon enfant ! Ce cri devenait monotone, car ces demoiselles le poussaient même pour des effets rétroactifs. Déjà la foule des fils de famille, qui n'étaient pas ravis du tout de cette sempiternelle même note, commençait à éviter la société des camélias avec un soin tout particulier, et ils s'ennuyaient, lorsqu'un des officiers du régiment découvrit l'adresse du soldat-boulanger. L'honneur était sauf, le nom était trouvé, ces dames pouvaient être tranquillisées. On leur annonça cette grande nouvelle avec pompe. Elles cessèrent leurs cris, et la joie reparut, comme par enchantement, dans tout le quartier; les soupers retrouvèrent leurs chansons, les gosiers leur soif; l'ordre fut rétabli. Quant à M. le comte, il vit renaître ses beaux jours de fête, recommencer son perpétuel carnaval. On était obligé de le retenir d'avance, car il reconnaissait aussi l'arriéré.

Chaque jour, donc, les chances du repos de sa vieillesse augmentaient, car sa progéniture se propageait dans toutes les classes, et cette originale spéculation augmentait chaque jour de deux ou trois noms l'annuaire nobiliaire du royaume de France.

Mais hélas! l'homme propose et Dieu dispose. M. le comte de *** avait compté sans son hôte. Un jour, jamais personne ne s'y serait attendu, un homme, tout de noir habillé, absolument comme le page de Mme Marlborough, mais plus vieux et plus cravaté, arriva chez M. Hébard.

C'était un notaire royal.

Il demandait M. le comte de ***; il voulait lui

parler en particulier pour des affaires d'intérêt.
M. le comte venait d'hériter d'un parent de province, d'un noble inconnu, qui lui laissait 120,000
livres. C'était la manne du ciel tombant aux
Hébreux dans le désert. Pendant huit jours,
M. de *** ne sortit pas des cabarets ; il déserta les
mairies ; il dédaigna les mères éplorées, les pères
embarrassés, les enfants abandonnés ; il ne voulait plus rien, il ne demandait plus rien ; il rêva
pour lui-même les joies ineffables de la paternité :
une femme, un ménage, des enfants portant son
beau nom, de droit, pour de bon.

Malheureusement, pendant quinze jours, le
nom du comte avait été affiché à la quatrième
page de tous les journaux ; on y lisait une annonce
conçue à peu près en ces termes :

« Mᵉ X..., notaire à Paris, rue de.., prie M. le
comte de *** de passer à son étude, pour affaire
d'héritage. »

Ces deux lignes en mignonne n'avaient point
été lues par celui à qui elles s'adressaient ; mais
elles avaient frappé d'autres personnes, des indif-
férents. Ces gens en avaient parlé ; le bruit s'en
répandit ; l'héritage fit comme la boule de neige
poussée par des enfants, qui grossit en avançant.
Au bout de huit jours, il montait à plusieurs mil-

lions. Alors, tout à coup, M. de*** vit assiéger sa porte par une nuée de jeunes garçons et de jeunes filles, qui certes n'avaient jamais pensé à lui avant l'alléchante annonce, et qui tous venaient lui témoigner leurs sentiments filiaux. Ils arrivaient par cargaisons de tous les coins de la France, les uns le bâton de voyage à la main, en blouse, en sabots; les autres pommadés, vernis, cirés, astiqués, comme des gravures de mode. Il n'y avait entre eux qu'une similitude, c'était la fin de leur conversation : ils demandaient tous quelques billets de mille francs pour s'établir.

M. le comte se trouvait fort embarrassé ; quelques uns de ses bons fils avaient été clercs d'avoués, de notaires ou d'huissiers en province ; ceux-là étaient les plus insupportables ; ils avaient étudié la loi, ils connaissaient le Code, ils menaçaient de faire valoir leurs droits à la pension alimentaire. Le pauvre soldat-boulanger était ahuri, abruti, il ne savait que répondre. Ce qui lui avait paru une bonne plaisanterie lui apparaissait sous son vrai jour, c'est-à-dire la chose la plus grave qui se puisse imaginer. Il avait voulu jouer avec la loi, qui ne rit jamais; elle l'étreignait dans ses serres et lui meurtrissait sa vie.

Enfin, voilà comment, à bout de ressources, ayant de la paternité par-dessus la tête, il alla consulter un homme de loi, qui lui conseilla de faire à M. Hébard une donation entre vifs qui seule pouvait lui rendre le repos. Le conseil était bon, il le suivit.

Et voilà pourquoi il se dit chaque jour : « Demain j'irai chercher un emploi », et comment, depuis dix-huit-ans, il demeure avec son vieil ami.

————

« Monsieur,

» Tout se vend à Paris, excepté les rognures » de soie et les vieux rubans, car on n'a pas en- » core su en tirer parti. »

» Telle est la phrase que je trouve imprimée dans le journal le *Siècle*, au milieu d'un article signé de votre nom.

» On ne peut pas tout savoir. Rien que dans cette phrase, il y a trois grosses erreurs. Permettez-moi de vous les noter :

» 1º Si par rognures vous entendez les morceaux de coupons de soie, ou *gardannes*, vous ne vous êtes pas inquiété d'une branche fort lucrative de l'industrie parisienne.

» Ces rognures sont défilées, peignées, mises en bottes et revendues à des fabricants qui en font de très magnifiques étoffes. Cela se vend encore pour rassortiment aux femmes qui ont besoin de

raccommoder des robes neuves auxquelles il est
arrivé des accidents.

» 2° Si au contraire vous entendez par rognu
res les morceaux qui restent aux couturières et
tailleuses de robes, après qu'elles ont fait leur
office, vous vous trompez encore. Ces morceaux,
qui sont grands comme les deux mains, se vendent
en balles dans les provinces ; ils servent aux ménagères de petites villes à faire de ces couvre-pieds
multicolores qui font la joie des femmes de la campagne et charment les ennuis des longs jours de la
vie des champs. Vous n'êtes pas sans en avoir
rencontré dans vos voyages : c'est fort laid, cela
attire l'œil, chatoie, éblouit et finit toujours par
agacer les nerfs. Mais on aime cela en province,
on le trouve de bon goût. Et des goûts et des couleurs, vous le savez, on ne peut discuter.

» 3° Enfin, si vous entendez par rognures ces
petits morceaux, ces bandes, ces liserés que l'on
détache d'une robe lorsqu'elle est trop large ou
trop longue, ou lorsqu'on ne peut pas assembler
deux lés, cela se vend, cela se livre; cela rentre
dans ma partie.

» Je vais donc avoir l'honneur de vous expliquer mon industrie, qui en vaut bien une autre.
C'est moi qui ai eu l'honneur d'inventer les éé e-

8

dons de soie , et je vis de mon métier depuis plus
de quarante ans.

» Je n'ai jamais eu, comme beaucoup de vos
industriels, le bonheur d'avoir ma matière première pour rien. On me l'a toujours vendue, et
je l'ai toujours payée comptant. Et cependant,
avant moi, on jetait à la borne tous ces rogatons.
Mais les femmes sont plus curieuses, plus inté-
ressées que ne le sont les hommes. Dès qu'elles
voient qu'une d'entre elles s'occupe spécialement
d'une chose, elles veulent savoir pourquoi ; et, si
elles aperçoivent le moindre commerce, elles pré-
fèrent brûler ce qui peut leur servir que de le
donner pour rien. C'est là un trait caractéristique
de notre sexe. Enfin tant il est que j'ai su faire
quelque chose de ce qui ne servait à rien. Aujour-
d'hui j'occupe une douzaine d'ouvrières, toutes
bossues, perclues, contrefaites. Je préfère celles-
là : elles sont moins distraites, elles ne sont tour-
mentées ni par l'envie d'aller au bal ni par l'heure
des rendez-vous. Je suis certaine au moins qu'à
huit heures du soir il ne se trouvera pas tout un
bataillon de godelureaux en faction devant ma
porte. Mes employées sont toutes sages, rangées,
exactes : elles sont assez laides pour cela.

» Leur travail est d'ailleurs facile , monotone ,

mais peu fatigant. Un enfant de quatre ans le
pourrait faire aussi bien que la meilleure ouvrière.
Il ne consiste qu'à faire de la charpie avec des
rubans, à défiler des rognures de soie. Tous ces
fils, réunis, enfermés dans une enveloppe de soie,
font des édredons doux, légers et chauds. Ils se
vendent surtout au Temple, où quelquefois les
marchandes les mêlent avec de l'édredon véritable pour les acheteurs inexpérimentés.

» J'ai l'honneur, etc.

» Veuve BARON. »

« P. S. Si vous avez un moment à perdre, venez visiter ma maison ; je me ferai un véritable
plaisir de vous montrer mes produits. »

Je n'eus garde de manquer une si bonne occasion. J'allai voir Mme veuve Baron. C'est une
aimable vieille de soixante ans qui a pris son parti;
elle rit de son âge et plaisante fort agréablement
de ses lunettes à branches d'argent. Elle n'a
qu'un regret, c'est d'avoir été veuve trop tard,
alors qu'il n'y avait plus moyen de profiter des
bénéfices de son veuvage.

Son mari était marchand d'habits; il avait
un bon établissement à la rotonde du Temple,
mais, comme le Sganarelle du *Médecin malgre
lui*, il mangeait une partie de ce qu'il gagnait et

buvait toutes les autres. Il lui laissait trois enfants sur les bras, sans avoir même l'attention de
lui dire de les poser à terre. Mais le côté par lequel il ressemblait le plus au personnage de Molière était le côté de la brutalité. Chaque fois
qu'il rentrait avec son *jeune homme* (un peu gris),
il n'écoutait rien, il ne voulait rien entendre; si
sa femme le querellait, il la battait; si elle ne
disait mot, cela le taquinait, il s'écriait : « Je
suis un gueux, un scélérat, un infâme coquin ! J'ai
encore écrasé un grain aujourd'hui. Tu le vois
bien. (Elle se taisait.) Mais parleras-tu ? Ah !
elle a juré de me faire mourir ! » Et, prenant son
bâton, il la battait jusqu'à ce que tout le quartier,
attiré par les cris de la malheureuse, vînt la lui
arracher des mains. Si les enfants criaient, s'ils
avaient faim et froid, cet aimable époux prenait
sa bête à deux fins (c'est ainsi qu'il nommait sa
canne, parcequ'elle lui servait à faire taire et à
faire crier sa femme), et il lui administrait une
correction. De façon que, n'importe comment,
qu'elle fût gaie ou triste, bien portante ou malade,
Mme Baron savait en se réveillant le matin ce qui
l'attendait le soir, car son mari n'aimait pas à
changer ses habitudes : il s'enivrait tous les jours,
et par conséquent il battait sa femme tous les soirs.

Enfin cet homme charmant fut appelé à rendre
ses comptes au tribunal suprême. Un soir qu'il
avait rencontré des amis, il fêta tant, tant, tant et
si bien cette heureuse rencontre, qu'il ne reconnut
plus sa maison; il entra dans la première allée qui
se présenta, il prit l'escalier de la cave pour celui
des étages supérieurs, il dégringola trente marches sur la tête. Le dieu qui, dit-on, protège les
ivrognes, se trouvait sans doute occupé ailleurs en
ce moment-là , il ne put venir au secours d'un de
ses plus fervents adorateurs : il en fut que , lorsqu'on arriva au bruit, on ne trouva plus que feu
Baron. L'âme, qui devait avoir un petit peu des
défauts du corps, folâtrait sans doute parmi les
tonneaux.

Mme Baron était veuve avec trois petites filles ;
l'aînée avait dix ans à peine. Aussitôt les créanciers, les huissiers, envahirent son domicile; ils
arrivaient tous munis de grimoires incroyables. La
pauvre veuve n'y comprit rien, comme de juste;
mais toujours est-il que, six semaines après la
mort de l'aimable Baron, elle se trouvait sans un
sou, ruinée, dépouillée, n'ayant que les yeux pour
pleurer et les bras pour vivre ; encore ces bras
étaient-ils occupés à porter son dernier né, enfant
encore à la mamelle. Elle avait vingt-huit ans,

mais elle avait tant souffert qu'on lui en eût donné quarante à première vue.

Cependant il fallait vivre et faire vivre ces malheureuses petites créatures qui s'accrochaient à sa jupe de deuil. Une femme du monde qu'un malheur aussi complet aurait atteinte eût sans doute réuni ses dernières hardes, fait un paquet du tout pour emprunter le plus possible au mont-de-piété, puis, après avoir vécu quelques jours en se rassasiant de sa douleur, elle eût embrassé ses enfants, fait sa prière et allumé le réchaud. Mais Mme Baron n'était pas de ces femmes-là, elle avait été mieux trempée; elle sortait de cette vigoureuse race du peuple qui ne connaît pas le désespoir, qui renfonce ses larmes de peur de fatiguer ses yeux pour le travail. Elle était d'un caractère actif, vaillant, entreprenant, ne sachant pas ce que pouvait être un labeur trop dur. Elle prit le sac, la médaille de son mari, et se mit à courir les rues en criant : « Vieux chapeaux, chiffons à vendre ! » — Pendant ses longues et pénibles courses, sa fille aînée soignait ses deux sœurs. Elle fit ce dur métier deux ans durant. Comme toutes les grandes découvertes, elle n' dut la sienne qu'au hasard.

Un jour elle avait laissé quelques rubans aux

enfants pour jouer à la poupée pendant son absence. Les petites s'étaient amusées à défiler tous ces chiffons, à en faire un tas. En revenant au domicile, Mme Baron vit ces dégâts; elle les prit; en voyant la légèreté de la soie, une idée lui jaillit soudain, et les faux édredons furent trouvés. Elle continua son commerce de vieux chapeaux, en recommandant à sa fille aînée d'exercer ses petites sœurs à défiler des rubans et de conserver précieusement les soies. Ce travail amusait beaucoup les enfants. Ils faisaient merveille et gagnaient leur vie en faisant joujou. Lorsqu'elle put en réunir assez pour faire un édredon, elle le porta au Temple. La chose y fut très goûtée. Elle s'entendit alors avec toutes les marchandes à la toilette de cette nécropole de la mode, et elle organisa son atelier.

L'atelier de Mme Baron a véritablement toutes les apparences d'un établissement orthopédique ; elle n'avait rien exagéré dans sa lettre. C'est vraiment pitié de voir toutes ces pauvres estropiées tournant des mécaniques à peigner, dévidant, filant. Ce spectacle nous rappelait la compagnie des borgnes, boiteux, bancroches, levée par sir John Falstaff avec l'argent du roi Henri. Mais cet intérieur respire la paix, le calme et l'aisance.

Mme Baron, bonne grosse mère, trône ma-
jestueusement sur son fauteil de cuir, au milieu
de son infirmerie ; elle encourage les unes, aide
les autres, donne des conseils, taille, coupe, rogne, chante et parle tout à la fois. Elle explique
les machines faites par son beau-fils le mécani-
cien avec une lucidité parfaite.

« Donnez de la publicité à mon affaire, Monsieur, nous disait-elle, donnez-lui en beaucoup ;
cela peut rendre service à quelque pauvre femme,
la sauver du désespoir et l'aider à élever ses enfants.

— Mais vous allez vous créer des concurrentes.

— Tant mieux ! quand il y en a pour un, il y
en a pour deux ; plus il y aura de gens qui vi-
vront, plus le bon Dieu sera content, puisqu'il
nous envoie ici pour faire le plus de bien que
nous pouvons. »

Un grand penseur, un poète, a dit : « Les
meilleurs cœurs sont ceux qui ont le plus souffert. »

Mme Baron nous prouve que ce grand poète
est un grand observateur. Elle se console de ses
douleurs passées en obligeant tout le monde, en
attirant autour d'elle toutes les pauvres ouvrières
déshéritées que leur laideur fait repousser des

autres ateliers, où l'on veut plaire à la pratique.
Elle souffre leurs caprices, leur mauvaise humeur,
l'aigreur de leur caractère, sans cesse irrité par
les quolibets de la foule ignorante et cruelle, et
elle a encore de douces paroles pour les consoler,
les encourager, les aider à la patience. Si ce n'est
pas là de la grande et vraie charité, ma foi, nous
ne nous y connaissons plus.

Avez-vous rencontré dans vos promenades aux
boulevards extérieurs, — si toutefois vous vous
promenez aux boulevards extérieurs, — un homme
grand, robuste, coiffé d'un chapeau de feutre à
larges bords, vêtu d'une blouse recouverte d'une
limousine? Il mène devant lui quatre ou cinq
chèvres paître dans les terrains vagues des environs de Paris. Cet homme se nomme Jacques Simon; il est originaire de Bourganeuf. Il habite
un cinquième étage dans une des plus noires maisons de la rue d'Écosse, derrière le collége de
France; il y exerce la profession de *berger en
chambre.*

Lorsque Jacques Simon vint à Paris, il avait
seize ans. Il servait les maçons; mais sa santé chan-
celante ne lui permit point de *travailler de son
état;* il devint quelque chose comme garçon de

bureau chez une espèce de financier qui faisait de
la littérature et des prophéties. Il était chargé
d'attendre, de recevoir les clients, et de les faire
patienter. Que peut faire un garçon de bureau en
son bureau, à moins qu'il ne lise? M. Simon lut,
il lut beaucoup; mais il lisait Florian, Ducray-
Duminil, et tous les naïfs romanciers de la fin du
dernier siècle. Il ne réva plus que petits moutons
plus blancs que la neige et bergers céladons. Il se
promenait avec une houlette enrubannée de couleurs roses, et, dans ses jours de carnaval, il s'ha-
billait en personnage de Watteau. Il croyait que
tout ce qu'il lisait *était arrivé*. Il se maria avec
ses illusions. Sur ces entrefaites, il fit à peu
près comme tout le monde, il prit la première
femme qu'il crut aimer. Sa femme était féconde,
trop féconde, car, à sa première couche, deux
enfants virent le jour.

Simon avait des économies. Il lisait La Calpre-
nède. Mais les choses allèrent de mieux en
mieux. Mme Simon eut l'année suivante une
autre couche heureuse; elle mit au monde trois
beaux garçons. Les journaux annoncèrent que la
mère et les enfants se portaient bien; l'assistance
publique s'en inquiéta, elle envoya deux chèvres
à la pauvre mère pour l'aider à nourrir son intéressante famille. Huit jours après, la pauvre femme

était morte; et les pauvres petits, malgré tous les soins des voisins, suivirent leur mère quelques jours après. Croyez donc les journaux, après cela! Le coup fut terrible au cœur du pauvre Jacques Simon : il conserva la chambre de sa femme telle que celle-ci l'avait laissée; il loua un grenier pour ses chèvres, et dès ce jour il se crut Némorin.

L'étable au cinquième étage de Jacques Simon est une des choses les plus incroyables de Paris; elle est emménagée comme une ferme du Limousin. Le pauvre homme y passe ses nuits couché, près de ses chèvres, sur leur litière ; il vit avec elles et pour ainsi dire pour elles. Son troupeau augmente chaque saison ; il ne vend ses chevreaux qu'en pleurant le sort qui leur est réservé. Mais, pour nourrir ses deux premiers enfants, il doit travailler. Les dames du quartier, qui connaissent cette grande infortune, la protégent : elles lui achètent son lait, et elles aident ainsi ce pauvre fou. Sa folie est si douce, si paisible, si triste, si résignée, qu'on ne le quitte jamais sans se sentir les paupières humides.

Jacques Simon est une des originalités parisiennes, et c'en est une des plus intéressantes, car c'est certainement la plus infortunée.

Depuis que nous avons parlé des *Anges gardiens,* ces messieurs se sont piqués d'honneur;
ils ont fait faire un grand progrès à leur profession.
Nous sommes heureux de savoir que c'est à notre
publicité que ce progrès est dû. Ils ont établi de
petites voitures à bras, espèce de civières à roues,
où les ivrognes sont couchés tout à fait à leur aise.
Il peuvent ainsi regagner leur domicile sans accidents et sans encombre.

Nous profitons de cette occasion pour remercier
MM. Chérot, Couëlsse, Roche, Leprévost, anges
gardiens de la barrière du Montparnasse, de la
lettre toute gracieuse qu'ils nous ont écrite pour
nous féliciter d'avoir rendu justice à leur profession si éminemment philanthropique.

VIII.

FABRIQUE DE CAFÉ A DEUX SOUS LA TASSE. — MANUFAC-
TURE DE PIPES CULOTTÉES.—LE DEVINEUR DE RÉBUS.
— L'ÉLEVEUSE DE FOURMIS. — L'EXTERMINATEUR DE
CHATS. — LE FABRICANT DE CRÊTES DE COQ. — LE
PÊCHEUR DE BUISSONS.—LA LOUEUSE DE SANGSUES. —
— LES SOURIS BLANCHES ET LES RATS BLANCS.

Voulez-vous faire fortune? Oui, n'est-ce pas?
Eh bien! ayez une spécialité, soyez *spécialiste*.

M. Demerville est spécialiste. En 1846, il sortait de l'armée, où il avait été sous-officier in-
structeur de cavalerie. Il rentrait dans Paris comme
Gil Blas, léger d'argent et plein d'espérance, regardant de quel côté venait le vent, voulant travailler, mais ne sachant que faire. Tandis qu'il
s'orientait, ses économies s'épuisaient et les arai-
gnées allaient tisser leur fil au fond de sa cassette,
lorsque l'idée lui vint de s'établir *cafetier*. Il
n'avait plus que cinq cents francs.

Il loua dans la rue des Anglais, près de la place
Maubert, une boutique de 200 fr. par an, qu'il
meubla de quelques planches recouvertes de zinc,
en forme de comptoir, d'un petit poêle de fonte,

d'un brûloir, d'un moulin, d'une vingtaine de tasses, d'autant de cuillers, et le matériel fut complet. Là, en tacticien habile, il livra, moyennant deux sous la tasse, un café excellent. Les amateurs firent queue à la porte de son établissement. Aujourd'hui M. Demerville est propriétaire ; il demeure chez lui, rue Ménilmontant ; il a des succursales dans tous les quartiers de Paris, il en établit à toutes les barrières, mais tout se fabrique à la rue Ménilmontant, d'où chaque jour il part 3,000 litres de café qui sont distribués dans toutes les annexes. C'est une chose très curieuse à voir que cet office central. Les chaudières, les filtres et les récipients tiennent tout un corps de bâtiment. On cacherait facilement trois grenadiers dans une seule de ces cafetières. Les ustensiles qui servent à transporter le café de la fabrique aux succursales sont grands comme des tonneaux de cognac. La cheminée de l'établissement joute avec les obélisques de briques des fabriques d'alentour. C'est une activité, un va-et-vient effrayant. Quant au débit, figurez-vous une boutique de douze mètres de long, partagée en deux par une immense table ; d'un côté sont les servants, de l'autre les consommateurs. Les tasses sont rangées en bataille sur le marbre de la table ; dans chacune est placé

un morceau de sucre blanc, pesant 15 grammes.
La pratique n'a qu'à commander pour être servie
à l'instant même. Le dimanche, lorsque le temps
est beau, il se vend quelque chose comme 5 à
6,000 tasses. Les Auvergnats, entre autres, sont
d'excellentes pratiques : ils y vont ordinairement
par troupes, et ils n'en sortent qu'après que
chacun a payé sa tournée, de façon que chacun
absorbe jusqu'à 10 et 15 demi-tasses. Il faut des
estomacs d'Auvergne pour résister à de pareilles
libations.

M. Demerville est un homme essentiellement
probe. Il fonde des établissements propres et convenables, en confie la gérance à ses ouvriers et
leur donne une part énorme dans le bénéfice, puisqu'il ne leur compte le litre de café que dix–huit
centimes, mais il garde l'établissement à son nom,
pour, en cas de sophistication, pouvoir en dis-
poser à son gré.

Nous ne quitterons par les bords du canal sans
signaler la *manufacture de pipes culottées*. Ce
sont deux commerçants, presque des érudits, qui,
par une invention très ingénieuse, pourraient
fournir en quelques heures des pipes culottées à
toute l'armée d'Orient. Encore des *spécialistes*.

Le culottage des pipes en grand vient de donner
le coup de mort à toute une classe de petits industriels, les culotteurs de pipes en détail. En
vous promenant le long des quais, vous rencon-
triez une légion de bohémiens se prélassant gravement au soleil en aspirant la fumée de leur pipe.
Vous vous demandiez alors comment tous ces laz-
zarones de Paris, sales, déguenillés, pouvaient
passer leur temps à fumer, sans rien faire. C'est
que leur occupation consistait précisément à fumer. Ils recevaient d'un entrepreneur, en échange
d'une pipe bien culottée, noircie sans suif, sans
matière étrangère et sans procédé, vingt centimes
de tabac, une pipe neuve et vingt centimes en
monnaie. Ils pouvaient exécuter ainsi deux de
ces chefs-d'œuvre par jour. Produit net, 40 centimes, qu'ils employaient ainsi :

Un arlequin (viande mêlée de légumes
et autres ingrédients). . . . . 10 c.
Un canon de quelque chose de violet,
ayant nom vin 10
Pain ou pommes de terre en chemise,
une livre 10
Coucher dans un garni au dortoir, sur
l'*édredon de trois pieds* (c'est ainsi
qu'on nomme la paille) . . . . 10 c.
On ne peut pas réduire la vie matérielle à de

plus minimes proportions. Eh bien ! aujourd'hui , c'est un métier mort : l'industrie l'a tué. On fumera dans des pipes culottées par un procédé chimique, lequel consiste à les tremper dans une décoction de tabac après les avoir légèrement fait chauffer.

Les pipes de ce genre sont aussi *parfumées* que les anciennes, et l'emportent en élégance, en régularité, en propreté surtout. Cette étrange manufacture occupe dix ouvriers gagnant cinq francs et vingt ouvrières payées à raison de trois francs. Elle expédie chaque jour cinq à six caisses de mille pipes en province, et Paris en garde autant pour lui seul.

Mais voici venir un *spécialiste* bien autrement curieux. Nous voulons parler de celui qui gagne sa vie à deviner les rébus, les charades et les logogriphes que certains journaux proposent à l'intellect de leurs abonnés. Dans les quartiers de Paris habités par les petits rentiers, il y a des cafés, des estaminets et des pensions bourgeoises où, quand ces problèmes ont paru dans la feuille du matin, il règne une agitation extraordinaire. Chacun croit avoir deviné.

On pérore, on crie, on parie, on s'échauffe, on dispute même, et l'on finit par en appeler aux lumières du maître de l'établissement. Qu'on juge

9

de son embarras s'il ne peut trancher la difficulté
par une explication positive. Heureusement notre
industriel, qui connaît son Paris, qui a remarqué
ce goût effréné du petit rentier pour le rébus, a
imaginé d'en vivre. Il s'est donc constitué l'OEdipe
universel. Les jours de rébus, il fait sa tournée de
grand matin, il visite tous les endroits de ce genre,
donne secrètement, par écrit, au maître de la
maison, l'explication qui doit mettre tous les habitués d'accord, et reçoit cinq sous pour prix de
cette pacifique mission. Sa clientèle, qui prit
naissance au Marais, a gagné peu à peu les quartiers circonvoisins. Maintenant il est obligé d'employer un homme pour distribuer ses explications.
Il se fait ainsi une cinquantaine de francs par
rébus. Or il y en a trois par semaine, ce qui lui
procure une somme de six cents francs par mois.

Le talent divinatoire de ce spécialiste eût été
fort utile, il y a quelques années, aux voisins
d'une maison de la rue Bichat. Tous ces voisins
étaient littéralement dévorés, ils ne cessaient de
se gratter, ils en perdaient l'épiderme et le derme :
la lèpre semblait s'être abattue dans le quartier.
Une enquête eût lieu, et l'on découvrit enfin que
'adite maison était occupée entièrement par
Mlle Rose, *éleveuse de fourmis.*

Mlle Rose est une femme de quarante-deux
ans ; elle a l'aspect terrible ; sa figure et ses mains
sont tannées comme si elles avaient été préparées
par un habile ouvrier en peau de chagrin ; elle
porte des brassards, elle est vêtue de buffle,
comme les archers de la ballade, et, malgré cette
armure, elle est rongée elle-même par ses élèves,
les ingrats ! Mais elle est arrivée à un tel état
d'insensibilité, son cuir est tellement durci, ra-
corni, qu'elle a son lit au milieu de ses sacs de
marchandise, et que leur morsure n'a plus aucun
effet sur elle. Aussi, lorsque la police visita son
établissement, elle parut très étonnée et dit :

« Comment peut-on se plaindre de ces petites
bêtes ! Voyez, je vis au milieu d'elles, et je ne
m'en sens pas plus mal. Il faut que l'on m'en
veuille. Le monde est si méchant ! »

Elle fut néanmoins obligée de transporter son
étrange pensionnat dans une maison parfaitement
isolée, située hors barrière.

Mlle Rose entretient des correspondants dans les
départements où il y a de grandes forêts ; elle donne
à chacun de ses employés 2 francs par jour. Elle
en a jusqu'en Alsace, et ne reçoit jamais moins,
par jour, de dix sacs, grands comme des sacs à
farine.

Nous avons causé avec Mlle Rose. Elle est fière de son industrie.

« Je suis, dit-elle, la seule personne qui l'exerce convenablement, car je suis la seule qui ait étudié les mœurs et les habitudes des fourmis. Je sais les faire pondre à volonté, leur faire produire dix fois plus qu'elles ne produisent dans l'état de nature. Pour cela, je les place dans une chambre où j'entretiens continuellement un poêle de fonte chauffé à rouge, et je les laisse faire leur nid où elles veulent. Il ne faut pas les contrarier. Elles demandent beaucoup de soins. Plus vous les comblez de procédés, plus elles vous rapportent.

— Mais que diable faites-vous de tous les œufs que vous récoltez avec tant de soin ?

— Je les vends aux pharmaciens ; j'en fournis le jardin des Plantes et en général la plupart des faisanderies des environs de Paris. Les jeunes faisans sont très friands de cette nourriture.

— Et que gagnez-vous à cela ?

— Dame ! monsieur, à présent encore, je ne donnerais pas mes journées pour trente francs, bénéfice net. Mais ce commerce est bien tombé ! Du temps des *nobles*, quand feu ma mère, à qui j'ai succédé, l'exerçait, c'était un bien meilleur métier. Mais que voulez-vous gagner avec les bourgeois d'à présent? Est-ce que ça sait faire la différence entre le faisan et le coq de basse-cour? Ah! ne me parlez pas des révolutions ! »

Le père Matagatos est tout le contraire de Mlle Rose : c'est un véritable docteur Pangloss, pour lequel tout est pour le mieux dans le meilleur des mondes possibles. Il est gai, bon vivant, insoucieux et rieur. C'est un Pyrénéen, venu à Paris par curiosité, et qui a pris la grande ville en amour. Mais à Paris, comme partout, il faut travailler pour vivre. Le père Matagatos, qui aime la vie libre, les longues flâneries et les clairs de lune, s'est fait chiffonnier, mais uniquement pour se donner une *position sociale* et pour avoir le droit de porter une hotte : il dédaigne le chiffon. Sa véritable industrie consiste à exterminer les chats , comme le dit son surnom, qui est composé de deux mots catalans. Vous l'avez certainement rencontré, pour peu qu'il vous soit arrivé de flâner la nuit dans les rues de Paris. C'est un homme grand, fort, à la barbe noire et touffue, aux cheveux coupés à la malcontent, qui chantonne toujours et porte fièrement son crochet. Il est constamment suivi de deux petits terriers anglais de la plus belle espèce. Ce sont ses approvisionneurs. Ils ont été instruits à happer tous les chats noctambules qui se trouvent sur leur passage. Jamais Ralph ne rapporte sa proie vivante. Sobrono est plus généreux : il n'ensanglante pas sa victoire; il rapporte à son maître l'animal vaincu, et c'est Ralph qui l'achève sans pitié.

« Le chat a cela de particulier, dit le père Matagos, que tout en est bon. La peau se vend aux fourreurs, qui en font de la martre zibeline, fourrure très à la mode en ce temps de manchonomanie, où depuis la grande dame jusqu'à la grisette, tout le monde veut avoir un manchon. Il n'a de concurrent sérieux sur l'article fourrure que le lapin blanc, qui depuis quelques années a été baptisé du nom d'hermine. Quant à la chair, j'en ai le placement; je connais les bons endroits. Mais il faut des précautions : les vaudevillistes ont rendu le peuple des barrières excessivement méfiant à l'endroit de la gibelotte. Il en est arrivé à ce point de scepticisme, qu'il lui faut toujours voir les têtes pour en prendre sa portion de six sous.

— Cette exigence doit porter une grave atteinte à votre marchandise, car rien ne ressemble moins à une tête de lapin qu'une tête de chat.

— C'était là un inconvénient, je n'en disconviens pas, mais on a su y remédier. Ah ! il vous faut

des têtes pour manger des lapins qui vous sont livrés
cuits et gibelottés aux prix de 2 francs 50 c.,
et que, moi, je vends 20 sous? Eh bien! mes enfants, vous en aurez, des têtes, et plus que vous
n'en voudrez. J'ai donc entrepris le commerce des
peaux de lapin à domicile, je me suis entendu avec
toutes les cuisinières du rayon dans lequel j'exerce
ostensiblement mon métier de chiffonnier, je leur
prends toutes leurs peaux, à une seule condition,
c'est qu'elle me livreront la tête avec la dépouille.
Vous comprenez l'usage que j'en fais. Chaque
livraison de chat est accompagnée d'une tête de
lapin. De là la parfaite confiance que les pratiques
de certains gargotiers composant ma clientèle
accordent aux gibelottes dont on les régale. Que de
gens mangent ainsi de ma chasse sans s'en douter!
Ce n'est pas ma faute : j'étais né chasseur. Dans
mon pays je poursuivais l'ours et l'isard. A Paris
il n'y a pas de tout ça. Je chasse à ma manière.
Ici Ralph, ici Sobrono, mes bons amis! vous faites
vivre votre maître, vous lui rapportez une quin-
zaine de francs chaque matin. Mais tenez, puisque vous vous intéressez à ces choses-là, je vais
vous présenter un de mes amis; venez jusqu'à la
cité Saint-Maur, vous verrez son établissement.»

L'ami de l'exterminateur de la race féline, le

père Lecoq, est un spécialiste qui n'a pas craint
de se faire le rival de la nature. Il fabrique tout
bonnement des *crétes de coq !* Encore est-ce par
modestie qu'il se dit rival de la nature; c'est tout
simplement pour ne pas humilier cette bonne mère,
car elle est loin de travailler aussi proprement que
lui. Ses œuvres, à elle, sont pleines d'incorrections,
tandis que le père Lecoq fait de l'art, « et l'art,
dit-il, c'est la nature perfectionnée par le génie de
l'homme. La nature fait du marbre, l'homme fait
la statue ; la nature produit une femme, l'homme
produit la Vénus de Milo, l'idéal, ce qui n'exis-
tera jamais. Visitez toutes les basses-cours de
l'Anjou et du Maine ; regardez tous les coqs, examinez leurs crêtes : pas une ne ressemble aux autres ; elles sont toutes plus ou moins entachées de
défauts impardonnables, qui feraient rire au nez
de l'artiste qui les copierait. Voyez les miennes,
au contraire : si les coqs pouvaient les admirer,
ils mourraient tous de chagrins de n'en avoir pas
d'aussi belles. Voyez comme c'est dentelé, taillé
coupé, proportionné, parfait ! »

Le père Lecoq (il a adopté ce sobriquet) habite une maison qui semble faite à souhait pour
son industrie. Après l'avoir visitée, on ne sait
lequel est le plus original, de l'homme ou du

domicile. C'est une de ces grandes villes en
abrégé qu'on rencontre dans les quartiers indus-
trieux, et qu'on nomme *cours*. Il y en a une quin-
zaine de semblables dans le faubourg du Temple
Ces *cours* renferment toute une population. On
dirait d'une ruche humaine. Celle qu'a choisie le
père Lecoq est une des plus curieuses. Le propriétaire, qui est un grand fabricant, y a établi
une machine à vapeur pour son usine ; mais, voulant y attirer de petits fabricants, il a fait traverser tous ses rez-de-chaussées, c'est-à-dire une
longueur de cent et quelques mètres, par l'arbre
de sa machine, de sorte qu'il loue à chacun de ces
locataires, avec le logement, une courroie à laquelle ils peuvent adapter une machine. M. Lecoq a donc une courroie à sa disposition. Il nous
en a détaillé tout le mécanisme.

« J'avais trente ans, nous dit-il ; je revenais
de mes voyages dans les Cordillières, j'avais visité
et parcouru le Japon, j'avais mangé à peu près
tout ce que les hommes peuvent manger. Lorsque
j'arrivai en France, je fus humilié de la pauvreté
de la cuisine de mon pays auprès de celle des contrées que nous traitons orgueilleusement de barbares. En effet, sauf nos rares gibiers et les huit
ou dix espèces d'animaux domestiques, nous voilà

réduits à nos fades poissons de rivière, à notre piètre marée, aux œufs et aux légumes, comme des nonnettes. Qu'est-ce que nos tables les plus somptueuses auprès d'un repas chinois, japonais ou indien, où vous voyez figurer toute l'échelle zoologique, depuis les pattes d'éléphants jusqu'aux œufs d'oiseaux-mouches, depuis les grillades de baleine jusqu'à la friture de goujon et les beignets des pisquettes? Pouvons-nous seulement comparer notre art culinaire à celui des Romains, où il fallait dix mille poulets pour faire un vol-au-vent convenable dans un dîner de cinquante patriciens? On ne se servait que des crêtes; on engraissait les esclaves avec le reste, en attendant qu'on les envoyât à leur tour engraisser les muraines. Apicius, Lucullus, à la bonne heure! voilà des hommes qui savaient manger! il fallait à leur appétit fatigué des ragoûts de cervelles de paon, et d'énormes pâtés de haricots de coq.

» Je résolus donc de rendre à mes concitoyens toutes ces choses dont la description nous paraît aujourd'hui fantastique. Je me mis à penser. Une demi-heure après, je pouvais, moi aussi, m'écrier comme Archimède : *Euréka* (j'ai trouvé).

» Je fis faire ma machine, je dessinai mes emporte-pièce, et deux jours après j'étais établi où

vous me voyez. Il y a trente-neuf ans de cela. Ma
fortune est faite ; je n'ai plus rien à désirer. Je
pourrais, comme les autres, vivre grassement de
mes revenus, me faire servir des repas comme j'en
ai tant fait faire aux autres dans ma vie. Mais non,
j'ai consacré mon existence au bonheur de mes
concitoyens, je poursuivrai jusqu'au bout. »

Ainsi parla M. Lecoq. Or, voici comment il entend le bonheur de ses concitoyens. Il a calculé que
chaque matin il n'entre dans Paris que vingt-cinq à
trente mille poulets. Dix mille au moins de ces
tristes victimes sont servies sur les tables bourgeoises, et les quinze autres mille deviennent la
proie des restaurateurs, pâtissiers, rôtisseurs, etc.
Ces poulets n'offrent guère que douze mille crêtes
qui puissent servir aux ragoûts. Tous ceux qui
sont servis dans les repas de famille possèdent cet
ornement naturel, et cependant, commandez n'importe où une coquille de crêtes de coq et un vol-
au-vent, on vous les fournira. Comment cela se
fait-il ! Même en supposant que tous les poulets
arrivant à Paris soient à l'instant même *décrétés*,
cela ne suffirait pas encore à la consommation. Il
en est de même de ce qu'on nomme en termes
culinaires le haricot de coq.

C'est là le secret du père Lecoq, c'est là que

commence son rôle de bienfaiteur de l'humanité.

Il a inventé la crête et le haricot de coq artificiels.

Il prend un palais de bœuf, de mouton ou de veau, mais il préfère le bœuf. Après l'avoir blanchi à l'eau bouillante, il le fait macérer pendant quarante-huit heures, puis il détache la chair de la voûte palatine, de façon à ne rien endommager. Cette chair est ensuite portée sous un balancier, et, au moyen d'un emporte-pièce, il fait ses crêtes de coq, plus parfaites en effet que celles de la nature. Les connaisseurs se trompent eux-mêmes aux produits de M. Lecoq ; et cependant il est un moyen de les reconnaître : la crête de coq pour de bon, celle de la maladroite nature, a des papilles sur les deux faces, tandis que celle de l'art n'en présente que d'un côté.

Cela se vend 15 centimes la douzaine aux pâtissiers, restaurateurs, revendeurs, etc., et 20 c. aux cuisinières bourgeoises.

Pour ce qui est du haricot de coq, ce mets se fabrique de la même façon, à l'emporte-pièce. C'est le riz de veau et la cervelle de mouton qui servent de matière première.

M. Lecoq est étonné qu'on ne lui ait pas encore élevé une statue, mais il se résigne au sort des inventeurs de génie, qui ne sont véritablement appréciés qu'après leur mort.

M. Deshaies est un spécialiste non moins remarquable que les précédents. Né à Paris, qu'il n'a jamais quitté, il est *charmeur* de serpents, comme un Birman, un Malais ou un nègre de Mozambique. Quand on lui demande comment il a acquis ce talent, il répond modestement : « Dans les livres. »

Le père Deshaies a chez lui une collection complète de tous les reptiles des forêts de France ; il forme commerce d'amitié avec eux, il les nourrit, les soigne, les choie, les dorlotte ; il leur a fabriqué de petits nids bien chauds, bien commodes, afin de leur procurer toutes leurs aises. C'est là son industrie. Il vend des *anguilles de buissons*, comme on dit en langage populaire, à certains gargotiers qui en font d'excellentes matelottes.

« Une fois écorchée, dit-il, l'anguille des buissons vaut les meilleures anguilles de rivière. »

Le père Deshaies passe donc toute la belle saison à courir les bois comme un trapeur. Il a d'ailleurs les mœurs et l'allure d'un personnage de Cooper. Il rit silencieusement, il ne parle jamais qu'à voix basse, comme s'il avait peur de faire fuir sa proie. Sa marche est légère, ses bras surtout semblent toujours écarter les branches avec précaution ; son œil est fin, perçant et lumineux. Tous ses sens sont excessivement développés : il rendrait des points à Bas-de-Cuir lui-même pour l'ouïe et l'odorat ; son instinct est prodigieux : il devine le voisinage d'une couleuvre. Il n'est pas jusqu'à son costume qui ne semble copié sur les œuvres du romancier américain. Il porte de hautes guêtres de cuir, une culotte de velours couleur vert bouteille, une espèce de sarreau en peau de bique, et sa petite tête de fouine est recouverte d'un chapeau à larges bords. Il a toujours à sa ceinture une serpe, qui est sa seule arme.

« Votre métier doit être bien fatigant ? lui disions-nous.

— Pas plus que la chasse, Monsieur, qui est un plaisir pour beaucoup de gens. Quant à moi, je trouve de l'agrément à exercer ma profession ; j'étais né pour cela ; c'est une âme d'Ogibéwas, égarée à Paris, qui s'est logée dans mon corps. J'aime les bois, la solitude ; je passe ma nuit aussi commodément couché au pied d'un chêne, sur le gazon, que dans le meilleur lit du monde.

— Et gagnez-vous beaucoup à cela ?

— Il y a dans Paris cinq cents marchands d'a...

guilles de rivière, qui vivent tous bien ou à peu
près. Je leur fais concurrence avec mes anguilles
de buissons. Je n'ai point à me plaindre de la Providence : le serpent n'est jamais ce qui manque
ici-bas.

— C'est peu rassurant pour les gourmets.

— Eh! Monsieur, si vous ne voulez pas être
trompé, il faut vous résigner à vivre de côtelettes
de mouton. Deux de vos savants, MM. Payen et
Chevalier, ont publié de gros volumes sur la sophistication des matières alimentaires, et ils n'ont
pas dit la moitié de ce qui existe.

Dans un de nos précédents articles, nous avons
parlé du fabricant de pain d'épice, qui, bien avant
les savants, avait inventé la glucose ou sucre de
pain, dont il se sert pour fabriquer sa marchandise, sans que la betterave ou la canne aient rien
à y voir. Aujourd'hui, nous avons visité madame
Badeuil, qui, elle aussi, a devancé la science
d'une vingtaine d'années. Tandis que l'assistance
publique établit des bassins pour faire dégorger les sangsues, tandis qu'on publie de tous côtés des mémoires plus ou moins illisibles sur ce
sujet, madame Badeuil, une simple garde-ma-

lade, en a fait une industrie des plus productives.

Elle est loueuse de sangsues.

Madame Badeuil a le cœur sensible ; elle aime les bêtes et les gens, elle est la providence des chiens abandonnés et des personnes malades. Elle ne peut pas voir souffrir un être animé. C'est pour cela qu'elle a fait quelque chose pour les sangsues, ces pauvres petites bêtes qui font tant de bien à l'homme et qui en sont si mal récompensées !

« Monsieur, me dit-elle, si les sangsues font du bien aux riches, elles ne peuvent pas faire du mal au petit monde, à moins que les riches ne s'en posent par luxe, pour s'amuser. Je me suis donc dit qu'il fallait que tout le monde pût jouir de sangsues. Aussi, au lieu de jeter à la borne celles que j'avais posées à mes malades, je les gardais en cachette, je les soignais, je les faisais dégorger. J'en possède beaucoup maintenant, et je les loue; elles ne font de mal à personne, et voilà.

— Oui. Mais comment les faites-vous dégorger pour qu'elles ne soient pas insalubres ?

— C'est mon secret. Mais je vais vous le dire tout de même. Je prends une bonne poignée de sel de cuisine, et je la leur jette sur le dos ; je les laisse se débarbouiller un instant dedans ; elles se dégonflent ; alors je les mets dans une cuvette qui

est percée d'un petit trou au fond, et que je recou-
vre d'un tamis; je place tout ça sous une fontaine,
et je laisse couler pendant une heure, jusqu'à ce
qu'elles ne jettent plus de sang ; mais voilà le vrai
moment : je prends de la cendre de bois tiède, je
les roule dedans entre deux linges, jusqu'à ce
qu'elles ne tachent plus du tout, et je recommence
le bain à l'eau courante ; c'est fini, je suis certaine
qu'elles sont à jeun quand, une heure après, je
les remets dans leur bocal.

— Et vous vous en servez dès le lendemain ?

— Oh ! que nenni ! il faut leur faire suivre un
traitement. Trois jours après , je prends un pain
de terre glaise, je le pétris bien, j'en fais une boule
creuse, et j'y enferme ces petites bêtes. J'y pratique une quantité de petits trous, et j'enveloppe
le tout d'un linge mouillé pour que la terre ne dur-
cisse pas. Mes sangsues voient le jour, elles veulent y courir, elles font des efforts, elles s'allongent
pour passer par les minces ouvertures, et elles
finissent ainsi par se dégorger complètement elles-
mêmes. Quand je les retrouve sur mon linge, elles
sont saines et vides comme si elles venaient de
naître. On peut les appliquer à n'importe qui sans
danger. Mais moi, comme je ne veux pas les fatiguer, je les mets dans un bocal particulier; j'in-

scris la date dessus, et chacune ne sert qu'à son
tour. Il n'y a pas de passe-droit ici. Vous voyez :
j'en ai plus de deux mille. Il y en a qui sont ici
depuis plus de dix ans ; elles sont aussi bonnes
que le premier jour. Mes sangsues de rencontre en
valent de toutes neuves.

— Combien faites-vous payer la location ?

— Presque rien : je ne demande que trente sous
pour quinze sangsues et la pose. Vous pensez bien
que je ne les confie à personne, ces pauvres petites
bêtes. Mes sangsues ne vont pas en ville sans leur
maîtresse. »

Il paraît que l'expérience a donné raison aux savants qui soutiennent que le dégorgement des
sangsues est praticable. Le conseil des hôpitaux a
fait abattre les magnifiques mûriers du jardin des
Miramionnes pour y faire construire des bassins.
Nous avons lu cinq ou six rapports faits sur ce sujet ; nous ne savons quel est le système qui est
adopté. En tout cas, nous recommandons celui de
madame Badeuil, qui nous semble bon et mérite
quelque considération, si toutefois un succès de
vingt-neuf années peut avoir quelque valeur aux
yeux des savants.

M. Patry est un bon vieillard qui vit tranquille,

cultivant, rue Mouffetard, un petit coin de jardin,
au fond de trois ou quatre cours. Là vous verrez
six grandes tonnes doublées de zinc et huit ou
dix boîtes grillées. Les unes servent de logement
aux rats blancs, les autres aux souris blanches.
Ces petites familles sont bien élevées, bien dres-
sées. Le père Patry vous vend les individus appri-
voisés, instruits, ou bien à l'état de nature, si vous
voulez vous donner le plaisir de faire leur éducation. Il ne s'en sépare qu'avec douleur ; il vous
recommande d'en avoir bien soin ; il vous donne
des instructions sur la manière de les soigner, de
leur former le caractère, de développer leur intelligence, et il ne les livre qu'à bon escient. Il prendrait presque des renseignements sur votre mora-
lité et vos moyens d'existence avant que de lâcher
un de ses élèves.

C'est que le père Patry est un homme d'ordre ;
il fut électeur bien avant l'abolition du cens. Il descend d'une famille d'éleveurs ; ses ancêtres ont eu
l'honneur de fournir des souris blanches à S. M.
Marie-Antoinette et à Mesdames, tantes du roi.
Encore une victime des révolutions ! Aujourd'hui,
hélas ! les marchands de savon à détacher et les
savoyards qui chantent la *Catarina* composent la
majeure partie de sa clientèle.

La race des destructeurs est fort nombreuse à
Paris. Voyez les murailles, ce ne sont qu'affiches
menaçantes : Destruction des punaises. — Mort
aux rats. — Plus de fourmis. — Plus d'insectes.
— Breuvages contre les mouches , etc. Mais la
race zoophile est pour le moins aussi nombreuse ;
les éleveurs pullulent. Nous avons l'éleveur de pigeons ; — l'éducateur de hannetons ; — l'instruc-
teur de serins, de hibous, de chouettes ; — le professeur de langue pour les perroquets, les pies,
les sansonnets; — le professeur de musique à
l'usage de la gent ailée, pinsons , chardonnerets,
rossignols ; — l'amateur de fauvettes, de bengalis,
etc., etc. Tous ces gens-là vivent plus ou moins
mal de leur état, mais enfin ils vivent, ils se logent,
mangent, sans avoir recours à l'assistance publique.

VIII.

LE PROFESSEUR D'OISEAUX. — LA BOUILLIE POUR LES CHATS. — LA FAMILLE MEURT-DE-SOIF. — LA MÈRE MOSKOW. — LES RIBOUIS ET LES DIX-HUIT. — LA ZESTEUSE. — UN DERNIER MOT SUR LE BERGER EN CHAMBRE. — LE FABRICANT D'OS DE JAMBONNEAUX. — LE MARCHAND DE FUMÉE. — ALLUMETTES CHIMIQUES DEUXIÈME QUALITÉ. — LE CANARDIER. — LE FABRICANT DE CODES. — UN POÈTE LYRIQUE VIVANT DE SON ÉTAT.

M. Beaufils est un vieillard presque infirme, qui ne parle que rarement, mais qui siffle presque sans cesse. Son établissement est une immense volière ; on n'y voit de tous côtés que rossignols, canaris et sansonnets. Les cages se pressent contre les murailles ; il y en a sur tous les meubles ; d'autres sont appendues au plafond, et les fenêtres en sont encombrées ; il y en a partout ; c'est un ramage étourdissant, assourdissant.

Au milieu de la pièce est un dais sous lequel se place M. le professeur Beaufils pour procéder à sa leçon musicale. Il prend une petite serinette sur ses genoux, et, avec un sérieux imperturbable, il régale ses élèves du *Carillon de Dunkerque*, de *Portrait charmant*, de *Il pleut, il pleut, bergère*, etc., etc.

Un serin ordinaire coûte 30 sols. Le serin hol-
landais vaut jusqu'à 3 fr. ; mais, lorsqu'il a passé
par les mains de M. Beaufils, qui a perfectionné
son éducation, son prix s'élève au quadruple, pour
les amateurs.

M. Beaufils prend des pensionnaires et fait des
éducations particulières en ville. A cet effet, il
loue des serins parfaitement stylés que la pratique
enferme avec l'élève qu'il s'agit d'éduquer. Les
classes d'un serin intelligent durent six semaines
ou deux mois. Après ce temps, il chante convenablement deux ou trois airs ; il est passé ténor ou
soprano dans son espèce. Pour faire ainsi des Roger ou des Alboni et des Frezzolini, M. Beaufils
traite à forfait, moyennant 5 fr. pour une éducation complète, ou bien 10 sous par semaine pour
la location du professeur

La pension de M. Beaufils est située dans une
des rues qui avoisinent le Temple ; il a choisi ce
quartier parceque les dames du marché et toutes
les ouvrières qui travaillent pour elles sont folles
d'oiseaux, depuis qu'Eugène Sue, avec sa Rigo-
lette, a mis les serins à la mode.

Du reste, on ne saurait croire combien, les chevaux exceptés, les animaux sont choyés par la population ouvrière de Paris. Il y a des gens qui

s'imposent des privations pour mieux nourrir un chien, un chat, un perroquet, une pie, etc. De là certaines industries spéciales. Nous savons une famille nombreuse dont tous les membres sont ramasseurs et reconducteurs d'animaux. Chaque jour des affiches promettent vingt-cinq, cinquante et même cent francs de récompense pour des King-Charles, des perruches et des épagneuls perdus. Combien d'hommes et de femmes se perdraient pour lesquels on ne promettrait pas cent sous !

La nourriture seule des chats dans les quartiers populeux est une branche de petit commerce. Elle fait vivre, entre autres, Bernier et sa jeune famille. Bernier est ce qu'on nomme un homme intéressant ; il fait de la *bouillie pour les chats* dans la véritable acception du mot. C'est un enfant de l'Auvergne. Il était charbonnier ; un accident l'a obligé de quitter cette position sociale pour celle que nous venons de dire.

Il est établi dans un bon quartier de travailleurs ; chaque maison ayant ses chiens et ses chats, il se mit à fabriquer de la bouillie pour les uns, de la pâtée pour les autres, en y joignant un petit commerce de mou de veau. Sa réputation s'établit bientôt dans l'arrondissement sur des bases solides ; la vogue était venue frapper à sa porte. Maintenant, dans les environs du Temple, un chat ou un chien favori passerait pour être maltraité si son dîner ne venait de chez Bernier, le Véfour du genre. Bernier fait même des envois dans les quartiers les plus éloignés, et plus d'un angora de comtesse et d'un bichon de marquise envoient chaque matin leurs valets faire emplette de pâture à sa modeste boutique. Elle a pour enseigne : *A l'ancienne et véritable renommée de la nourriture des animaux.* Car, il faut le dire, bien des gens ont essayé de faire concurrence à ce Brillat-Savarin de la gent quadrupède. Son enseigne est une protestation contre le plagiat.

Puisque nous sommes dans le quartier du Temple, disons quelques mots de la dernière incarnation de l'habit noir, du gilet de soie et de la botte vernie. C'est là que, de chute en chute, ils arrivent où vont toutes choses, au pays de l'inconnu.

Lorsqu'un habit a descendu tous les degrés de la toilette, que du tailleur il a passé au client, puis à son valet ou à son portier, puis au marchand de vieux habits, puis à quelque fashionable de barrière, il arrive au Temple, cette nécropole du costume parisien. Là on le retourne, on le rapièce, on le refait ; mais il lui reste une phase à parcourir avant d'être vendu aux fabriques des

environs de Paris qui font l'engrais de laine.
Cette dernière phase, c'est aux frères Meurt-de-
Soif qu'il la doit.

Ce nom de Meurt-de-Soif n'est pas, comme on
pourrait le croire, un nom inventé par la plaisanterie parisienne. La famille Meurt-de-Soif existe
réellement ; elle a son domicile dans le sixième
arrondissement ; sa spécialité est l'achat des vieux
habits au lot, presque au poids, le rapiéçage et la
revente aux barrières.

A la bonne heure ! voilà l'extrême limite du bon
marché. La vente des frères Meurt-de-Soif se
fait à la criée, au rabais, sur une table, le soir,
à la lueur des torches. Là, vous avez un véritable
habit des ateliers d'Humann, un véritable gilet de
chez Blanc, un véritable pantalon coupé par Mor-
bach ; en un mot un véritable habillement de fashionable, pour combien ? pour trois francs le tout !
Et par dessus le marché l'esprit et l'érudition des
Meurt-de-Soif. Rien de plus drôlatique que leur
boniment. En voici un échantillon :

« Regardez, Messieurs : cet habit a appartenu
» à un prince russe et lui a valu la conquête d'une
» danseuse de la Grande-Chaumière. Il a fait en-
» suite l'admiration de tous les habitués de la Clo-
» serie-des-Lilas ; sur le dos d'un artiste pédicure

» très connu. C'est aussi avec cet habit que le va-
» let de chambre d'un mylord a enlevé une figurante
» des Délassements, qui le prenait pour son maître.
» Il nous est arrivé parceque ce dernier s'est ruiné
» à payer des chinois à sa dulcinée. Eh bien ! moi ,
» malgré tous ces glorieux souvenirs , malgré tou-
» tes ces conquêtes qui lui sont dues, je vous le
» donne pour trois francs ! Trois francs ! Avis aux
» hommes à bonnes fortunes. »

L'habit est mis à prix trois francs , mais, après,
descend peu à peu jusqu'à trente sous. Le pantalon se vend ensuite un franc , et le gilet cinquante
centimes.

Au surplus , les clients de la famille Meurt-de-
Soif sont aussi souvent les vendeurs que les acheteurs. Quand ils *se nippent* , ce n'est généralement que pour quelques jours. Ils se défont volontiers le lundi de ce qu'ils ont acquis le dimanche.
Les vêtements en question font souvent la navet-
te : ils retournent souvent de l'acheteur aux marchands, des marchands aux acheteurs , et toujours
ainsi , *usque ad ,* etc. Il en est qui sont revenus
vingt fois chez ces derniers , et sur lesquels ils
ont toujours fait des bénéfices.

La mère Moskow est le complément habituel
des frères Meurt-de-Soif. C'est une ancienne vi-

vandière de la grande-armée, qui loue du linge
blanc, ou à peu près. Elle loue une chemise par
semaine pour vingt centimes, à condition qu'on
rendra celle qui a été portée. Si on veut avoir son
linge *à soi*, on paie cinquante centimes, et l'on en
devient légitime propriétaire.

La mère Moskow court particulièrement les ven-
tes de vieux linge, et c'est avec les vieux draps
qu'elle compose les incroyables sacs qu'elle prête
ou vend sous la qualification de chemises neuves.
De même que la famille Meurt-de-soif, la mère
Moskow a un atelier où elle emploie une vingtaine
de femmes qui représentent à elles toutes l'âge du
monde moderne. Elles sont occupées à coudre, à
tailler, à rapiécer, à assembler. Jamais les habits
d'Arlequin n'ont été composés de plus de pièces et
de morceaux.

La mère Moskow entreprend aussi les fourni-
tures de layettes et de trousseaux dans le même
genre.

A la suite des deux industries précédentes, il
convient de ranger celle du fabricant de *dix-huit*.
On nomme ainsi le *riboui*. Le *riboui* n'est pas
tout à fait un savetier, c'est plus et moins ; de
même que le dix-huit n'est pas un soulier remonté
ou ressemelé, c'est plutôt un soulier redevenu neuf :

de là lui vient son nom grotesque de dix-huit, ou
deux fois neuf. Le dix-huit se fait avec les vieilles
empeignes et les vieilles tiges de bottes, qu'on remet sur de vieilles semelles retournées, assorties,
et qui, au moyen de beaucoup de gros clous, finissent par figurer tant bien que mal une chaus-
sure. Cela se vend sans aucune garantie, à la grâce
de Dieu. La durée est généralement de huit jours.
Quant au prix, il varie de quinze à vingt sols.
C'est fort cher, eu égard au résultat, et les éco-
nomistes ne manqueront pas de conseiller de pré-
férence de belles et bonnes chaussures de vingt à
trente francs. Ce conseil ressemble à l'ordonnance
de ce médecin qui, ayant à traiter un malheureux
épuisé par la misère et la faim, lui prescrivait,
au dire de l'auteur des *Béotiens*, de boire du vin de
Bordeaux, de manger des viandes succulentes et
d'aller chaque jour se promener au bois de Boulogne à cheval.

Si maintenant nous voulons entrer dans les arts
d'agrément, dans l'article fantaisie, dans l'*utile
dulci*, comme disaient les Latins, nous ferons une
visite à madame Vanard, qui a su réunir ces deux
choses si difficiles dans une seule industrie. Madame Vanard est *zesteuse*.

C'est une touchante histoire que celle de cette jeune et jolie femme restée veuve et sans fortune à dix-huit ans. Son mari s'est tué à la besogne pour donner à sa femme le bien-être et le luxe. Il avait établi une petite distillerie où il travaillait à condition pour les parfumeurs et les confiseurs.

Pendant le peu de jours heureux que ces deux époux passèrent ensemble, Madame Vanard, à force de voir travailler son mari, avait fini par surprendre quelques uns des secrets de la science chimique; elle pouvait le remplacer près de ses alambics pendant ses absences. Aussi voulut-elle, quoique inconsolable, continuer son commerce. Elle se souvint que celui qu'elle regrettait, lorsqu'ils se permettaient, le dimanche, le petit dîner chez le traiteur, lui avait dit à propos de citron : « Un homme intelligent, avec ce qui se jette à Paris de pareilles écorces, pourrait faire sa fortune. »

Madame Vanard avait de l'intelligence ; elle prit un panier à son bras et s'en alla rôder dans la rue Montorgueil, cette patrie des huîtres. Quand les chiffonniers avaient passé et retourné tous les tas de détritus pour y chercher leur récolte, elle commençait la sienne. Les garçons limonadiers et restaurateurs, voyant une jolie femme qui venait chaque matin butiner où tant d'autres avaient passé avant elle, s'inquiétèrent de ce qu'elle cherchait si attentivement et promirent de lui mettre de côté les précieuses écorces. Après les limonadiers vint le tour des balayeurs de théâtres.

Bref, madame Vanard finit par fonder un atelier et prit à sa solde des *ramasseurs* et des *ramasseuses*. C'est cet atelier que nous avons visité. Figurez-vous une pièce immense, toute tapissée de claies en osier du sol au plafond, et sur ces claies des myriades d'écorces d'oranges, des monceaux de pelures de citrons. Au milieu de cette pièce, autour d'une longue table, une vingtaine de jeunes ouvrières, chantant, babillant, sont occupées à *zester* ces écorces. Elles les empilent dans des sacs, dans des boîtes, dans de grandes caisses. Ainsi préparée, la pelure change de nom et devient zeste. Cette matière est pesée, empaquetée, expédiée dans tout Paris, dans toute la France, et même jusqu'à l'étranger, où elle se transforme encore, change de nom et devient curaçao de Hollande, sirop de limon, orangeade, citronnade, limonade, essence de citron, etc. Telle est l'industrie qui a fait la fortune d'une femme charmante, aimant les arts et la littérature, ayant maintenant sa loge aux Français, aux Italiens et à l'Opéra, une fois par semaine.

Voici une autre veuve, moins jeune, moins jolic, moins élégante, moins intelligente aussi, qui a trouvé moyen de faire une belle fortune là où personne n'avait vu que de grossières vétilles. Madame veuve Thibaudeau s'est établie *fermière de balayage.* Vous tous, excellents citadins, vous payez pour faire balayer vos escaliers; Madame Thibaudeau paie au contraire pour balayer ceux des autres.

Certes, Madame Thibaudeau n'est pas née avec un goût tout particulier pour le balayage, comme on dit que les poètes naissent avec la passion des vers, et les rôtisseurs avec celle de la broche. Non, c'est par raison qu'elle s'y est adonnée.

Madame Thibaudeau exerçait la modeste profession de concierge. Elle tirait le cordon d'une maison sise à Paris, rue du Temple. Cette maison était occupée tout entière par deux fabricants, tous deux bijoutiers. Or, par un hiver très rude, elle eut l'idée économique de brûler, dans un vieux chaudron qui lui servait d'âtre, tous les détritus que lui fournirait son balai. L'idée était doublement bonne. Elle s'aperçut que ce qu'elle avait regardé jusque là comme une vile poussière devenait, mêlé avec des mottes et du charbon de terre, un excellent combustible. Puis, les beaux jours étant venus, Madame Thibaudeau voulut faire la toilette d'été à son ménage. Elle prit son vieux chaudron et le débarrassa de ses cendres. Mais jugez de sa surprise, lorsqu'au lieu d'une cendre ordinaire, s'envolant au vent, elle trouva quelque chose de résistant qui semblait soudé au fond de l'ustensile, et qui, de temps en temps, jetait des reflets jaunes. Elle fit examiner ce résidu : c'était de l'or. Madame Thibaudeau avait découvert la pierre philosophale ; elle avait retrouvé la science des Nicolas Flamel, des Paracelse et des Balsamo.

Elle prit dès lors à ferme le balayage des escaliers dans les maisons habitées par des bijoutiers en or, tant et si bien qu'avec les bénéfices qu'elle en retira, elle put entreprendre concurremment une autre industrie non moins lucrative : elle achète d'immenses terrains aux environs de Paris et y fait construire des villages suisses. Elle en revend ensuite les chalets à des marchands de la rue Saint-Denis qui peuvent y chanter tous les dimanches : *Arrêtons-nous ici, l'aspect de ces montagnes,* etc.

Nous avons signalé dans un de nos précédents articles l'industrie singulièrement champêtre de M. Simon, qui mène paître ses troupeaux à Paris, dans les vertes prairies qu'il possède au cinquième

étage d'une maison du faubourg Saint-Hilaire. M.
Simon a réclamé contre la qualification de *berger
en chambre* que nous lui avons donnée : c'est
nourrisseur qu'il eût fallu dire. Soit! Nous profi-
terons de cette rectification pour ajouter quelques
détails à ceux que nous vous avons donnés.

M. Simon s'habille en paysan; il porte des sabots et une blouse grise; il ressemble donc à Jean
Guettré de Pierre Dupont plus qu'à un Colin d'o-
péra-comique. Nous n'avons pas remarqué la
moindre houlette dans sa *bergerie*, ou plutôt dans
sa *nourrisserie*. Mais, en revanche, sa conversation est fleurie comme un couplet de Dupaty ; il
parle rose et aurore ; ses comparaisons sont flo-
rianesque et parfumées. Il a pris Némorin et Cé-
ladon au sérieux.

Lorsque nous entrâmes dans son étable, après
avoir monté quatre-vingt-dix marches, nous nous
arrêtâmes étonné : il nous semblait être dans une
de ces belles fermes des montagnes d'Écosse, où
tout est si bien rangé qu'on se croirait plutôt dans
une bibliothèque d'amateur que dans une écurie.

L'étable de M. Simon est composée de deux
longues salles, partagées en *boxes*, comme disent
les *gentlemen*. Dans chacune de ces cages il se
trouve une chèvre. Il y en a cinquante-deux. Au-

11

dessus de la mangeoire, à l'endroit où sont ordinairement les râteliers à foin dans les écuries de
chevaux, est placée une façon d'armoire en bois
blanc, ciré, verni; c'est-là que M. Simon enferme
la nourriture de son élève. On lit en grosses lettres
des inscriptions du genre de celles-ci :

Mélie Morvanguilotte. — Nourrie à la carotte
pour Mme....., attaquée d'une maladie de foie.

Marie Noël, née à l'étable (1851), de Jean-
nette et de Marius. — Nourrie de foin ioduré pour
le fils de M....., sang pauvre.

Puis viennent les observations. Nous ne vous citerons pas les noms des maladies que M. Simon
traite par le lait de chèvre, ni les termes scientifiques qu'il emploie pour déguiser les médicaments
qu'il fait avaler à ces pauvres bêtes pour les faire
servir de pharmacie vivante à ses clients. Nous ne
sommes ni médecin ni chimiste, nous ne pouvons
donc rien dire de cette pratique; mais ce que nous
pouvons affirmer, c'est que, si le sort, au lieu de
jeter à Paris un berger en chambre au cinquième
étage, eût placé M. Simon dans une bonne ferme
du pays de Caux, il eût certainement disputé à
M. Cornet l'honneur de fournir à Paris ses bœufs
gras, et à M. Estancelin celui d'envoyer au concours des porcs de la grosseur des veaux.

La température rigoureuse de cet hiver a fait
naître deux petites industries nouvelles. Tous les
soirs, pendant la gelée, des ouvriers maréchaux
se tenaient avec une lanterne et leurs outils sur
les quais, aux abords des ponts, sur les boulevards, et ferraient à glace pour un prix minime,
tous les chevaux des cochers qui ramenaient du
monde des théâtres ou de soirées.

De leur côté, les charretiers de louage se portaient aux endroits difficiles de la ville, et quand
arrivait une voiture pesamment chargée, ils proposaient un cheval en aide pour quelques sous.

Mais voici venir M. Oscar Mithat, avec sa
grande entreprise de fourniture d'os de jambonneaux. Celui-ci entre dans la carrière, mais il y
entre à la façon des maîtres, en accaparant un
genre de commerce.

Nous pourrions faire ici un savant travail de
statistique, et prouver que le nombre des jambonneaux mangés à Paris dépasse des deux tiers
au moins le nombre de porcs qui s'y consomment.
Aussi, avant l'avénement de M. Oscar Mithat,
lorsqu'on mangeait un jambonneau dans un atelier,
on en laissait l'os au gamin qui allait faire l'acquisition; il le rapportait au charcutier, qui lui remettait deux sous en échange. Donc le jambonneau

se fabrique ; donc cette épaule est un prodige d'anatomie, un *chef-d'œuvre* que tout bon charcutier doit exécuter pour être reçu compagnon dans son art. Il y a à Paris des os qui servent depuis dix, vingt ans, qui chaque matin sortent garnis de la boutique, et y rentrent le soir absolument dénudés.

Eh bien ! ces beaux jours sont passés pour le gamin et l'apprenti. M. Oscar Mithat se charge de fournir à dix sous la douzaine tous les os de jambonneaux dont on peut avoir besoin dans la consommation parisienne.

Le père Cotin, lui, vend de la fumée, autrement dit de la *suie tamisée*. L'an dernier, il a fait pour cent mille francs d'affaires avec l'Amérique ; seulement, et d'après ses livres, il a donné plus de vingt mille francs d'argent à ses *tamiseuses* et trente mille aux Savoyards qui lui vendent sa matière première.

Près des magasins de M. Cotin, que les propriétaires ont relégué hors Paris, sous prétexte qu'il noircissait tout dans leurs maisons, nous avons vu une enseigne que nous livrons à la sagacité de nos lecteurs. La voici :

Berouley aîné, fabricant d'allumettes chimiques DE DEUXIÈME QUALITÉ. *Gros et détail.*

Pourquoi de deuxième qualité ? La réponse nous manque. M. Berouley serait-il par hasard l'inventeur des fameuses allumettes dont parle Arnal dans les *Cabinets particuliers* ? Toujours est-il que son enseigne nous a plongé dans un océan de suppositions.

Place maintenant au célèbre Édouard, le *canardier* par excellence, le roi des crieurs publics.

Tout le monde connaît M. Edouard ; tout Paris a admiré aux abords des théâtres un homme à l'allure athlétique, à la voix de stentor, à l'œil fin, au sourire gracieux, qui hurle pendant six heures consécutives : « Voilà ce qui vient de paraître ! », et qui vous vend une petite brochure imprimée depuis plus d'un an. Mais n'est pas canardier qui veut. Il faut savoir allécher son public. M. Edouard n'a pas de rival. Il vend les petits livres de M. Émile Jaeglé, le Duranton du canard. Jusqu'à présent, les libraires du quartier Latin, malgré toute leur imagination, n'avaient pu trouver que trente-six codes, M. Jaeglé en a trouvé un trente-septième : c'est le *Code des portiers*.

Voici comment M. Edouard le vend au peuple de Paris.

« Le *Code des portiers*, ou la tranquillité des » locataires. Il faut voir ça, messieurs, connaitre

» ses droits. Si vous avez un mauvais portier, en-
» voyez-le moi : je suis le grand redresseur de torts,
» le Cabrion des Pipelets, la terreur de la loge ;
» tous les cordons m'ont été envoyés par ces sul-
» tans de la porte-cochère pour me pendre. Je les
» ai dédaignés, parceque je veux rendre service
» à mes concitoyens. Voyez cela, lisez ; il y a là
» de quoi vous faire frémir. Prenez le code des
» portiers, et, rien qu'en sachant que vous l'avez
» dans votre poche, le vôtre vous ouvrira au pre-
» mier coup de marteau, même après minuit, etc.,
» etc.

Outre le *Code des portiers*, M. Jaeglé a publié
toute une série de petits guides à un sou. Il y a
le *Code des gens mariés*, le *Code de l'ouvrier*,
le *Code du domestique*, le *Code de la prévoyance*,
même le *Code des morts*. Sous une forme légère,
il a eu l'idée, ingénieuse du reste, de répandre
dans le peuple la connaissance des lois que chacun
est censé connaître et que personne ne connaît.

Nous laisserons dormir en paix les morts, dont
le code ne nous a pas paru d'une utilité bien réelle,
et celui des portiers, qui nous fait peur ; mais
nous dirons que celui de l'ouvrier est une œuvre
sérieuse. Dans un petit traité clair et succinct, M.
E. Jaeglé a su rappeler au travailleur tous ses droits

et tous ses devoirs. Il lui enseigne à aimer la patrie, à respecter la loi, à protéger ses droits. Si
l'on vendait à bon marché, dans les villes et les
villages, de petits livres bien rédigés sur des sujets de morale, d'histoire, de science pratique,
contenant en outre quelques notions usuelles de
législation, d'agriculture, de jardinage, etc., ces
livres exerceraient une favorable influence.

Si nous avons rencontré çà et là des industries
qui nous ont étonné, celle de M. Mathieu Leblanc
nous a véritablement stupéfié.

M. Mathieu Leblanc est poète lyrique, et il vit
de son état !

M. Mathieu est un petit homme maigre, nerveux,
chétif, toujours strictement vêtu de noir. Il marche courbé, fait des grimaces en parlant, et se regarde dans les glaces lorsqu'il lit ses vers, qu'il ne
comprend pas toujours lui-même. Il est né à Alby.
Il a dans ses cartons deux ou trois tragédies et
vingt ou trente comédies. Il s'est fait le chantre de
toutes les gloires, de tous les événements, de tous
les avénements. Dès qu'un air réussit au théâtre,
il en fait une chanson populaire. C'est le Jovial de
notre époque. Il chante pour dîner, pour souper,
pour boire et pour dormir. Il chante les mariages
et les baptêmes, les établissements en vogue et
es catastrophes.

Voici un échantillon de son savoir-faire en poésie. Mlle Déjazet a eu un grand succès en chantant le *Vin à quat'sous* ; M. Mathieu Leblanc a fait sur le même air le *Roi des Auverpins* :

> Le roi des Auverpins
> A fini sa carrière,
> Et de peaux de lapins
> On a couvert sa bière.
> Venez tous, marchands d'coco,
> Vendeurs d'habits et porteurs d'eau,
> Venez célébrer les destins
> Du fameux roi des Auverpins.

C'est avec des vers de cette force que M. Mathieu Leblanc a résolu cet insoluble problème :

M. Mathieu Leblanc est *poète lyrique*, et il vit de son état ! ! !

LA CHILDEBERT

LA CHILDEBERT

DOCUMENTS POUR SERVIR A L'HISTOIRE DES TRAVERS,
DES IDÉES, DES GLOIRES ET DES RIDICULES
DU XIXᵉ SIÈCLE.

Le marteau municipal ou privé abat chaque jour
quelque fragment de la vieille cité parisienne. Il
faut se hâter d'en esquisser la biographie, si l'on
veut que ces ruines d'un autre âge ne disparaissent
pas complétement de la mémoire des hommes,
comme de la surface du sol. Au premier rang des
vieux édifices de ce genre nous n'hésitons pas à
placer une immense masure que vient de faire disparaître le prolongement de la rue du Pot-de-Fer-
Saint-Sulpice jusqu'à la place Saint-Germain-des-
Prés, à travers l'îlot de la rue Sainte-Marguerite,
et qui, exclusivement habitée par des poètes, des
prosateurs, des dramaturges, des peintres, des
sculpteurs, des architectes et des rapins, exerçait,
depuis cinquante ans et plus, sur les arts, les lettres, les théâtres, les idées, les mœurs, le langage

et les modes, une influence prépondérante dont peu de critiques se sont doutés, et qu'il n'est pas sans intérêt de constater au moment même où elle cesse.

La grande et puissante bicoque dont nous parlons avait été bâtie sur une partie des jardins de l'abbaye Saint-Germain, qui furent vendus comme propriété nationale en 1793. C'était un vaste capharnaum composé de chambres de garçon depuis le premier jusqu'aux combles. La plupart de ces pièces avaient été converties en ateliers par de jeunes artistes. On ne peut se figurer le nombre de gens devenus célèbres qui les ont habitées successivement.

Cette maison était située place Saint-Germain-des-Prés, rue Childebert, n. 9, d'où lui était venu le nom dédaigneux de *la Childebert*.

Grâce à sa proximité de l'Institut, de l'école des beaux-arts, du musée du Louvre et de celui du Luxembourg, grâce surtout à la modicité du prix de ses loyers, dès le temps de David, alors que l'illustre conventionnel régnait en despote sur les arts, la Childebert était devenue le quartier général des novateurs. Les élèves de Lethière notamment s'y étaient réfugiés et y formaient déjà une colonie révolutionnaire. Et l'art d'alors était divisé

en deux camps : l'école de David et celle de Lethière.

Lethière était mulâtre de la Guadeloupe ; il
était fort mauvaise tête, très brave, tres peu endurant. Après une querelle qu'il eut au Café Militaire de la rue Saint-Honoré, et dans laquelle il
eut le malheur de tuer et de blesser très griève-
ment plusieurs officiers, il dut quitter Paris, et,
grâce à la protection du prince Lucien Bonaparte,
il fut nommé directeur de l'école de peinture à
Rome ; son atelier, où il se faisait autant d'assauts
d'armes que de peinture, fut fermé, et ses élèves
furent envoyés, par ordre, dans tous les autres
ateliers.

En perdant l'atelier de Lethière, les habitants
de la Childebert perdirent les plus spirituels et les
plus turbulents de leurs alliés. Mais ils se recru-
tèrent bientôt de troupes fraîches : nous voulons
parler des paysagistes qui osaient renoncer au pay-
sage historique, copier tout bonnement la nature, abandonner, par exemple, la fabrique ro-
maine au fond à gauche, l'olivier sacramentel et
le ciel d'Italie beurre frais, pour les remplacer par
les arbres du bois d'Aulnay et le ciel brumeux des
environs de Paris. Leurs tentatives soulevèrent naturellement un haro universel. Voici comment les

traitait la critique du temps : « Ces jeunes gens
» ont entrepris une croisade contre le beau, ils
» foulent aux pieds tout ce que *nous autres*
» *vieillards*, qui n'avons pas de goût (douce iro-
» nie), nous avons respecté. Ils se mettent sur
» le bord d'une mare, avec un moulin en per-
» spective et Charenton dans le fond, et ils étu-
dient!... » Mais qu'attendre de gens qui peignent
» la pipe et le cigare à la bouche, et qui ne
» vous abordent sur *leur* place des Petits-Au-
» gustins que puant le tabac, empestant l'eau-de-
» vie ainsi que les pandours ivres ? O Poussin! O
» Claude Lorrain! que diraient vos grandes om-
» bres? etc., etc. » Cet anathème était signé de
M. de Jouy, l'auteur des *Hermites*, membre de
l'Académie française et *défenseur des saines
doctrines.*

La Childebert était alors occupée par Boilly, qui
a laissé tant de charmantes compositions ; Men-
jaud, auteur de l'*Avare puni;* Pierre Audoin,
graveur; Gassiès, élève de David, qui avait abandonné l'histoire pour peindre des intérieurs : le
musée du Louvre possède l'intérieur de l'église de
Saint-Prix peint par lui; Pagnest, auteur du portrait de M. Nanteuil qu'on admire au musée français; Claudion (le jeune), le sculpteur érotique,

qui aujourd'hui est regardé comme un des plus
agréables talents de l'école moderne ; les amateurs
le mettent tout à côté de Prud'hon ; Cochereau,
autre peintre d'intérieur, autre renégat de l'école
de David, et enfin Debucourt, qui a laissé de charmantes caricatures dans le genre de Carle Vernet,
et qui a perfectionné la gravure en faisant imprimer
des planches à deux ou trois tons, imitant l'aqua-
relle, et qu'on touchait après. Le vulgaire lui a attribué l'invention de la gravure à l'aqua-tinta. Cette
gravure, au secret de laquelle on semblait, en
1815, s'initier pour la première fois à Paris, y avait
été découverte en 1760 par Leprince. Il en est de
même de la gravure en couleurs, que Debucourt
remit en vogue, et qui avait pris naissance à Franc-
fort dans l'atelier de Christophe Leblond, qui se
rendit à Londres en 1730 et y fit paraître un
petit traité. Cette découverte importante comme
art et comme industrie à enrichi bien des éditeurs
et bien des fabricants, et Christophe Leblond est
mort à l'hôpital en 1741. C'est toujours la même
histoire. On a fait honneur aux Anglais de toutes
ces inventions qui appartiennent à des Français ;
seulement nos voisins s'en sont emparés et les
ont perfectionnées.

Cependant l'empire avait fait place à la restau-

ration, et toutes les imaginations demandaient aux
lettres, à la philosophie et aux arts l'aliment que
la guerre ne leur offrait plus. Les *coloristes* et les
fantaisistes s'étaient organisés dans le tohu-bohu
des innovations qu'on tentait dans tous les genres.
Ils avaient inventé une sorte de moyen-âge abricot,
avec des crevés et des manches à gigots, inspiré
par la *Gaule poétique* de M. de Marchangy, les ro-
mans de M. d'Arlincourt et toute la littérature bour-
soufflée et royaliste du temps : car, par haine des
Grecs et des Romains de l'empire, ceux-là s'étaient
faits royalistes. Leur invention n'était qu'une ré-
miniscence ; elle avait déjà vu le jour lorsque,
partant pour la Syrie, le jeune et beau Dunois à
la vierge Marie consacrait tant d'exploits. M. Re-
voil, peintre de l'école de Lyon, avait exécuté les
plus beaux modèles du genre. Le musée du Luxembourg possédait encore, il y a tout au plus un
an, deux très remarquables échantillons de ce faire : c'étaient la *Convalescence de Bayard* et un
autre trait de la vie du chevalier sans peur et sans
reproche. Nous ne savons ce qu'ils sont devenus,
mais nous les regretterions beaucoup si on les avait
reléguées dans quelque grenier, car ils représentent
parfaitement le temps où les *preux,* les *destriers,*
les *troubadours,* étaient devenus à la mode; le temps

des épées courtes avec un trèfle à la pointe et une petite croix en cuivre à la poignée; le temps des justaucorps de satin, des écharpes à la couleur des dames et des lyres en bandoulière; le temps où l'on mourait si galamment pour sa dame, son roi et son Dieu, le tout sur un air de Blangini ou de Romagnesi.

Heureusement Géricault, qui, dans sa jeunesse, avait beaucoup fréquenté la Childebert, vint faire diversion à toute cette mascarade en ramenant l'art à des données possibles. Ses trois tableaux, le *Chasseur*, le *Cuirassier,* le *Naufrage de la Méduse*, furent une véritable révolution. Bientôt après parut M. Eugène Delacroix, et la peinture fut sauvée.

M. Paul Delaroche et tous ceux qui firent la première campagne du *romantisme* habitaient la *Childebert*. Ils riaient des partisans du genre chevalier-troubadour-abricot, comme ceux-ci avaient ri des Grecs et des Romains. Toutes leurs charges étaient faites contre les *Almanzors* et les *amants d'Elodie*. Pour eux, les plus farouches novateurs du règne impérial étaient devenus des *perruques,* des *rococos*, des *celadons*. Ainsi vont les écoles, et ils devaient bientôt se voir surpasser eux-mêmes dans leurs hardiesses les plus téméraires.

12

C'était le temps des Hellènes ; on ne parlait plus que de Grecs, on ne peignait plus que des Grecs ; les expositions n'étaient pleines que de massacres de Grecs et de tueries de Turcs. Tous les poètes avaient fait rimer Hellènes avec Athènes au pluriel ; tout le monde voulait, à l'exemple de Byron, aller mourir dans quelque Missolonghi ; mais on n'avait garde de partir. On commençait à traduire les œuvres de lord Byron ; M. de Lamartine avait fait paraître ses *Méditations*, et M. Victor Hugo préparait ses *Orientales*. Talma était mort. On bâillait à se décrocher la mâchoire aux tragédies ; on riait aux mélodrames de Pixerécourt et de Victor Ducange. C'était partout une inquiétude extrême ; chacun voulait faire du neuf à tout prix. Les écoles étaient abandonnées, les traditions perdues. Bref, tout faisait présager une grande révolution dans les arts. Enfin M. Defauconpret donna les premières traductions de Walter Scott. Que de folies n'a-t-il pas engendrées à son tour ! Mais du moins il nous délivra des Hellènes.

La seconde campagne du romantisme commença : ce fut celle des pourpoints, des justaucorps, des hauts-de-chausse mi-partis, ce que dans le langage de l'époque on nomma la *couleur locale*. MM. Schœffer, Saint-Evre, Durupt, Auvray, fu-

rent les porte-drapeaux de la nouvelle croisade ,
et les frères Johannot, Tony et Alfred, et les deux
Dévéria, Alfred et Eugène, en furent les trom-
pettes. On jura haine à tous les devanciers.

La Childebert devint naturellement le quartier
général des agresseurs. Les exaltés s'y réunis-
saient une ou deux fois par semaine ; on s'y donnait le mot d'ordre , on y prenait solennellement
l'engagement d'*échiner* tel ou tel individu , on y
dressait les listes de proscription.

On dédaigna tout ce qui s'était passé depuis le
règne de Louis XIII. Il n'y avait de bonne littérature que celle qui n'avait pas été souillée par les
régles d'Aristote et de Boileau. A la très grande
rigueur, on admettait encore Théophile de Viau ,
et peut-être Molière et Corneille ; mais Racine ,
Boileau, Voltaire et tous les poètes du dix-septième
et du dix-huitième siècle étaient traités de *rococos*
et de *perruques.* On n'y parlait plus le français
des encyclopédistes et de ceux qui ont régularisé
notre langue. On s'était fait une espèce de jargon
imitant , autant que l'érudition des interlocuteurs
le permettait, le *vieil langaige* de messires Rabe-
lais, Froissard et Monstrelet. On ne disait plus le
peuple, mais le *populaire;* beaucoup, mais *moult;*
monsieur, mais *messire* ou *monseigneur.* Le fond

de toute cette linguistique se trouvait dans quelques jurons plus ou moins bien appropriés aux personnalités. Ainsi on entendait souvent le fils du portier, qu'une vocation plus ou moins réelle avait jeté dans un atelier, jurer par sa *foi de gentilhomme*. Un autre qui, de sa vie, n'avait jamais porté que des gilets de drap, et dont les innocentes mains n'avaient jamais manié en fait d'acier que les couteaux de fer de la gargotte de madame veuve Chamfort, s'écriait dans ses moments d'enthousiasme : *Par mon armure de Milan !* Les *Tête et sang !* les *Malédiction !* étaient d'un usage quotidien. Nous nous souvenons d'avoir entendu un de nos parents les plus proches, chez un restaurateur où le garçon ne le servait pas assez promptement, s'écrier : *Par ma lance de Mathew Dunster, tavernier du diable !* Un jour, un de ces messieurs étant tombé dans la rue, la tête porta sur le trottoir, et il se fit une horrible blessure au dessus de l'œil. Malgré la douleur et le sang qui l'inondait, il ne dit que ces mots : « Ah ! messeigneurs, je me suis crevé l'œil. »

C'est aujourd'hui un homme grave.

Voici comment se passaient les séances du cénacle. Un poète se levait, déployait son manuscrit et commençait :

> J'aime les nuits brumeuses,
> Et le temps lourd des soirs.
> J'aime...,..

UNE VOIX. Dis donc, Phœbus, passe-moi le
.abac !

AUTRE VOIX. Par les griffes de Satan, laissez
lire le ménestrel !

PREMIÈRE VOIX. Je me tais; mais est-ce un
lai, un virelai, ou quelque ballade bien sombre,
dont nous serons ragoûtés ?

LE POÈTE, *recommençant*. C'est une ballade.

> J'aime les nuits brumeuses
> Et le temps lourd des soirs.

UNE AUTRE VOIX. Ah ! tête et sang ! il n'y a
plus d'eau-de-vie !

Le poète furieux repliait son manuscrit, traitait ses amis de *cagots*, de *francs-mitoux* ou de
truands, et il remettait son œuvre en poche, en
disant que tous ces gens-là étaient indignes « de
brouter les verselets purpurins qu'une douce ima
ginative formait en son cerveau. » Puis on se
cotisait pour faire venir du tabac et des petits
verres.

C'était le bon temps de la *couleur locale* et du
style chaud et coloré. Il n'est peut-être pas inutile

d'expliquer ici ce qu'on entendait par ces mots,
qui sont aujourd'hui presque oubliés. La *couleur
locale* consistait surtout à faire dire au personnage
le nom de toutes les fabriques d'où sortaient les
objets dont il parlait et à faire connaître de quelle
matière étaient faits ces objets. On disait : *ma
bonne dague d'acier, mon pourpoint de brocart,
mon justaucorps de Venise ;* absolument comme
si aujourd'hui on faisait dire à un acteur : « Don-
» nez-moi mes bottes de cuir, ma canne de bois,
» mon habit de drap, ma redingote de Sedan,
» mes gants de Paris, ma cravate de Lyon et ma
» chemise de Hollande. » Quant au *style coloré,*
c'était à peu de chose près le même procédé.
Ainsi, on disait sans rire : « Son haut-de-chausse,
» mi-parti jaune et rouge, disparaissait sous des
» bottes de cuir de Flandre de couleur grise, et,
» en frappant les dalles sonores de la grand'salle
» de vieux chêne, ses éperons d'argent réson-
» naient à chaque pas. »

Cela avait un succès immense; c'était d'un
haut goût littéraire.

Ces jeunes gens, les membres du cénacle de la
Childebert, poussaient l'amour du moyen âge si
loin, que pour se donner un air encore plus gothi-
que ils falsifiaient leurs extraits de baptême, ils

torturaient leurs noms de famille. Les Jean devenaient *Jehan*, les Pierre *Petrus*, les Louis *Loys*.
On tournait et retournait tellement son nom, qu'on
parvenait toujours à y introduire un *h* ou un *k*,
car les *c* n'existaient plus. Ceux que le hasard
avait traités par trop bourgeoisement sur leurs
actes de l'état civil n'hésitaient pas à abandonner
leur nom de famille et en adoptaient un bien ron-
flant, datant au plus tard du quatorzième siècle.
Par notre foi de gentilhomme! ils riraient bien si,
aujourd'hui qu'ils sont tous devenus des gens sérieux, on leur présentait certaines pages qu'ils ont
écrites alors sous leurs noms goths, huns ou visi-
goths.

Les costumes subirent cette même influence.
Qui ne se souvient d'avoir vu alors dans les rues
de Paris des jeunes gens vêtus de pourpoints et
coiffés de toquets de velours? Qui ne se souvient
de tous les vêtements bizarres qui précédèrent la
révolution de juillet? Après le succès d'*Henri III*,
d'Alexandre Dumas, on porta des barbes à la
Saint-Mégrin et des chapeaux à la Bussy-Leclerc.
Chaque pièce en vogue, chaque livre nouveau,
amenait de la sorte une extravagance nouvelle.
Walter Scott avait mis l'Écosse à la mode; lord
Byron nous avait valu l'invasion des Grecs; Victor

Hugo fit des Turcs en publiant les *Orientales*. On avait porté les cheveux longs d'une aune, tombant droits et raides jusque sur l'épaule, à la roi Jean, à la Charles VI, à la Louis XII. Un beau matin on vit apparaître des exaltés avec la tête presque rasée, à la façon des têtes rondes. On se donnait l'air pirate, on marchait à la forban. L'Espagne eut son tour ; on ne rêva que señoras, sérénades, balcons et fenêtres grillées ; on se déguisa en personnages de Zurbaran et de Velasquez.

Or, pendant ce temps, il y avait à la *Childebert,* au milieu de toute cette cohue, un artiste modeste, homme d'esprit et de raison, qui ne partageait nullement toutes ces billevesées. Il ne se passionnait pas chaque matin pour une nouvelle idole, il se contentait de travailler à sa guise et d'étudier consciencieusement son art. De temps en temps, il se permettait même quelques mots assez piquants à l'adresse des *sires* et *seigneurs*. C'était là un crime qu'on ne pouvait lui pardonner. Il fut mis au ban, on le honnit, on lui fit toutes les charges imaginables, et, comme la nature l'avait doué d'autant de nez que d'esprit, de talent et de bon sens, M. Fourreau s'avisa un jour de faire sa caricature. Elle eut un succès immense. Dantan jeune la reproduisit en terre avec cette verve ingé-

nieuse dont il a depuis donné tant de preuves ; il
la spiritualisa pour ainsi dire ; et, dès ce moment,
M. Bouginier, tel était le nom de la victime, devint populaire. La charge en sculpture, qui avait
été oubliée, reparaissait rajeunie, fraîche, accorte
et pleine de grâce. Elle devait, entre les mains de
son rénovateur, prendre un essor qu'elle n'avait
jamais eu.

En moins de quinze jours, tous les murs de
Paris eurent leur Bouginier ; les romantiques de
la Childebert commencèrent cette *scie* par ven-
geance, les gamins de Paris la continuèrent par
désœuvrement. Paris ne possédait pas un seul pan
de muraille qui n'eût son Bouginier. Il fallait en
doter la province. C'était au commencement de
l'été. La plupart des artistes entreprenaient leurs
pèlerinages. On promettait de se rejoindre, mais
où ? mais comment ?

« Ma foi, dit un des premiers partants à
ceux qui devaient partir plus tard, nous sortirons
par la barrière d'Italie. Regardez les murailles le
long de la route : vous y trouverez votre itiné-
raire. »

Ils partirent en effet, et, quinze jours après,
une seconde caravane se mit en marche. Quel
chemin prendre ? La première chose qu'ils aper-

çurent sur la muraille, à côté de la barrière, ce fut un superbe Bouginier avec un doigt indiquant la route de Fontainebleau. Ils suivirent ces indications, qu'ils trouvèrent tout le long de la route, et qui les conduisirent à Lyon, à Avignon et à Marseille. Arrivés là, ils avaient la mer devant eux. On avait sans doute tracé la charge indicatrice sur les eaux du port, mais le flot avait tout effacé. Comment faire? Or, voici qu'en passant dans la Canebière, un des voyageurs retrouve tout à coup le fil d'Ariane. M. Bouginier était là, frappant de ressemblance et le doigt appuyé complaisamment sur le mot « Malthe », écrit sur l'enseigne d'un bureau de départ. Il n'en fallait pas davantage. On prit passage sur le premier navire en partance pour l'ancien séjour des chevaliers de Saint-Jean de Jérusalem. On trouva là, sur les murs de la Douane, le même signe conducteur et le doigt indiquant Alexandrie. On le retrouva en Egypte sur les pyramides. Enfin, après trois mois, les deux bandes se réunirent dans les ruines de Thèbes, au moment même où l'avant-garde était en train d'y tracer le nez et la main convenus et d'écrire : Suez.

Le dénoûment de cette charge se voit encore à Paris, place du Caire, où M. Berthier, architecte, ayant été chargé de faire une façade au passage, bâtit une maison égyptienne de l'ordre d'architecture de Karnac, et perpétua cette plaisanterie en plaçant à la frise, au milieu de divinités égyptiennes, le plus beau et peut-être le seul Bouginier qui survive dans les rues de la capitale. Quant à la petite charge en plâtre de M. Dantan, elle se trouve dans toutes les collections d'amateurs.

La révolution de juillet arriva au milieu des grandes disputes des classiques et des romantiques. Elle vint faire diversion à cette nouvelle querelle des anciens et des modernes. Les habitants de la Childebert se divisèrent en *Bousingots* et en *Jeune-France.*

Les premiers adoptèrent l'habit de conventionnel, le gilet à la Marat et les cheveux à la Robespierre ; ils s'armèrent de gourdins énormes, se coiffèrent de chapeaux de cuir bouilli ou de feutres rouges, et portèrent l'œillet rouge à la boutonnière.

Les seconds conservèrent leurs pourpoints, leurs barbes fourchues, leurs cheveux buissonneux.

Les Bousingots et les Jeune-France n'avaient de commun que leur haine du *bourgeois,* qu'ils appelèrent génériquement *épicier*. La société ne se divisa plus à leurs yeux qu'en *bourgeois* et en *artistes*, les *épiciers* et les *hommes*. L'antagonisme était flagrant, et *Bousingots* et *Jeune-France* passèrent le jour à inventer des épithètes désagréables à l'adresse de leurs communs adversaires, et la nuit à imaginer des tours qui troublassent leur sommeil.

Cette métamorphose ne devait pas être la dernière, et Jeune-France et Bousingots procédèrent bientôt à leur vingtième incarnation.

Les uns, les Jeune-France, se transformèrent en *blasés*, en *rêveurs*, en *poitrinaires*; ils éprouvèrent tous du *vague à l'âme*, des *tristesses sombres*; ils étaient marqués du *sceau de la fatalité*. On ne peut se figurer toutes les tortures qu'ils s'infligèrent pour se donner *l'œil sombre et le teint pâle*. Il y en eut même qui ne reculèrent pas devant le moyen ordinaire des jeunes filles qui désirent conserver l'élégance de leur taille : ils firent d'effroyables consommations de vinaigre et de cornichons. Enfin la plupart se convertirent au néo-catholicisme, avec Gustave Drouineau et M. Roux-Lavergne. Comme il leur fallait toujours imiter une époque quelconque de notre histoire, ils se firent jansénistes, illuminés, quiétistes, et traitèrent les pères de l'Eglise comme ils avaient fait précédemment de Voltaire et de Racine. Seulement le jargon mystique avait remplacé le jargon du moyen âge ; ils étaient plus ridicules, et voilà tout le progrès.

Quant aux autres, ils avaient bien adopté aussi l'air intéressant, le visage pâle et les yeux sombres, surtout après les grands succès d'*Antony* et d'*Angèle* ; ils n'avaient aucune répugnance à porter un poignard à tête de mort dans leur poche, des habits de couleur sombre, une face de déshérité et des cheveux de maudit. Mais il ne leur convenait pas de se munir d'un cilice et d'aller s'agenouiller des heures entières sur la dalle froide des nefs gothiques. Les Bousingots, à peu près dégrisés de leurs théories littéraires et artistiques, tout en conservant les cheveux longs à la Buridan ou coupés courts à la *malcontent*, tournèrent leur encensoir du côté de la beauté, de la jeunesse, du vin et de la bière. Ils se firent *viveurs*, *matérialistes*, et, pour caractériser cette vingt-et-unième incarnation, prirent le noble nom de *Badouillards*.

Avec chaque incarnation, le style changeait, l'esprit s'identifiait avec la situation. Les badouillards furent les premiers à brûler ce qu'ils avaient adoré : ils devinrent les ennemis irréconciliables du moyen âge et de son jargon. Ils trouvèrent les côtés ridicules de la mode d'hier. Tout devint *de Tolède*, même le beefsteack aux pommes de terre. Il n'était pas rare d'entendre un jeune homme dire au garçon qui le servait chez le restaurateur : — « Donnez-moi du fromage de Brie, mais du Brie de Tolède. » Les mots *bon*, *excellent*, *exquis*, *beaucoup*, etc., étaient remplacées dans ce nouveau lexique par ces deux seuls mots : *de Tolède*.

Quant au reste de la langue, on se bornait à retrancher la dernière consonnance, pour y substituer la syllabe *mar*. On disait *épicemar* pour épicier, *boulangemar* pour boulanger, *cafemar* pour café. Ainsi de suite. C'était de l'esprit dans ce temps-là. Il est vrai que nos pères ont tous ri à se tordre en mettant le mot *turlurette* à la fin de chaque couplet de chanson, et nous-mêmes nous sommes long-temps amusés de ce refrain si connu *La rifla, fla, fla*, etc. Que signifiait MAR? Que voulait dire *turlurette*? Absolument la même chose que *la rifla, fla, fla*. Personne n'a jamais pu le savoir.

Quant aux mœurs des *Badouillards*, elles différaient de celles des *Jeune-France*. Pour être bon *Badouillard*, il fallait passer trois ou quatre nuits au bal, déjeuner toute la journée et courir en costume de masque dans tous les cafés du quartier latin jusqu'à minuit, heure où s'ouvraient les bals des Variétés, du Palais-Royal et de Musard. On appelait cela du bonheur *à grand orchestre.* Cela dura jusqu'en 1838, époque où l'école fantaisiste absorba Jeune-France et Badouillards. La haine seule du *bourgeois* survécut à cette dernière transformation. La *Childebert* continua de faire une rude guerre à l'*épicier* dans tous les genres. MM. Drolling, peintre, et Labrousse, architecte, y avaient établi leurs ateliers d'élèves, c'est-à-dire leurs camps. Que de fois, par exemple, les habitants du quartier, réveillés au milieu de la nuit par des bruits inconnus chez tous les peuples civilisés, regardaient aux fenêtres de l'infernale maison et se disaient avec une piteuse résignation : « Allons, nous ne dormirons pas cette nuit : il y a fête à la Childebert! »

La Childebert était alors éclairée *a giorno*, depuis le premier jusqu'au belvédère, et l'on voyait passer devant les fenêtres des fantômes d'hommes et de femmes, dans des costumes étranges, indescriptibles, le tout criant, hurlant, gesticulant et gambadant.

C'est pendant une de ces fêtes qu'un paysagiste aujourd'hui célèbre, ayant frappé à la porte d'un de ses amis et ne recevant pas de réponse, n'imagina rien de mieux, pour vaincre cet obstacle, que d'y mettre le feu à l'aide d'un tas de copeaux. Ce commencement d'incendie fut regardé à la Childebert comme une des meilleures plaisanteries dont elle eût été le théâtre.

Les habitants du lieu ne se contentaient pas de troubler leurs voisins pendant la nuit ; ils inventaient encore mille moyens de les effrayer pendant la journée. Ainsi, un jour, les élèves de M. Drolling s'emparèrent d'un énorme dogue blanc, la terreur du quartier, le peignirent en tigre, lui attachèrent une casserole à la queue et le lâchèrent sur la place. L'animal effrayé prit sa course à travers les rues du faubourg Saint-Germain ; les passants se sauvèrent en jetant des cris, les boutiques se fermèrent, et pendant une heure ce fut une panique indicible dans tout l'arrondissement.

Une autre fois, au moment de la grand'messe, les fidèles qui se rendaient à l'église Saint-Germain-des-Prés trouvèrent la place envahie par une troupe de Bédouins, fumant de longues pipes orientales. C'étaient les hôtes de la Childebert, enveloppés dans leurs couvertures, qui venaient se chauffer au soleil, sur le trottoir opposé à l'église, au grand ébahissement des paroissiennes.

L'extérieur de la Childebert ressemblait à une immense cage à poulets, mais l'intérieur était plus horrible encore. L'escalier s'effondrait, les carreaux étaient disloqués, les murailles crasseuses et humides. L'été, il fallait être à l'épreuve de la peste pour l'habiter.

A chaque étage on rencontrait des modèles des deux sexes en costumes de Faunes, d'Amadryades, d'Adam et d'Eve, se rendant d'un atelier à l'autre.

Le séjour en était impossible à tout ce qui n'était pas artiste. Il fallait une prudence extrême aux bourgeois qui y venaient faire *tirer* leurs portraits pour en sortir sans avoir subi quelque mauvaise charge. Une des plus communes était celle-ci, lorsque posait tranquillement une épicière :

« N'est-ce pas ici qu'on a besoin d'un saint Jérôme? » s'écriait un modèle nu en ouvrant brusquement la porte.

De mémoire d'hommes, madame Legendre, la propriétaire, qui avait acheté la maison en 1795 pour une liasse d'assignats équivalant à la somme de vingt-cinq francs de notre monnaie actuelle, n'avait fait la moindre réparation à sa propriété. Elle laissait tout aller de mal en pis en disant :

—« Après moi, on fera ce qu'on voudra; c'est

13

toujours assez bon pour des gens qu'on a tant de difficultés à faire payer. »

Aussi la maison faisait-elle eau de toutes parts, et, si l'édilité parisienne n'en avait pas fait acquisition, elle eût fini par être dévorée par les punaises. Une nuit, M. Signol avait fini par abandonner son lit à leur voracité, se contentant d'un simple matelas jeté au milieu de la chambre. Elles le suivirent courageusement. Le lendemain, M. Signol acheta de la mélasse et en barbouilla le carreau tout autour de son matelas. Mais voyez l'astuce des punaises ! elles grimpèrent au plafond, se posèrent juste au-dessus de leur victime et se laissèrent tomber sur elle. M. Signol se déclara vaincu.

Malgré l'horreur de Madame Legendre pour les réparations, il y eut cependant une homme qui sut la forcer à faire remettre dix ardoises sur le toit de sa maison. Cet homme est Émile Lapierre, l'élégant paysagiste. Mais, pour arriver à cela, il lui fallut faire des prodiges d'imagination ; il lui fallut une volonté à dessécher le Zuiderzée. Lapierre était un des bons locataires de la Childebert : il payait son terme. Une nuit, toutes les cataractes du ciel s'épanchèrent sur les toits de Paris. Les jeunes toits résistèrent, les vieux furent transpercés. En se réveillant, Lapierre fut tout étonné de se trouver couché au milieu d'une mare. Il cria. La portière monta.

« Eh ! que faites-vous donc, Monsieur ?

— Vous le voyez bien, je me noie ; allez me chercher un bateau. »

— Monsieur, il n'y en a pas dans le quartier.

— Eh bien, dites à la propriétaire de venir voir le bassin qu'elle me loue à la place de la chambre que je lui paie, moi.

— C'est vrai, Monsieur : vous êtes peut-être notre seul locataire exact au terme ; mais vous savez bien que ce n'est pas la peine, madame ne se dérangera pas.

— Ah ! Madame ne se dérangera pas ! Je sais alors ce qui me reste à faire.

Le lendemain Lapierre avait descellé trois carreaux du sol ; il avait pratiqué un grand trou ; il faisait monter chez lui tous les porteurs d'eau de la fontaine d'Erfurt et leur ordonnait de vider leurs seaux sur le parquet. Les Auvergnats n'y pouvaient rien comprendre ; il ouvraient de grands yeux et essayaient en vain d'emplir ce nouveau tonneau des Danaïdes ; mais comme on les paya très bien, ils offrirent de revenir à la charge. Lapierre refusa. Mais le tour du voisin de l'étage inférieur était venu de croire à un renouvellement du déluge universel ; il pleuvait chez Aimé Millet, le sculpteur ; il poussa des cris d'aigle. La portière remonta.

— Madame , jetez-moi la perche ; appelez les maîtres nageurs !

—Tiens! tiens! tiens ! fit la portière, c'est encore pire que chez M. Lapierre.

— Ce que vous dites là est peut-être neuf , mais ce n'est pas consolant. »

Cependant on monta chez Lapierre pour vérifier le fait ; on y trouva les porteurs d'eau exerçant consciencieusement leurs fonctions de Danaïdes.

« Que faites-vous là , Monsieur Lapierre ? demanda la portière.

— Il fait chaud ; c'est très agréable de prendre un bain froid à domicile ; je n'ai pas voulu être le seul à me procurer ce plaisir dans la maison ; j'y fais participer les amis. »

Et voilà comment Lapierre fit remettre dix ardoises au toit de la Childebert par madame Legendre , propriétaire.

Aujourd'hui, la Childebert a vécu : elle est remplacée par une rue. Les maçons, en la démolissant, ont trouvé dans les cheminées des choses étranges, qu'ils n'avaient jamais vues nulle part. Après un long examen, les savants s'aperçurent que ces choses, qui n'appartenaient à aucun règne connu, étaient simplement des torchis de pinceau et des raclures de palettes amoncelées ; ces détritus avaient formé un corps plus dur que le marbre.

Nous citerons encore, parmi les hôtes aujourd'hui illustres de l'ancienne Childebert, les frères Leprince, peintres de genre ; Louis Boulanger, auteur de *Mazeppa* ; MM. Schopin et Signol, élèves de Rome ; M. Garnier, graveur, auteur du *Moïse* et des *Aveugles* de Géricault ; Dulong, peintre d'un grand talent ; Bouchot, mort si jeune, après avoir laissé un chef-d'œuvre, *les Funérailles de Marceau;* enfin Français, Baron, Nanteuil (Célestin), Aimé Millet, le charmant sculpteur, Marcel Verdier ; Auvray, peintre de mérite. mort à trente-deux ans ; Gabriel Montaland, un des meilleurs ornemanistes de notre époque ; mais nous nous arrêtons : la nomenclature serait trop longue.

La Childebert devait occuper le monde, même après sa disparition. Les ouvriers, en abattant ses murs, trouvèrent sous une épaisse couche de plâtre, au fond d'une armoire, une médaille très effacée par la rouille. MM. Adrien de Longpérier et de Saulcy furent chargés de la déchiffrer. Ils éminent

chacun une opinion. Deux numismates en ont toujours chacun une. On appela M. Duchalais ; il se
trouva d'une troisième opinion. Enfin M. Langlois, le plus jeune de tous les collecteurs de vieux
sous , lut ce qui suit :

LÉGISLATEURS

SOUVENEZ-VOUS QUE CETE *(sic)*

MÉDAILLE FUT FRAPPÉ *(sic)* AVEC LES

FERS DE LA BASTILLE

PAR LE

PATRIOTE PALOY

VAINQUEUR DE LA BASTILLE

Cette quatrième opinion paraît être la bonne jusqu'à présent ; mais nul ne peut répondre de l'ave-
nir : il peut pousser un nouveau numismate. On
voit des choses si extraordinaires, même à Paris.

LES

OISEAUX DE NUIT

LES

OISEAUX DE NUIT

LA HALLE DE PARIS A LA LUMIÈRE DU GAZ.

A partir de minuit, heure terrible ou charmante,
si l'on en croit les poètes d'opéra-comique, heure
des amants, des voleurs, des joueurs et des frui-
tiers, le vaste espace compris entre la pointe
Saint-Eustache et la rue de la Féronnerie, la
halle, en un mot, s'anime et se remplit de mouvement, de tumulte et de vacarme : le sabbat de
notre civilisation commence. C'est un contraste
étrange, plein de terreurs et d'enseignements.
Tout le Paris honnête sommeille. La halle veille
seule. Les fenêtres, ces yeux des maisons, se
sont éteintes peu à peu ; le silence s'est emparé du
reste de la ville. Mais pénétrez, si vous en avez
l'audace, dans ce qu'on nomme le carreau des In-

nocents : tout change ; c'est un pêle-mêle de maraîchers, de porteurs, de paysans, de revendeurs de fruits et de légumes, de forts de la halle, d'inspecteurs, de sergents de ville, de cuisiniers. Les jurons s'entrechoquent; les cris se répondent d'un bout à l'autre du marché ; les hommes, les chevaux, les charrettes, se croisent, se heurtent, s'injurient.

Puis de tous les cabarets d'alentour partent des chansons grossières, des cliquetis de bouteilles brisées, des bruits de chocs de verres, des interpellations bizarres, des propos nauséabonds. Tous les timbres de la voix humaine, depuis les plus aigus jusqu'aux plus graves, se confondent pour former le tapage le plus assourdissant que jamais oreille humaine ait pu supporter.

Votre nerf olfactif n'est pas affecté moins désagréablement. Il y a là des émanations si multiples, des mélanges d'odeurs si hétérogènes, que vous tombez bientôt dans un état très voisin de l'apoplexie. Les fleurs aux suaves parfums gisent à côté de bottes d'oignons; les violettes se cachent sous des tas de choux ; la rose s'épanouit parmi les carottes; les fruits enfin sont entassés pêle-mêle avec les plantes médicinales et sont arrosés quelquefois par la boue du même ruisseau.

Du reste, il faut avoir exploré les environs de cet immense bazar végétal pour se faire une idée de toutes les misères et de tous les vices qui dévorent et dégradent une partie de la population. Rassemblez toutes vos forces, assurez votre cœur contre le dégoût, et hasardez-vous, en observateur, en philosophe, chez les marchands de vins et surtout chez les liquoristes qui ont la permission d'ouvrir leurs bouges pendant toute la nuit. Chacun de ces cabarets a sa physionomie, sa réputation, ses *excentrics,* ses habitués, ses fidèles, qui ne vont guère autre part. Voici, par exemple, la lanterne triangulaire de Paul Niquet; nous lui devons la priorité : quand un homme a su se créer un nom, dans quelque industrie que ce soit, cet homme a nécessairement dépensé une plus grande somme d'intelligence et d'activité que ses confrères.

On pénètre dans cet établissement par une allée étroite, longue et humide. Le pavé est le même que celui de la rue : c'est du grès de Fontainebleau; mais il est tellement piétiné par les nombreux clients, que la rue Saint-Denis et la rue Saint-Martin, aux jours des grands dégels, peuvent passer en comparaison pour d'agréables promenades. Les habitués déposent le long des murs leurs hottes et leurs fardeaux, pour arriver jusqu'à la salle principale, nous devrions dire tout simplement hangar, car cette boutique n'est qu'une ancienne petite cour sur laquelle on a posé un vitrage. Elle est meublée de deux comptoirs en étain, où se débitent de l'eau-de-vie, du vin, des liqueurs, des fruits à l'eau-de-vie, et toute cette innombrable famille d'abrutissants que le peuple a nommés dans son énergique langage du *casse-poitrine*. En face de ces comptoirs, contre le mur, et fixé par des supports en fer, est un banc de chêne où se reposent les consommateurs. C'est là qu'ils font la sieste, c'est là qu'entre deux rondes de police, ils essaient un peu de sommeil, au milieu des cris, des vociférations, des disputes de ceux qui se tiennent debout devant le comptoir. On vante le sommeil de Napoléon la veille d'Austerlitz et celui de Turenne sur l'affût d'un canon, je ne sais plus à quelle bataille; mais qu'est-ce que ces somnolences inquiètes, agitées, auprès du lourd et profond sommeil de ces parias, obligés, la plupart, de voler même le moment de repos qu'ils prennent à la dérobée : car il est défendu de dormir dans le cabaret de Paul Niquet; il faut consommer, se tenir debout et parler, ou bien la police, qui ne dort jamais, enlève les dormeurs et leur fournit un lit au violon du poste de la Halle-aux-Draps.

Les comptoirs lourds et massifs sont chargés de brocs, de fioles et de bouteilles de toutes formes, portant des étiquettes bizarres : *Parfait amour*, *Délices des dames,* etc., ornées de petites gravures grotesquement coloriées, dont quelques unes représentent Napoléon, les bras croisés sur la poitrine; celles-là renferment naturellement la *Liqueur des braves*. On y voit aussi un affreux buste, barbu et empanaché, que les érudits du lieu disent figurer le *Béarnais*. Le nom tout pastoral du mélange qu'il renferme est celui-ci : *Petit lait d'Henri IV*. Du reste, pour dix centimes, on vous servirait là un verre de liqueur de la Martinique, signée de Mme Anfoux ou de Mme Goodman, aussi bien qu'une goutte d'absinthe. L'étiquette seule changera. Le trois-six restera le même à peu de chose près.

Par un passage étroit, on arrive à une petite salle située derrière le comptoir : c'est le salon de conversation, un lieu d'asile ouvert seulement aux initiés, aux grands habitués, aux buveurs émérites, à ceux qui ont depuis bien des années laissé leur raison au fond d'un poisson de *camphre*.

Trois longues tables et des bancs de bois

composent le mobilier; les murs sont blanchis à
la chaux. L'architecture de ce bouge est bossue,
tordue, renfrognée; on y voit des angles rentrants,
des excavations et des proéminences sans motif.
Tout cela a l'air d'une réunion de morceaux hy-
brides, étonnés de s'être rencontrés après quelque
épouvantable cataclysme. Il devait se trouver des
pièces ainsi faites au milieu des ruines de la Poin-
te-à-Pître, après le tremblement de terre. Dès la
porte, on est saisi à la gorge par une odeur fa-
de, chaude, nauséabonde, imprégnée de miasmes
humides, qui soulève le cœur; c'est une puanteur
qui est particulière à cette société immonde; elle
donne un formel démenti à la science, en prou-
vant que l'homme peut vivre sans respirer. Là on
rencontre des parias de toute sorte : des chiffonniers et des chiffonnières, des poètes et des musiciens incompris, des ménétriers de barrière, des
Paganini de ruisseau, des domestiques qui ne
cherchent pas de place, des soldats *en bordée*,
des *grinches de la petite pègre;* c'est un pandémonium bizarre, qui n'a pas encore eu les honneurs d'une fidèle monographie. Les uns dorment
abrutis devant des verres d'eau-de-vie, abattus sur
la table ou blottis dans des coins comme des animaux immondes; d'autres causent *philosophique-*

ment à voix basse. C'est triste et lugubre comme une veillée de mort. Les garçons passent comme des ombres au milieu de ces rangs serrés ; ils portent des verres de forme hideuse, qui semblent des seaux de puits et scintillent de couleurs insolites ; la forme en est menaçante ; les coupes où les anciens buvaient la ciguë ne devaient pas être autrement faites ; on voit qu'ils contiennent quelque chose de terrible : c'est un poison cent fois plus horrible au goût que tous ceux décrits par la toxicologie, que tous ceux inventés par les Borgia et les Exili du moyen âge. Il tue l'âme, il absorbe toutes les facultés ; il est délétère, il brûle, il corrode le corps, il éteint la mémoire, il annule tous les sens. De l'homme le plus fort, le mieux organisé, il fait en quelques mois un squelette, un animal, une brute.

Car il existe à la halle toute une population d'êtres vraiment problématiques. Ce sont des gens qui ne dorment jamais, ou du moins qui ne se couchent jamais dans un lit. Leur vie est une longue suite d'aujourd'hui, ils n'ont de lendemain que le jour où, ramassés par quelque patrouille de sûreté, ils sont jetés dans un lit d'hôpital pour y mourir. Le bien-être, même celui de l'assistance publique, les tue. La nuit, ils vivent du débris des festins des heureux de la terre, ils rongent les os comme des chiens, et se contentent des croûtes et des restes qu'on jette à la borne. Le jour, ils s'accroupissent dans l'angle de quelque cabaret, accoudés sur une table, l'œil morne, les joues hâves et pendantes, l'âme affaissée dans leur corps abruti, et ils dorment effrayants, les yeux ouverts.

A côté de tous ces gens en haillons, quel est ce vieillard si frais, si rose, si propret, qui semble un gras chanoine égaré dans ce séjour de damnés? C'est un poète bergerade, c'est un faiseur de bucoliques, c'est un rêveur de prairies et de fleurs, c'est un Dorat perdu dans ces égouts. Il se nomme Huard. Il était maçon, il est aujourd'hui garçon chez Sallé, l'heureux successeur de Paul Niquet. Le père Huard est né poète comme tant d'autres sont nés hommes d'état. Il fait des vers comme certains font des lois, sans trop savoir au juste ce que c'est. Il avoue naïvement n'avoir jamais étudié, mais avec *le simple bons sens* on arrive à tout. Deux fois Bicêtre lui a charitablement offert ses appartements gratuits, et Charenton lui a donné l'hospitalité, et cela parcequ'il a de l'intelligence et de l'esprit, parcequ'il se sent tourmenté par le démon de la poésie, parceque, bien avant tant d'autres, il avait osé jeter un regard sur les misè-

res de l'espèce humaine. Huard était un précur
seur, il prêchait dans le désert ; on le prit pour un
fou, on l'emprisonna, on le persécuta ; il eut,
comme tous les apôtres, les honneurs du martyre.

Rien de plus touchant que d'entendre raconter
par ce brave homme l'entrevue qu'il eut avec un
de nos meilleurs écrivains. « Ah ! Monsieur, dit-
il, en voilà un, un vrai, un de la bonne roche ! Il
a écouté mes vers sans rire, lui ! »

Le père Huard n'a qu'un malheur, c'est de faire
des poèmes didactiques, descriptifs, et bucoliques
surtout. Il aime trop les vers, surtout les siens.
Avouons pourtant qu'au milieu de ce fouillis d'o-
des, de chansons, d'élégies, de pastorales, d'églo-
gues, il se trouve parfois des pensées neuves et
hardies, enchâssées dans une belle forme. La conversation du père Huard est amusante, colorée,
toute remplie d'images, et toujours enveloppée
d'un certain mysticisme qui semble agrandir sa
pensée et la rend pour ainsi dire visible. Nous
lui demandâmes si parfois le doute n'était pas venu
le saisir au milieu des fatigues de son pénible
état, au milieu de tous ces êtres infimes, incapa-
bles de le comprendre. Il nous répondit avec une
emphase assez voisine de l'amphigouri : « Ai-je
douté quand je me suis assis pour la première fois

14

à cette fête intellectuelle, au milieu des hasards de l'hiver et sous les nuages menaçants? Est-ce que je ne savais pas qu'au delà de ces sombres vapeurs brille l'astre immortel dont les rayons ne sont que voilés? Lorsque je suis entré ici pour vivre dans cette boue, est-ce que je ne savais pas que plus haut il y a des champs d'azur et de lumière, dont nos yeux sont destinés à contempler la splendeur? Que m'importe cette race désolée qui m'entoure, ces hommes dévastés, ces cerveaux sans idées? Je n'ignore pas qu'avec la génération future, la vie reviendra s'épanouir et fleurir dans ces corps décharnés, que l'idée jaillira sous ces crânes épais, où fermente secrètement l'éternelle fécondité de la nature? Aussi je patiente et j'espère. »

On comprendrait volontiers Charenton si l'on ne découvrait pas une âme noble et pleine de foi, d'espérance et de résignation, sous le fatras prétentieux de cet honnête homme. Tous les êtres dégradés qui étaient là l'écoutaient la bouche béante sans comprendre une seule de ses paroles. Après l'avoir entendu, nous sommes sorti moins désespérant de l'humanité, de ce bouge où tout le reste avait été pour nous horreur et dégoût.

Il nous fallait de l'air, nous étouffions dans cette

atmosphère fétide ; la tristesse de l'âme nous avait saisi ; le bruit nous était nécessaire. La nuit s'avançait et il nous restait encore bien des choses à voir, car les premières scènes qui s'étaient passées sur le carreau des halles n'avaient été que le prologue du grand marché, qui prend tout son développement à quatre heures du matin.

L'aspect de la place a changé ; la population n'est plus la même. Voici venir les paysans ; voici les costumes des habitants de la Picardie et de la Normandie ; voici les femmes des environs de Paris, avec leurs mouchoirs rouges enveloppant le bonnet blanc, avec leurs jupes bariolées, leurs manteaux de laine blanche, aux capuchons de velours noir ; voici venir la limousine grise et jaune rayée de bleu des rouliers. La langue qu'on parle n'est qu'un patois composé de vingt autres patois, qui ne se parle qu'à la halle, dans les transactions de fruitières à maraîchers, ne se comprend nulle autre part, et n'existe dans le monde que l'espace de quelques heures par nuit, de deux à quatre heures du matin, à Paris, au centre du monde civilisé. C'est un ancien idiome qui doit avoir quelques rapports avec celui dont se servent les riverains de la Méditerranée, et avec celui des trafiquants de l'Archipel des Antilles, jargons sans

couleur , sans poésie , secs et pauvres , faits prin-
cipalement pour le trafic de l'argent , dont ils ont
le son métallique.

Après une nuit passée dans les cloaques dont
nous avons parlé plus haut et au milieu de ces
êtres immondes à qui l'ivresse arrache de temps en
temps-de sinistres confidences, on se sent heureux
et soulagé de respirer cet air tout imprégné de sen-
teurs balsamiques ; on contemple avec admiration
la vigoureuse santé de ces vaillantes filles des
campagnes ; on revient peu à peu aux sentiments
humains. Le ciel semble plus beau , plus étoilé ;
l'aube vient blanchir les toits des maisons ; la halle
a l'air d'une foire de campagne ; le commerce honnête , réel , a remplacé la Cour des Miracles.

Tout à coup de tous les cabarets voisins partent
des cris d'oiseaux de proie , des hurlement de bêtes
fauves ; on entend encore dans les cabinets quelques lambeaux de chansons hideuses : ce sont les
oiseaux de la nuit qui quittent leurs repaires , honteux de voir le soleil , et prennent leur volée çà et
là. Ici ce sont des figures patibulaires ; là de jeunes
femmes pour qui, chose étonnante , ces nuits honteuses semblent n'avoir pas de fatigue, et qui ne
laissent qu'à regret la ténébreuse orgie qu'elles
recommenceront la nuit suivante. L'honnête ou-

vrier qui va à son travail les salue de quolibets en passant. Les hommes sont tout honteux de ces huées; ils ont comme une vague horreur de ce qu'ils ont fait. Mais les femmes, au contraire, semblent fières de leur abjection; elles bravent le mépris tête haute et renvoient quolibets pour quolibets. Le sens moral est complétement éteint chez elles. De tous les êtres de la création, la femme est toujours le pire quand elle n'est pas le meilleur.

LA VILLA

DES CHIFFONNIERS

LA VILLA

DES CHIFFONNIERS

Là bas, bien loin, au fond d'un faubourg impossible, plus loin que le Japon, plus inconnu que l'intérieur de l'Afrique, dans un quartier où personne n'a jamais passé, il existe quelque chose d'incroyable, d'incomparable, de curieux, d'affreux, de charmant, de désolant, d'admirable. On vous a parlé de carbets de Caraïbes, d'ajoupas de nègres marrons, de wigwams de sauvages, de tentes d'Arabes; rien ne ressemble à cela. C'est plus extraordinaire que tout ce qu'on peut dire. Les camps de Tartares doivent être des palais auprès. Et cependant cette chose, qui ferait frissonner un habitant de la rue Vivienne, est dans Paris, à deux pas du chemin de fer d'Orléans, à dix minutes du jardin des plantes, à la barrière des Deux-Moulins en un mot.

Cela a nom la cité Doré, non par antiphrase,

mais parceque M. Doré, chimiste distingué, est propriétaire du terrain. Vu d'en haut, c'est une réunion de cabanes à lapins où logent des chrétiens. Vu de près, c'est douteux, mais après tout c'est consolant. C'est une ville dans une ville, c'est un peuple égaré au milieu d'un autre peuple. La cité ne ressemble pas plus à l'autre Paris que Canton ne ressemble à Copenhague. C'est la capitale de la misère se fourvoyant au milieu de la contrée du luxe; c'est la république de Saint-Marin au centre des Etats d'Italie; c'est le pays du bonheur, du rêve, du laisser-aller, posé par le hasard au cœur d'un empire despotique.

Laissez-moi vous dire ce que j'ai vu, ce qui m'a été dit, ce que j'ai observé. Attendez-vous à voir du laid, mais ne lâchez pas trop la bride à votre imagination : elle pourrait se figurer de l'horrible, quand ce n'est que triste; de la pastorale, quand ce n'est qu'un rayon de soleil; des larmes, des gémissements, des grincements de dents, quand il y a joie, bonheur et gaîté. Il ne sera question ni de voleurs, ni d'assassins, ni de tapis francs. Tout cela se passera en famille, au sein de la pauvreté honnête et travailleuse, jamais au milieu du dénûment hideux. En un mot, nous allons vous conduire dans une colonie de propriétaires, les plus pauvres de tous les propriétaires du monde entier peut-être, et non parmi la race vivant au jour le jour, dans des garnis sans nom dans aucune langue.

Le château de Bellevue, qui a servi jadis de siége à la société connue, au temps de la Restauration et pendant les premières années du règne de Louis-Philippe, sous le nom de Brasserie anglaise, est situé au carrefour formé par les cinq rues ou chemins qui arrivent à la barrière des Deux-Moulins. Une pareille entreprise, montée sur une grande échelle, devait occuper un grand espace et nécessiter de vastes constructions : aussi le propriétaire d'alors, le lord amiral C..., fut-il obligé, pour loger ses nombreux chevaux et ses cuves, de faire abattre presque tous les arbres qui ombrageaient un des plus beaux parcs de Paris : il avait douze cents mètres de superficie. Malgré tous ces sacrifices, l'entreprise périclita ; château et parc furent vendus à la criée et achetés par M. Doré, le propriétaire actuel. Les constructions telles qu'écuries, ateliers, furent démolies. Et ce parc, jadis si beau, si ombreux, si fleuri, devint une manière de marais qui n'était plus séparé du chemin de ronde de la ville que par une simple haie vive à laquelle les gamins du quartier faisaient en une heure autant de trouées qu'en réclamaient les besoins du jeu du *berger* ou de *cache-cache*. Le maraîcher, qui ne pouvait rien récolter sur son terrain, se fatigua bientôt de planter des salades et de petites raves pour les retrouver arrachées ou foulées aux pieds des enfants. Il abandonna cette terre ravagée dont la surveillance était fort difficile, pour ne pas dire impossible, à cause des mœurs du voisinage, et le pauvre parc ne fut plus qu'un simple terrain vague.

En 1848, M. Doré eut l'idée de diviser sa propriété pour la louer par lots aux bourgeois de Paris, qui, comme on sait, ont une passion toute particulière pour le jardinage. Ils louent à cet effet de petits carrés de terre trois fois grands comme un mouchoir dans quelque faubourg éloigné, et tous les dimanches ils vont, accompagnés de leur famille, jouer à l'horticulteur dans leur jardinet. L'affiche *Terrain à vendre ou à louer au mètre* se pavanait au vent depuis quelques jours, quand M. Doré, qui s'attendait à y voir entrer pour le moins quelque Némorin de la rue Saint-Denis ou un Daphnis et une Chloé du quartier du Temple, vit apparaître un chiffonnier de la plus belle espèce, hotte au dos, crochet à la main. Sa surprise était grande, mais elle redoubla lorsque

notre homme lui dit qu'il venait pour louer du terrain. Aux questions du propriétaire il répondit
qu'il voulait se bâtir une maison de campagne pour
lui et sa famille. Le bail fut passé pour dix mètres
de terrain, à raison de cinquante centimes le mètre
par an.

C'était un homme laborieux, intelligent, plein
de courage. Dès l'aube du jour suivant, il était à
l'ouvrage, entouré de sa nombreuse famille. Ils
creusaient les fondations de leur villa champêtre,
ils achetaient, à cinquante centimes le tombereau,
des garnis de démolition, et quelques jours après
ils se mettaient bravement à édifier. Mais, hélas !
l'architecte improvisé n'était guère habile, les travaux marchaient lentement, et l'impatience était
grande : on voulait prendre possession de la propriété, on avait déjà la fièvre qu'a tout homme qui
acquiert une terre, fièvre qui ne se guérit que par
l'usage de la propriété. Avant tout il faut que tout
honnête acquéreur taille, rogne, remue sa terre,
gâte son jardin, plante à tort et à travers, pour
qu'il croie à sa propriété. Notre famille de chiffonniers était atteinte de cette maladie. Ils voulaient
demeurer chez eux. Mais à cela il y avait un grand
empêchement : c'est qu'il n'y avait pas de maison.
La belle saison verdoyait, l'air était chaud. Ma

toi, tant pis! à la guerre comme à ia guerre. On planta une manière de tente sur le terrain, et toute la famille se mit à habiter sous la tente en plein Paris, absolument comme si elle se fût trouvée dans les déserts de la Syrie ou dans les forêts de l'Amérique. Diogène, qui a dû être quelque peu chiffonnier dans Athènes, sa lanterne le prouve d'ailleurs suffisamment, avait bien habité dans un tonneau.

Au bout de trois mois, la maison était construite de fond en comble. Le toit était posé. Ce toit avait été fait avec de vieilles toiles goudronnées sur lesquelles on avait posé de la terre battue. Au printemps suivant, on planta des clématites, des capucines et des volubilis sur ce toit, de façon que, lorsque vint l'été, la famille semblait habiter dans un nid parfumé.

Cette merveille fut visitée par les confrères ; chacun envia le bonheur du chiffonnier propriétaire qui, pour cinq francs de loyer par an et une dépense une fois faite de cent écus environ, se trouvait posséder en propre une charmante villa, en plein soleil, au grand air. Chacun voulut avoir aussi son coin : on se disputa le terrain ; le parc de Bellevue fut bientôt converti en un vaste chantier. Une ville nouvelle s'y bâtissait. C'était à qui édi-

fierait son palais le plus promptement. On se pi-
quait d'amour-propre, on se stimulait, les bara-
ques semblaient sortir de dessous terre comme
par enchantement. Les rues, les places, étaient mar-
quées. Il y avait cinq avenues, deux places, celle
de la Cité et celle du Rond-Point, le carrefour Du-
mathrat, un passage, le passage Doré. Tout cela
est en miniature comme toute la cité. En voyant
ces petites maisons, ces petites places, ces petites
rues, on se croirait volontiers dans une ville de
Lilliputiens ; on est tout étonné d'y rencontrer des
hommes et des femmes de la taille ordinaire.

A la fin de l'été de 1849, tout allait pour le
mieux ; la plupart des maisons avaient des toits.
Oh ! ces toits, voilà bien le chef-d'œuvre du génie humain. On ne peut se figurer l'imagination
qu'il a fallu déployer pour arriver à poser ce faîte
si nécessaire : car les décombres, cela se vend dix
sous le tombereau, c'est connu. Presque tout le
monde sait très mal le métier de maçon, c'est-à-
dire que tout homme peut, à la très grande rigueur,
monter un mur de quelques mètres d'élévation ;
mais pour couvrir il faut employer des tuiles, des
ardoises ou du zinc ; toutes ces marchandises sont
fort coûteuses, et tout le monde ne sait pas les
manier. L'expérience de la terre et de la toile gou-

dronnée faite par le premier habitant de l'endroit
n'avait pas réussi. L'eau avait détrempé la terre ;
elle était devenue trop lourde, elle avait crevé la
toile. Il fallait trouver quelque chose de nouveau
et de moins coûteux. C'est alors qu'un chiffonnier
eut une idée sublime !

A Paris tout se vend, excepté le vieux fer-blanc :
il fallait donc employer le vieux fer-blanc, qui est
très abondant, surtout depuis que presque toutes
les caisses de marchandises exportées sont doublées
avec des feuilles de ce métal. On se mit à ramasser
ce que les autres dédaignaient, de façon qu'aujour-
d'hui la majeure partie des maisons de la cité sont
recouvertes en fer-blanc. Dans les premiers temps
elles ont l'air d'être coiffées de casques d'argent.
Mais quand, à la suite des pluies, la rouille s'y
est mise, cela produit le plus déplorable effet ;
cela donne à ces pauvres demeures une apparence
hideuse de niche à chien.

Là il y a comme part t, dans toute réunion
d'hommes, un homme su   rieur. Celui-ci a nom
Cambronne, tout comme le brave général de la
garde impériale. Il n'est ni propriétaire ni locataire de la cité ; il s'y est implanté. Un de ses amis lui
offrit l'hospitalité un soir; depuis ce temps il y est
resté. Il est tout, maçon, couvreur, charpentier,

menuisier ; il rend des services à tout le monde. il a su se rendre indispensable. Aussi on le choi... on le recherche, on s'empresse autour de lui, C'est l'artiste de l'endroit; il chante, il conte, il est gai buveur, joyeux compagnon, bon garçon, conseiller prudent; rien ne se décide sans lui. Il est tout à la fois juge de paix, avocat, notaire, avoué. Il égaye les plus tristes, et on l'aime à cause de sa bonté, de sa douceur et de toutes les quali- tés d'un cœur franc et généreux. Il apaise les que- relles, réconcilie les ménages brouillés, et donne à tous l'exemple de la bienveillance : car, dit-il, il n'est pas de ménage de dix personnes proprié- taire d'un château à la cité Doré, qui ne trouve plus pauvre qu'eux. C'est de lui qu'est l'invention des toitures en ferblanc. Cambronne est réelle- ment un homme remarquable ; placé dans une autre sphère, nous ne doutons pas qu'il ne s'y fût distingué et qu'il ne fût parvenu à s'y faire re- marquer. Au lieu de cela, les circonstances en ont fait un chiffonnier philosophe.

Tout allait pour le mieux, la petite république vivait en paix, quand il arriva un spéculateur. Hé- las! ou ne s'en trouve-t-il pas? Celui-ci était un *limousinier* (maçon qui dresse les murs). Il avait des avances : il loua un terrain pour y bâtir ; puis, voyant l'empressement qu'on mettait à louer la

cité, il acquit plusieurs lots, y construisit des maisons, et aujourd'hui qu'il a quarante francs de
loyer par an, il se fait plus de cinquante francs
par semaine à sous-louer ses bâtisses. Il fait payer
vingt-cinq francs par semaine une maison et une
avant-cour. Aussi est-il devenu réellement propriétaire, car il a acheté de M. Doré, à raison de
vingt francs le mètre, tout l'espace qu'occupent
ses bicoques. Cet homme est peut-être un homme
heureux, de ceux qui réussissent toujours dans
tout ce qu'ils entreprennent, de la famille de ces
millionnaires comme nous en connaissons tous, qui
sont arrivés à Paris avec un *petit écu*; il a comme
tous ces gens-là l'activité et le vouloir : qu'y aurait-il d'étonnant de voir une grande fortune prenant pour point de départ la villa des chiffonniers?

Ainsi, en moins de quatre ans, voici tout un
quartier qui s'est bâti, peuplé, régularisé, sans
avoir coûté un seul sou à la ville de Paris; des
gens qui habitaient des rues infectes, des logements où ils ne pouvaient ni bouger ni respirer,
qui aujourd'hui sont propriétaires et ont presque
tous des magasins ou des hangars pour déposer
leur récolte de chiffons et d'os. Ils ont de l'air, une
vue admirable, dans un quartier sain. Aussi avons-
nous remarqué que presque tous les enfants de la

cité sont superbes de force et de santé. Ils n'ont
plus ces mines souffreteuses, ces corps rachiti-
ques des pauvres petits êtres de la Montagne-
Sainte-Geneviève, par exemple. Ce bien être n'a
pas moins influé sur les parents. Ils sont meilleurs, ils s'entendent beaucoup mieux, et l'on ne
voit jamais dans l'endroit ces scènes de sauvage-
rie, ni ces ivrognes traînant dans le ruisseau, que
l'on rencontre si souvent dans d'autres parties de
ce malheureux douzième arrondissement. Nous
l'avons souvent dit : assainir c'est moraliser, et les
faits sont là pour prouver ce que nous avançons.
Depuis l'origine de la cité, la garde n'y est jamais
venue, il n'y a jamais eu de bataille, et M. Doré
n'a jamais été obligé d'aller réclamer un des habitants ramassé ivre dans la rue. Ces braves gens se
conduisent honnêtement, en bons pères de famille ; jamais ville habitée par des rentiers n'a
été plus paisible. Ce semblant de propriété leur a
donné des habitudes d'ordre qu'ils étaient loin de
posséder avant. Ainsi, jamais ils ne sont en retard pour les loyers, et celui qui refuserait de payer
ou qui mettrait de la mauvaise volonté serait
montré au doigt.

Et cependant, parmi quelques bons ouvriers
qui gagnent facilement leur vie, combien de misères ! On chercherait vainement le nom des états

de la plupart de ces gens. Ces noms ne sont d'aucune langue, et lorsqu'ils vous les ont dits, vous êtes encore à leur demander l'explication, et souvent, après cette explication, vous ne comprenez pas encore : il vous faut des détails précis. Par exemple, un homme qui vous dirait qu'il est *brûleur de mottes*, en seriez-vous bien plus avancé ? Non. Eh bien! c'est l'état de Mme Favreau, ex-cantinière de la grande armée : elle carbonise des mottes pour fournir du feu aux chaufferettes des vieilles femmes de l'hospice de la Salpêtrière. Elle fait cet état d'un bout de l'année à l'autre, c'est-à-dire qu'elle vit dans une atmosphère insupportable, auprès de laquelle le climat du Sénégal doit être un printemps éternel. L'intérieur du four de cette malheureuse, car c'est beaucoup plus un four qu'une maison, est une des choses les plus navrantes que nous ayons jamais vues dans nos longues excursions dans le douzième arrondissement, et cependant Dieu sait ce qui nous a passé sous les yeux dans ce malheureux quartier !

Nous ne décrirons pas, c'est impossible ; il faut voir pour croire. Mais ce que nous avons remarqué, ce que nous ne pouvons nous empêcher de dire, c'est l'immense résignation de tout ce peuple en guenilles; c'est cette philosophie latente que renferment toutes ces âmes fortement trempées;

c'est cette fraternité pratique qu'exercent entre
eux tous ces malheureux. Un seul fait nous servira
d'exemple. En 1850, la femme d'un chiffonnier,
un des plus pauvres de la cité, accoucha de trois
jumeaux. Le phénomène fit du bruit, les journaux
en parlèrent, la charité privée s'en émut, on envoya des layettes à la pauvre mère ; mais elle n'en
avait plus besoin : les habitants de la cité s'étaient
cotisés, ils avaient fourni aux nouveau-nés tout
ce qu'il leur fallait, et les autres mères nourrices
s'étaient offertes généreusement pour les allaiter.
L'administration de l'assistance publique n'en envoya pas moins deux chèvres à la mère pour l'encourager à garder ses enfants. Ceux-ci sont morts.
La mère était naturellement héritière de ses enfants. Aujourd'hui elle vend du lait de chèvre aux
dames du quartier, ce qui a porté un certain bien-
être dans ce pauvre ménage. Mais une chose touchante, c'est le récit qu'elle fait des soins que lui
ont prodigués ses voisins, « qui, dit-elle, n'en-
traient jamais chez nous les mains vides. »

Si nous avons parlé si longuement de la cité
Doré, c'est que nous y trouvons non-seulement
une des curiosités les plus extraordinaires de ce
Paris inconnu que nous avons essayé d'esquisser
ici, mais encore une excellente institution, une
idée qui peut devenir fructueuse. Ce simulacre

de propriété, en attachant ces malheureux au sol, les garantit contre les mauvaises pensées et les mauvais conseils de la misère, tout en donnant aux classes élevées une sécurité qu'elles ne peuvent avoir avec l'agglomération de pauvres, de vagabonds et de mendiants qui se fait dans les garnis de ces quartiers infects : car, nous sommes obligé de l'avouer, partout où nous avons eu occasion de l'observer, nous avons vu le laid engendrer le mal.

VOYAGE DE DÉCOUVERTE

VOYAGE DE DÉCOUVERTE

DU BOULEVARD A LA COURTILLE, PAR LE

FAUBOURG DU TEMPLE

I

« Les idées ne meurent jamais, les créanciers non plus, » a dit un comique du dernier siècle. Il aurait pu ajouter : « Les habitudes populaires ont le même privilége. » La Courtille n'existe plus, la Courtille est morte, Belleville vit, vive Belleville !

Les jours de fête, les dimanches et les lundis, les lundis surtout, on est étonné de voir la foule immense qui monte le faubourg du Temple pour courir vers la barrière. Et cependant Belleville a perdu les plus beaux fleurons de sa couronne. Le bois de Romainville avec ses parties d'âne, le parc Saint-Fargeau, si cher aux grisettes, les prés Saint-

Gervais, ces délices des petits bourgeois, se sont
convertis en rues, places et carrefours; les maisons
y ont poussé à la place des verts gazons, des arbres séculaires et des lilas fleuris. L'île d'Amour,
ce séjour enchanté où s'étaient noués tant de nœuds
éphémères, par une singulière ironie, est devenu
une mairie; on s'y marie pour de bon, et cela sans
rire. Le Sauvage, ce bal qui fait époque dans le souvenir des Parisiens, est devenu une bonne, digne
et honnête maison bourgeoise; le Grand-Vain-
queur a disparu, et tant d'autres. A peine si Des-
noyers aux Folies et Favié daignent encore donner
asile aux amateurs de la chorégraphie exagérée;
les guinguettes, les cabarets chantants ont subi le
sort des bastringues et des bals champêtres. Aujourd'hui il n'y a guère plus d'arbres et de jardins
dans la bonne ville de Belleville que dans la rue
Saint-André-des-Arts. Les paysans de cette campagne sont des employés de ministère et des rentiers. La civilisation a agi ici comme dans l'Amérique
du Nord; en avançant elle a chassé les sauvages
devant elle. Il y avait jadis des cultivateurs qui
plantaient quelques groseillers et quelques ceri-
siers, pour récolter des procès-verbaux faits aux
Parisiens qui, le dimanche s'aventuraient dans ces
contrées; ils ont été porter leur industrie plus
loin, au-delà des fortifications. Le juge de paix de

la commune n'a plus à juger les grisettes qui *chi-paient* des fleurs, ni les gamins qui gobaient des raisins; de même que ses confrères des douze premiers arrondissements, il n'entend plus que les plaintes des créanciers acharnés et les doléances des débiteurs récalcitrants.

Et cependant Belleville est toujours cher aux Parisiens de l'empereur Julien. Ceux-là montent toujours gaiement à la barrière; s'ils ne rencontrent plus les lieux qui firent la joie de leurs pères, ils en parlent, ils content la chronique courtillaise, ils décrivent la fameuse descente du mercredi des cendres, les plaisirs du temps jadis, et ils sont heureux ; ils ont fait des preuves d'érudition, lorsqu'ils vous disent qu'il y a trente ans, c'était un trait de courage que de remonter le faubourg jusqu'à la rue Saint-Maur, à onze heures du soir ; ils nagent dans la joie quand ils ont narré toutes les lugubres histoires du canal du Temple qui n'a rien à envier au canal Orphano à Venise. Les eaux noirâtres du nôtre ont caché presque autant de ca-davres

II

Mais puisque nous voulons parler du faubourg du Temple, parlons-en; ne prenons pas le chemin des écoliers, ne cherchons pas midi à quatorze heures.

Savez-vous pourquoi le faubourg du Temple est un des plus gais, des plus vivants et des moins pauvres de Paris? C'est qu'il tient au boulevard du Temple, qui touche au marché du Temple, c'est-à-dire aux endroits où le peuple s'amuse, où il travaille, où il s'habille, où il s'enrichit. Aussi est-ce un des quartiers les plus amalgamés de la ville. Voyez donc: le bourgeois y coudoie l'ouvrier, le comédien, le peintre en décors; par là le sculpteur, l'employé, l'auteur dramatique vivent à leur aise, au centre de leurs affaires. C'est tout un petit monde que cette grande montée qui commence par un boulevard et finit par un boulevard. C'est une sorte de pays-libre, de quartier latin de la rive droite. Chacun y vit indépendant, à sa guise, sans que l'œil du voisin vienne interroger son domicile.

En partant du café Hainselin, rendez-vous des rentiers, et de la boutique de Bertrand, le marchand de vins, où vont souper les comédiens des

petits théâtres et ces dames leurs admiratrices,
jusqu'au fruitier et au pâtissier qui occupent les
deux dernières maisons du côté de la barrière,
l'homme le moins initié à la vie parisienne doit s'a-
percevoir facilement, au nombre des boutiques où
l'on boit et où l'on mange, qu'il parcourt un chemin
conduisant à un pays de bombances toujours renou-
velées. Toutes les maisons ont leur gargote, leur lai-
terie, leur établissement de bouillon, leur rogomiste,
leur marchand de liqueurs, prunes et chinois ; toutes
ont leur commerce de vins, leur café, leur charcutier, leur épicier, leur restaurant et leur tabagie.
N'est-ce pas un morceau des Flandres? Et tout ce
monde de victuailles fait des affaires, s'enrichit,
élève ses enfants, paye ses loyers, malgré la dureté
des temps. Dans ce pays pantagruélique, les femmes
portent des robes à cent mille volants, vont au
spectacle et resplendissent fraîchement coiffées derrière leur comptoir tous les soirs. Donc le faubourg
du Temple est un bon faubourg; il donne la vie
rabelaisienne à ses habitants, et Dieu sait où l'on
rencontrerait son pareil.

Demandez plutôt à Pessenelle, l'heureux successeur de Passoir? Le faubourg est démoli, le marteau municipal abat un quartier entier. Tous les
commerçants se désolent; il leur faut porter au
loin leurs dieux lares, se refaire une clientèle.

S'appuyant sur la réputation du Véfour du quartier, Passoir a dit : « Tu n'iras pas plus loin ! » et l'abattis vient s'arrêter à sa maison. On lui fait un coin ; il aura une entrée par deux rues. Sont-ce les gens qui ont du bonheur, ou les maisons qui portent bonheur aux gens ?

Tel est le *to be or not to be* de toutes fortunes parisiennes.

III

Le père Passoir, le fondateur de cette grande réputation culinaire, était d'abord simple marchand de vins, mais c'était un homme très-original et que nous donnerions volontiers en exemple à tous les commerçants de Paris. Il avait l'originalité de servir ce qu'on lui demandait.

Riez tant que vous voudrez, mais essayez, demandez ce que vous désirez, après avoir reconnu les innombrables difficultés que vous aurez à vaincre, vous verrez que nous ne nous avançons pas trop en disant que le père Passoir était un franc original.

Lorsqu'il commença à donner à déjeuner aux entrepreneurs de bâtiments, ses plus assidues pratiques, on lui demandait un filet de bœuf ! Et lui très-

intelligent servait un filet. Ses confrères riaient à
se tenir les côtes de sa trop grande naïveté.

— Mais, lui disait-on, avec du faux-filet, ou de
la culotte bien préparée, on remplace avantageu-
sement le filet. Fais comme nous, apprends ton
état.

— Puisqu'il y a quelque chose dans le bœuf
qu'on nomme filet, et qu'on me demande du filet,
je sers du filet.

— Bah ! tu n'es qu'un maladroit, un gâte-mé-
tier, tu t'en repentiras.

— Nous verrons, reprenait naïvement le bonhomme, chacun fait son commerce comme il l'entend.

Il en était de même partout; avec de la chicorée on faisait du café; avec tel amalgame savam-
ment combiné, avec une mixture quelconque, on
remplaçait très-gentiment le vin, fût-ce même le
bordeaux, qui ne demandait qu'un peu de violette
pour tromper les palais les mieux exercés.

Le vieux marchand laissait dire et laissait faire.
Quant à lui, il n'employait que des marchandises
de première qualité, achetées aux meilleurs comptoirs. On voulait du café, il servait du moka ; son
rhum lui venait de la Jamaïque, son eau-de-vie de
Cognac, ses vins de Médoc, ou de Beaune, ou d'E-
pernay. Encore savait-il faire un bon choix.

Qu'est-il arrivé de cette façon naï e d'agir? C'est
qu'aujourd'hui le père Passoir, honoré, respecté,
vit grassement de ses rentes; il fait chaque jour sa
partie de piquet chez Hainselin, libre de tout soucis.
Deux ou trois autres fortunes ont été faites dans la
maison qu'il a fondée, tandis que les autres, les
conseillers, courent encore la pratique et voient
leurs têtes blanchir dans leurs boutiques solitaires.

Y aurait-il vraiment quelque avantage à être honnête dans ce monde? Espérons-le, grand Dieu!
Quand ce ne serait que pour qu'il se rencontre encore
quelques commerçants qui entendent le commerce
comme ce doyen de l'aloyau et du ragoût de mouton.

IV

Avant de passer le canal, puisque je dois vous
guider, nous devons nous arrêter au *Crocodile*, à
la maison Doistan.

Vous qui venez étudier les mœurs parisiennes, il
faut aller au *Croco*.

Là se réunissent, de trois à cinq heures, une partie de ceux qui vivent du théâtre. Vous y rencontre-
rez depuis le petit auteur jusqu'au souffleur, l'acteur et le machiniste, le musicien et le garçon

d'accessoires. Tout ce monde-là vient fraternelle-
ment y chercher de soi-disants appétits. Aussi
n'entend-on de tous côtés que cet éternel cri :

— Edmond, une absinthe !

Edmond est un jeune gars dégourdi, qui a fait
son apprentissage au milieu de cette foule artiste.
Il va, il vient, il connaît chacun par son nom et
l'interpelle sans façon. Il s'intéresse aux parties de
piquet, donne des conseils aux joueurs, et prend
tant de part aux fluctuations du besi ou du remse,
qu'il oublie de verser son absinthe.

Oh ! l'absinthe ! encore une des plaies de notre
époque. On ne peut se figurer le nombre de gens de
talent qui s'abrutissent, perdent la mémoire, s'em-
poisonnent, se tuent le plus gaiement du monde
avec cette terrible liqueur d'alcool et de-vert de-
gris que nous envoie Pontarlier. De l'aveu de tous
le monde, l'absinthe est dangereuse et n'a aucune
des vertus qu'on lui attribue, et cependant, chaque
annnée, la consommation de ce poison augmente
d'une façon effrayante, chaque jour offre quelque
nouvel exemple de ses vertus délétères. Qu'importe ! on en boit de plus en plus. C'est l'attrait
du gouffre ; il attire l'imprudent qui ose mesurer
ses profondeurs. Notre génération s'est fatiguée de
vivre par la tête, elle veut vivre par le ventre ;
elle s'ennuie, elle ne veut plus penser, elle s'étour-

dit en croyant se distraire. Voilà pourquoi elle
s'adonne à l'absinthe et au cigare. En cela elle ressemble aux orientaux adonnés au hatchich et à
l'opium. Elle ne boit plus, ce plaisir s'en est allé
avec la chanson et la causerie, elle s'enivre et elle
hurle. Le vin ne pouvant suffire à ces tempéra-
ments brûlés, ils se sont jetés sur l'acool et l'absinthe. Nous sommes mornes et taciturnes, ou ba-
vards, stupides, diseurs de rien; la gaieté et l'esprit nous ont décidément quittés, effrayés de nos
cris.

Au Crocodile, à propos, on n'a jamais su pourquoi on avait ainsi baptisé l'établissement, c'est
une fantaisie d'*absinthier*, au Crocodile donc, si
l'esprit de vin seul y abonde, on y a du moins un
avantage, c'est de n'y point rencontrer de buveurs
bruyants, de n'y entendre ni cris ni gros mots.
On s'y grise, on y exagère même un peu le mot
griser ; mais enfin tout cela se fait en gens civilisés qui savent vivre.

Si nous voulions nous y arrêter au lieu de pour-
suivre notre route, et de faire une pose au cabaret
des croque-morts, nous écririons tout un article
sur la physionomie de ce cabaret qui ne laissera
pas de devenir aussi célèbre dans l'histoire de notre
siècle que la Pomme-de-Pin et la Bouteille-d'Or le
sont dans les deux derniers siècles. Ainsi le nom de

M. Doistan passera à la postérité, à côté de ceux
des grandes réputations qui s'enivrent chez lui.

Quel honneur ! pour qui ?

V

Dans dix ans, combien en restera-t-il de ceux
que nous coudoyons aujourd'hui sur le boulevard
et sur les quais ? Tout change, tout passe, le son
des cloches funèbres nous l'annonce ; nos cercueils
sont prêts, ils attendent leur proie. Le nombre des
victimes ne diminuera pas, l'expérience journalière
est là, qui nous le dit. Mais il n'y a pas de ville où
le spectacle de la mort ne fasse moins d'impression ; on est accoutumé aux enterrements , qui veut
être pleuré après sa mort ne doit pas mourir à
Paris. L'on y regarde passer un convoi avec une
indifférence vraiment superbe.

Cela se passe assez gaiement dans le monde (dia-
logue entendu).

— Vous savez, dit une dame, ce pauvre M. Bernard est mort. — Pique.

— Je coupe, cœur ; que me dites-vous là ? —
C'est épouvantable !

— Vous jouez trèfle, madame ; — c'était un
honnête homme ; de quoi est-il mort ?

— Carreau. — Il s'est avisé de mourir subite-
ment.

— Je reprends. — C'est encore heureux, ses
héritiers n'auront pas de médecins à payer. — Et
passe carreau.

Et la partie continue ; M. Bernard et ses vertus
alternant avec les atous et l'impérial d'as. Certes,
ce n'était pas à cet honnête citadin qu'on s'intéres-
sait le plus. Il est vrai que la même indifférence
attend ces mêmes joueurs demain, peut être.

Le célèbre Bichat, auteur du livre de *la vie et la
mort* a une rue qui porte son nom au faubourg du
Temple. C'est là qu'est située l'administration gé-
nérale des pompes funèbres, en face de la rue Corbeau, près l'hôpital Saint-Louis. On chercherait
vainement des noms, un voisinage mieux appro-
prié à la chose. Les voitures sortent par la rue Ali-
bert. Encore un médecin. Cela ne semble-t-il pas
une lugubre ironie?

Le rendez-vous des croque-morts, est chez un
marchand de vins, au coin de la rue Corbeau ! Ah !
nous nous plaignions tout à l'heure de notre gaieté
qui s'en va ; c'est là qu'on rit, c'est là qu'on chante,
c'est là qu'on s'amuse. Le croque-mort est d'un
naturel grivois, il aime le vin, le jeu, les belles,
comme un choriste de *Robert le Diable*, il les
chante à tue-tête, et quand l'ouvrage va bien, il les

fête avec joie et plaisir. Il plaisante avec grâce, il
conte la gaudriole, il sait l'histoire de toutes ses pratiques ; il répète gaiement son refrain habituel :

> Monsieur le mort, laissez vous faire,
> Il ne s'agit que du salaire.

Car il sait calculer. Il faut bien vivre, hélas ! Si
on ne meurt pas plus gaiement à Paris qu'ailleurs,
on y enterre du moins avec joie. Cela fait toujonrs
plaisir.

VI

Figurez-vous une grande, immense salle, peuplée
d'une population tout de noir habillée, absolument comme les quatre-z-officiers de M. Mai-
borough. Les tables sont aussi de marbre noir, sans
doute pour ne point jurer avec les costumes des consommateurs. L'aspect général du lieu est d'ailleurs
convenablement lugubre ; et il faut tout l'esprit de
messieurs les croque-morts pour l'égayer un peu.
Ma foi, la vie des gueux mérite d'être observée de
près ; on y découvre de la franchise, et les pas-
sions qui sont à nu ont une originalité piquante.

Nous avons assisté au fameux souper de la Tous-
saint. Il faut l'avouer cela ne se passe pas autrement

que dans les autres corporations, fût-ce même celle
des agents de change. C'est aussi bruyant, les propos n'y ont pas de suite, et les convives semblent,
comme partout ailleurs, se deviner plutôt que de
converser ensemble : seulement, au lieu des vins
frappés à la glace et servis dans des carafes de cris-
tal taillé, ce sont des brocs qu'on porte et du ca-
chet *noir* qu'on demande. Mais hélas! là aussi, ils
ne font que paraître sur la table, et ils ne sont déjà
plus. Les dames, car elles assistent à cette agape
fraternelle ne cèdent en rien leur part aux hommes,
elles boivent, fument, mangent et allaitent leurs
enfants tout à la fois. Les chiens mêmes sont de la
partie, et s'est à qui leur fournira la pâtée la plus
abondante. Ces braves gens aiment singulièrement
leurs chiens ; ils les embrassent et leur parlent avec
une affection sentimentale que n'a pas la plus jolie
femme pour son king-Charles.

Ces gens ont le bonheur de ne connaître ni la dis-
simulation, ni l'hypocrisie. A la moindre contra-
diction, le visage des femmes se tuméfiait, une autre
parlait avec emportement; mais les hommes cédaient
constamment à la voix de ces femmes. Ce n'est pas
à dire pour cela que la soirée se soit passée sans
rixes, sans combats et sans horions; non, plus
d'un œil a dû porter le lendemain l'empreinte des
mains vigoureuses qui le rencontrèrent sur leur pas-

sage. Mais cela se passait en famille, et une dame
ayant pris un homme au collet, et le secouant si
vigoureusement, son voisin calma tout à coup sa
colère en lui disant :

— Assieds-toi, c'est une femme qui parle.

Puis vinrent les chansons à boire et les rondes
de table. Les femmes criaient des airs surannés, et
les hommes écoutaient. Ces chants étaient pour a
plupart composés d'une multitude de mots bizarres,
espèce d'argot à l'usage de certains chansonniers
de ces derniers temps. Ils avaient un caractère de
liberté absolue, et leur idiome grossier rendait facilement toutes leurs idées. Ce langage est précis,
énergique, et se fait parfaitement comprendre.

Le repas dura plus de deux heures, non comme
des affamés, mais comme des gens qui s'amusent.
Tout se consomme à Paris, la chimie a beau décom-
poser les aliments frelatés et nous parler de ses gaz :
l'estomac robuste ne connaît pas tous ces nouveaux
systèmes, vrais ou faux, utiles ou erronés. La déli-
catesse ne régnait pas parmi eux, mais il y avait
profusion. Eux qu'on ne croirait devoir commander
à personne, ils se faisaient servir d'une voix impé-
rative, et le garçon était vertement admonesté lorsqu'il n'avait pas répondu à la voix d'une de ces
dames ensevelisseuses.

Les petits brocs se succédaient sans interruption,

on en demandait de tous côtés jusqu'à dix à la fois,
les litres d'eau-de-vie se montraient aux deux bouts
de la table, tout s'emmêlait, les conversations et les
verres, les chansons et les disputes ; on jurait, on
criait, les chiens hurlaient, les enfants piaillaient
c'était un tohu-bóhu à ne plus rien comprendre, on
dansait et l'on tombait sous la table. Étourdi du bruit
et suffoqué d'une odeur désagréable, nauséabonde
de viande, de vin et de ménagerie, je quittai la
place.

VII

Un peu plus bas, chez Soulier, est une population
bien autrement curieuse, ce sont les CARAPATAS OU
MARINS DE LA VIERGE MARIE, parce qu'ils ne courent
jamais aucun danger ; espèce de race amphibie qui
ne vit que sur les canaux. Les voyageurs étonnent
beaucoup nos bons badauds en leur disant qu'en
Chine il existe une race d'hommes qui naissent, vivent, et meurent sur l'eau, qui n'a d'autre domicile
que son bateau. Il faut entendre les lamentations
qui se poussent à propos de la misère de ces inter-
ressants Chinois ; comme on les plaint, que leur sort
est affreux ! Dieu ! leurs femmes ! hélas ! leurs pauvres enfants! Cela fend le cœur ; rien que d'y penser,

madame est émue, sa sensibilité se révolte, sa géné-
rosité met le nez à la fenêtre, et elle pose gravement
son nom, celui de son mari, ceux de ses enfants,
elle force sa bonne à mettre le sien sur une des innombrables listes de cette fantastique souscription
qu'on promène depuis cent ans d'un bout de l'Europe à l'autre, pour le rachat des malheureux petits
Chinois.

Comment peut-il y avoir encore des Chinois plus
ou moins intéressants à racheter, q'and avec l'argent qu'on a donné, on aurait pù acheter la Chine entière ? Ceci est un mystère qu'il ne ferait peut-
être pas bon de trop approfondir. Ne faut-il pas que
chacun vive de son état, même lorsqu'il s'occupe
d'œuvres pies !

En France on adore les misères d'outre-mer, on
n'a de larmes que pour les misères transatlantiques,
la philanthropie aime beaucoup à décrire ce qu'elle
n'a jamais vu. Cela pose, cela fait une réputation,
cela coûte très-peu, et cela rapporte beaucoup.
Quant aux choses navrantes que nous avons sous les
yeux aux enfants qui meurent de faim près du cada-
vre de leur mère, morte de besoin, aux vieillards
sans lit et sans pain, relégués dans des greniers infects, aux infirmes, aux aveugles, à toute cette race
de gueux parlant notre langue, vêtus de lambeaux,
montrant leur face hideuse à tous les coins, on les

abandonne à la charité publique. C'est assez bon pour de telles gens, ne rapportant jamais ni honneurs ni profits.

A Paris nous avons une population entière pour le moins aussi curieuse que toute la nation chinoise à la fois. Elle ne connaît aussi que ses bateaux, elle s'y marie, elle y meurt, elle y vit. Ce sont les Carapatas. Il est vrai qu'elle travaille avec courage, qu'elle ne demande jamais rien à personne, et qu'elle ne fait pas acheter ses enfants, qui sont tous gras et joufflus, bien portants et joyeux, espiègles et mutins. Que diable voulez-vous qu'on soit intéressant avec cela ? Et d'ailleurs pourquoi est-elle si près de nous ! Est-ce qu'on regarde ce qu'on coudoie à chaque instant ?

Les mœurs des Carapatas sont des mœurs à part qui ne ressemblent à aucunes mœurs connues à terre. Ce sont les hommes de l'eau, ils ne comprennent qu'elle ; ils l'aiment d'un amour sincère ; n'est-ce pas elle qui les fait vivre et leur fait boire du vin ? Ils sont plus fanatiques de l'eau que les matelots ; ils s'ennuient dès qu'ils ont mis le pied hors de leurs bateaux ; ils savent à peine le nom des villes qu'ils traversent ; mais ils connaissent les cabarets, car leur profond amour de l'eau ne nuit nullement à celui qu'ils professent pour le vin. Pour eux les villes sont le grand Saint-Martin, le Soleil-d'Or, le

Cheval-Blanc, l'endroit où l'on vend *du meilleur.*

On est vraiment étonné lorsqu'on voit ces immenses bateaux du Mans, grands comme des bateaux de l'Etat, conduits par un homme et sa famille, composée d'une femme et de deux ou trois enfants en bas âge, traverser les écluses, traînés par un seul homme, venir prendre quai devant un de ces nombreux magasins du canal du Temple, vastes comme des villes.

VIII

A côté du Carapata, actif et laborieux, voici venir, le dimanche, l'Estelle et le Némorin de la rue Saint-Denis. Ce sont de bons et paisibles boutiquiers, des ouvriers tranquilles, qui louent dans le haut du faubourg, dans une de ces maisons connues sous le nom de Cours; un petit carré de jardin, grand deux fois comme un mouchoir de poche, et qu'ils viennent cultiver de leurs mains. C'est-à-dire qu'ils y transplantent des fleurs achetées aux divers marchés aux fleurs de Paris. A dix lieues à la ronde, on ne connaît de fleurs que celles qui s'achètent à Paris, pour orner les parcs et jardins de la campagne.

Le petit bourgeois est fanatique de son petit
jardin et de ses petites plantes, elles lui coûtent
cent fois plus d'argent à soigner que s'il les ache-
tait chaque samedi au quai pour les faire transporter le dimanche à son petit carré de terre. Il est
obligé de payer un homme pour les arroser, heureux encore quand il n'est pas obligé de payer un porteur d'eau pour emplir ses arrosoirs. Mais aussi,
avec quelle joie ne revêtira-t-il pas la blouse et le
chapeau de paille le dimanche, pour y conduire sa
famille et ses amis! C'est avec un véritable sentiment d'orgueil qu'il offrira un bouquet de deux ou
trois fleurs aux dames de sa société. Et quel bonheur incompréhensible de pouvoir dire chaque
jour à son voisin : Voici un beau temps pour *ma*
vigne, *mon* poirier se ressentira de cette chaleur ;
j'aurais pourtant besoin de monter à *mon* jardin
pour voir si *mon* jardinier a arrosé *mon* rosier et
mes œillets. Car la plupart de ces propriétaires ont
plutôt des propriétés pour en parler que pour en
jouir. C'est pour eux une vanité satisfaite, un
moyen de causer avec leurs amis et de leur faire
envie. Que n'envie-t-on pas aux autres ! hélas ! J'ai
connu un officier qui a passé toute sa vie à envier
à un sergent invalide, un vigoureux coup de sabre
que lui avait donné, en plein visage, un cuirassier
russe, à Eylau. Il se trouvait malheureux d'avoir

été trente ans militaire, sans avoir pu recevoir un aussi beau coup de bancal.

Le Parisien passe son existence à rêver le bonheur des champs, les clairs ruisseaux et l'innocence du village. Il travaille vingt ans pour s'acheter une petite maison blanche à volets verts, dans quelqu'une de ces agglomérations qu'on fait par souscription aux environs de Paris; puis, lorsque ses vœux sont bien accomplis, qu'il n'a plus rien à désirer, il se met à regretter le ruisseau bourbeux de sa rue, le mal du pays s'empare de lui, il se défait à n'importe quel prix de son cottage, et il revient tout triomphant faire sa partie de dominos au café de son quartier. Il dit pis que pendre de la vie de ces pays monotones, des bois et du champêtre, du village et des villageois, et il s'écrie en se rengorgeant :

— Enfin, je n'ai trouvé le calme qu'au sein des villes, au milieu du bruit. Heureux de son antithèse, il jure, mais un peu tard, qu'on ne l'y prendra plus. Car il est guéri de sa folie.

IX

Et ma foi ! il a parfaitement raison. Il n'y a personne au monde qui ait moins les goûts champêtres que moi. Je préfère un coin du ciel vu par la fenêtre d'une mansarde aux plus beaux paysages. Je ne comprends la belle nature qu'au Luxembourg ou bien au Jardin des Plantes. Quant à la campagne, Ménilmontant et Montmartre sont mes montagnes ; les bois de Vincennes et de Boulogne mes forêts. Mon rêve n'a jamais été de vivre parmi les poules et les canards, je les préfère à la Vallée tout préparés. Quand on a vécu dans cet atmosphère de Paris, au milieu de cette lutte incessante, il vous faut le bruit, le tapage et l'animation des grandes foules.

Aussi conçois-je très-bien que le Parisien pur sang regrette tous les vieux et bruyants usages de sa bonne ville, qui tendent chaque jour à s'effacer de plus en plus. En effet, qu'est devenu notre bon vieux carnaval avec ses cavalcades, ses chie-en-lits en guenilles, ses plaisanteries, qui toutes étaient au gros sel avec accompagnement de moutarde. Et les attrapes, ces bêtises du peuple de Paris, qui consistaient à appliquer aux mantelets noirs des

vieilles femmes qui sortent des prières de quarante
heures, des plaques blanches en forme de rats, à
leur attacher des morceaux de drap ou de papier
rouge ; et ces pièces de monnaie clouées au pavé ;
enfin, tout ce qu'on peut imaginer de plus bête,
divertissait infiniment tous ces grands enfants.
N'oublions cependant pas la plaisanterie du marmot, qui se faisait à tous les carrefours. On fagotait
un enfant postiche, il avait le dos tourné, le corps
baissé, il semblait vouloir ramasser à terre une
pomme tombée de sa main, vous passiez, et, voyant
l'attitude embarrassée de l'enfant, vous ramassiez
la pomme et la lui présentiez. Aussitôt, vous étiez
en butte à mille quolibets, plus saugrenus les uns
que les autres. C'était là un des grands plaisirs du
peuple le plus spirituel du monde. Des attrapes, il y
en a de toutes sortes. On se souvient de l'éternel
homme en chemise, moutardier ambulant, que
suivaient d'autres masques, s'empressant avec des
morceaux de boudin, d'aller puiser de la moutarde
au derrière de cette chemise. Et les cris perçaient
la nue, on applaudissait à toutes ces plaisanteries.
Ce n'était peut-être pas très-attique, mais cela
faisait rire.

La grande chose du carnaval était la promenade
en voiture et les chevauchées du boulevard, qui
devaient se retrouver le lendemain à la descente

de la Courtille. Ah! la descente de la Courtille,
c'étaient là les véritables bacchanales du peuple français! Quelle cohue, quelle mêlée, que de cris, que
de bruit! des pyramides d'hommes et de femmes
grimpés sur des calèches, s'apostrophant d'un côté
de la rue à l'autre, toute une ville dans une rue.
Aussi, quelles poussées, quelles orgies! Ah! oui,
rappelons nos souvenirs et parlons-en!

X

En perdant la descente de la Courtille, le carnaval populaire a perdu son plus beau fleuron. C'é-
tait une folie, une frénésie, nous le voulons bien;
mais c'est de cela qu'on pouvait dire, sans crainte
d'être taxé d'exagération, *que tout Paris y était.*
Tout le monde disait c'est infâme, c'est ignoble,
mais le plus beau monde, les duchesses en dominos, et les impures court-vêtues, dans leurs atours
débraillés, les courtisanes en poissardes effrontées, et
les bourgeoises en paysannes ou en laitières suisses,
s'empressaient, dès quatres du matin, de quitter
les salons de l'Opéra, les bals de souscription, ceux
des théâtres, et même, faut-il le dire, les bals offi-
ciels! pour y courir.

C'était la bacchanale moderne; on en parlait tant

et tant, qu'on venait de province et de l'étranger
pour y assister. Il n'y avait pas de beau carnaval
sans une bruyante descente de la Courtille; toutes
les fenêtres étaient louées un mois à l'avance, on
les payait un prix fou. Jamais cérémonie officielle,
défilant le long du boulevard, ne pourra lutter avec
cette grande fête annuelle de la population parisienne. Que de familles ont vécu des mois entiers
et payé leur loyer d'une année avec la location de
leurs fenêtres ! Les propriétaires des grands terrains
du faubourg, qui n'était presque bâti que jusqu'un
peu au-dessus du canal, faisaient construire des
tentes et des estrades pour ce jour-là. C'était la
foire du quartier; en ce jour de bombance et d'orgie, les cabarets regorgaient de monde, il y en avait
partout, même sur les toits; on ne voyait que des
têtes, et tout cela criait, hurlait, s'aspergeait de vin.
Les voitures montaient chargées de masques, et
mettaient trois heures pour aller du boulevard à la
barrière. Longchamps était dépassé de cent coudées.

Cette fête était tellement populaire, que les
ouvriers économisaient sur leur paye pendant toute
l'année pour bien finir leur carnaval. On se jetait
des bonbons d'une voiture à l'autre ; puis venait le
tour des œufs pleins de farine, car les patronnets et
les marmitons, au lieu de briser les œufs dont ils se

servent dans leur métier, y faisaient un simple
petit trou par lequel s'échappait le contenu, puis
ils remplissaient les écailles de farine et les vendaient beaucoup plus cher qu'ils n'avaient coûté à
leurs patrons. C'était une industrie qui rapportait
des sommes folles à tous les gamins des restaurants et des pâtisseries.

Mais quand on avait épuisé ces œufs d'attrapes,
comme il fallait encore se jeter quelque chose, c'é-
tait de nécessité, on se jetait à la tête des œufs frais
ou non frais, tant pis pour ceux qui les attrapaient.
D'autres aspergeaient les piétons avec des sacs de
farine blanchissant tout les passants; ceux qui n'a-
vaient pas le moyen de se procurer de la farine, ou
de la poudre répondaient avec du plâtre; puis venait
le tour des projectiles : les pommes cuites commen-
çaient, on dévalisait en un instant les charrettes des
marchands ambulants, les boutiques des fruitières;
les fruits et les légumes crus succédaient, on se
canardait avec tout ce qui tombait sous la main,
jusqu'à la boue des ruisseaux. C'était une véritable
guerre intestine, bienheureux si quelque malin,
emporté par son ardeur, n'envoyait pas des pierres
et des tessons de bouteilles. Cependant, justice
était bientôt faite de pareilles gens. Un fort de la
halle déguisé en poissarde, ou quelque hardi gaillard en costume de prince espagnol descendait de

son char, se posait en vengeur, et corrigeait l'enthousiaste sur l'heure et sur le lieu. Il était tacitement défendu de se fâcher, mais il était permis de se horionner.

C'était aussi le temps de ce qu'on appelait les *engueulements*. On s'engueulait d'une voiture à l'autre; de fenêtres à voitures, de piétons à fenêtres; chaque société avait son ou sa forte-en-gueule, espèce de crécelle à poumons d'acier chargée de répondre à tout le monde, d'arrêter la foule par ses propos de haut goût et les dialogues grivois qui s'établissaient entre camarades. Car le suprême du genre était de diviser la bande dans deux voitures et de s'échanger les plus *plus jolies choses* du monde en une sorte de conversation et de style poissard. On se donnait la réplique comme au théâtre, et jouait une pièce gratis pour les badauds de la rue. Ces conversations se composaient et s'apprenaient par cœur longtemps à l'avance. On trouve encore sur les quais certains exemplaires du *Catéchisme poissard ou l'art de s'engueuler proprement en société sans se fâcher*, qui, s'ils ne sont pas très-spirituels, sont du moins curieux comme genre de littérature populaire et quelquefois fort drôles. Cela se vendait par milliers d'exemplaires dans les rues pendant toute la durée du carnaval.

C'était une sorte de langage par assonnances,

n'ayant aucune prétention à la raison, **exagérant les** rimes, imitant de très-loin le vers, et dont Vadé fut l'inventeur au dernier siècle. Un de nos plus spirituels écrivains, M. Léon Gozlan, en a fait une fort heureuse imitation dans une pièce jouée **aux** Variétés en 1848 ou 49.

XI

Le carnaval riche, celui qui s'est promené pendant les trois jours gras en voiture à quatre chevaux sur le boulevard, s'emparait au petit jour du restaurant des *Vendanges de Bourgogne*, dont on avait loué les salons et les cabinets longtemps à l'avance. C'était devant les fenêtres de l'établissement qu'on venait surtout parader pour voir le fameux milord l'Arsouille La maison était située au coin du canal, à la place où se trouve aujourd'hui Soulier, marchand de vins, renommé dans tout **le** quartier pour ses escargots à la bourguignonne. Elle était immense ; on a bâti sur son emplacement cinq ou six grandes maisons à six étages avec cours.

Là, le combat changeait d'aspect, on jetait des dragées et des oranges aux dames, on inondait les hommes avec des flots de champagne et l'on répon-

dait aux projectiles par des écailles d'huîtres et des
assiettes encore pleines des morceaux du déjeuner.
Car la mode était dans ce temps-là de tout casser
après chaque repas, vaisselle et meubles, et de tout
jeter par la fenêtre, en faisant voler les vitres dans
la rue. Le traiteur en était quitte pour ne servir ce
jour-là que les assiettes ébréchées et les plats écor-
nés qu'il portait sur la carte comme sortant de chez
le porcelainier. C'était une façon commode de re-
nouveler son mobilier à peu de frais.

Un jour le père Passoir eut toute la devanture
de sa boutique enfoncée par une cavalcade entière
qui y entra et vint se faire servir le champagne à
cheval, au milieu de sa salle, en brisant tout ce
qu'elle rencontrait, tables de marbre, glaces et
verrerie.

Personne ne fut effrayé, personne ne s'y opposa,
on était habitué à ces excentricités et l'on savait
que les fils du premier empire ne marchandaient
jamais leurs plaisirs et ne faisaient pas d'économies. Ils se ruinaient le plus gaiement et le plus
bruyamment possible. Ils avaient hérité de leurs
pères d'une prodigalité géante, et ils en usaient en
vrais fous qu'ils étaient. Nous n'étions pas encore
arrivés aux jeunes gens rangés, calculateurs et crou-
piers de la Bourse.

C'était une nouvelle société qui prenait posses-

sion de la France ; elle s'amusait à corps perdu,
sans arrière-pensée, en véritable vainqueur. La révolution de juillet venait d'avoir lieu, on était si
heureux d'être libre qu'on ne pensait qu'à jouir de
cette bonne liberté.

XII

On se ruinait pour se costumer, on mettait tout
au Mont-de-Piété, sans penser au lendemain. Ah !
bien oui, demain, disait-on, il ne viendra jamais ;
amusons-nous d'abord, nous verrons après. On était
dans un enivrement que tout le monde partageait.
Les riches faisaient des folies, les pauvres les imi-
taient, personne n'avait rien à se reprocher.

Un artiste aujourd'hui très-célèbre partit le samedi avec tout l'atelier où il travaillait ; les deux
premiers jours, ils dépensèrent tout leur argent.
Il fallait cependant faire mardi-gras et enterrer
mercredi des cendres. Comment faire ? Il n'y avait
qu'une visite à *ma tante* qui pût vaincre la difficulté.
On fit un paquet général des hardes de toute la
bande, et l'on alla frapper à la porte du commiss-
sionnaire au Mont-de-Piété. Il prêta ; on s'amusa à
la Courtille tout le jour, on dansa toute la nuit, on
fit la pose obligée chez Olivari et chez Passoir en

descendant le lendemain. Mais il fallait aller travailler le jeudi. C'était là le difficile ; comment se
rendre à l'atelier ? Tout le monde était, qui en
paillasse, qui en pierrot, cet autre en malin ; l'un
avait pris un costume poissard, et cet autre une
longue soutane de frère ignorantin ; car, après 1830,
on se déguisait beaucoup en Basile, en haine des
Jésuites ; ces imprudents travaillaient à la frise de
la Madeleine.

Leur frère ignorantin fut leur providence ; il se
dévoua, il alla chercher de l'ouvrage, il eut le
bonheur d'en trouver, et la rue fut fort étonnée de
voir tout un atelier de sculpteurs, de ciseleurs et de
modeleurs, travailler sans relâche huit jours durant
en grands costumes de masques. On fit tant et si
bien qu'en huit jours, chacun put rentrer dans son
vêtement naturel et renvoyer le costume au loueur.
Ce fut encore le digne frère qui se présenta pour
rapporter l'ouvrage et courir bien vite au grand
clou de la rue de Paradis. Lorsqu'il revint, c'était
fête. On était délivré de la prison du carnaval.

Vous croyez peut-être que cette leçon leur profita ! Baste ! trois semaines après, ils faisaient la
mi-carême, et notre artiste passait huit jours à la
Madeleine en turc d'enseigne, il avait recommencé
la même fête.

XIII

Un nommé Olivari, de Marseille, ancien figuran*
danseur du Cirque, avait établi un restaurant au
faubourg, à l'enseigne du *Bœuf provençal*. Lui
aussi, c'était un original. Il avait la manie de faire
fortune pour voyager et voir du monde. C'était d'ailleurs un très-aimable garçon; il avait su attirer
chez lui la société des artistes. Aux jours de folle
orgie, il faisait une concurrence souvent avanta-
geuse aux *Vendanges* et à la maison Passoir; car
les sociétés qui occupaient ces trois maisons étaient
très-distinctes. Passoir avait les entrepreneurs, les
commerçants en goguettes et les riches Israélites
du quartier; on s'y connaissait, on se réunissait là
en voisins. Les *Vendanges* étaient occupées, comme
nous l'avons dit, par les fils de famille, ceux que
les bourgeois nomment des bourreaux d'argent; et
Olivari avait ses artistes peintres, comédiens, gens
de lettres. C'était comme on le pense bien un assaut
de folies et d'excentricités entre les trois genres de
consommateurs. Si les uns avaient plus d'esprit,
les autres avaient plus d'argent.

Un jour un grand seigneur s'avisa de jeter de
l'argent au peuple, du balcon des *Vendanges*. Ce fut

une cohue hideuse à voir dans la rue; des furieux,
des enragés, le visage sanglant et couvert de boue,
se précipitèrent sur le pavé à se rompre bras et
jambes, pour ramasser la pièce de monnaie n'importe où elle était tombée; fût-ce même sous les
pieds des chevaux. C'était une masse qui tombait
et se relevait comme des énormes marteaux de fer
qu'on voit dans les forges et qui écrasent tout sur
leur passage.

La chose eut un succès immense; c'était là tout
à fait une plaisanterie aristocratique; aussi toute la
matinée ne vit-on que des imitateurs des largesses
de milord l'Arsouille, car tout ce qu'on faisait
d'excentrique était à l'instant même attribué au *lord
Arsouille*. On ne prête qu'aux riches, dit un proverbe qui par hasard n'est pas menteur.

Les habitués de Passoir ne voulant pas rester en
arrière brisèrent la devanture de la boutique et se
mirent à verser à boire gratis à tous ceux qui voulaient. Alors ceux d'Olivari firent dresser toutes les
tables, parer tous les salons et les cabinets, et arrê-
tant le monde de force dans le faubourg ils offrirent
un déjeuner et un bal forcé à tous les masques
qu'ils purent rencontrer.

On voit que d'un côté et de l'autre on savait assez
proprement faire danser les écus et jeter passablement l'argent par les fenêtres.

XIV

Tout est bien changé. Olivari est mort, les *Ven-danges* ont disparu, Passoir est un bon bourgeois, sa seule maison garde son immense renommée. Mais les excentricités de l'ex-danseur lui ont fait une telle réputation, qu'on en parlera longtemps encore dans le quartier où il a laissé les meilleurs souvenirs. Sa manie de voyager était poussée si loin, que lorsque les affaires allaient bien, il prenait de l'argent, et, sous le prétexte d'aller à Bercy ou à l'Entrepôt, faire ses achats, il partait; deux, trois, et parfois six mois s'écoulaient sans qu'on en eût de nouvelles. Sa femme ne s'en inquiétait pas, elle faisait ses affaires, tenait son comptoir, gourmandait son chef et ses garçons, remplaçait même avec avantage son mari. Elle le connaissait, et était, dès longtemps, habituée à ses escapades.

Si on lui demandait des nouvelles du volage, elle répondait naïvement : « Je ne sais pas s'il est en Espagne ou bien à Marseille, peut-être en Angleterre. »

Olivari rentrait un beau matin, était fort étonné de ne pas voir son couvert à la table du déjeuner, se faisait donner une assiette, prenait place, mangeait comme quatre, et il n'y avait pas d'autre explication, tout était dit. Jamais sa femme ne lui fit un reproche, jamais il ne lui dit quels pays il avait visités dans ses excursions. Ils faisaient ainsi le meilleur ménage connu.

XV

Notre voyageur était d'une adresse presque incroyable ; il excellait dans tous les exercices du corps ; c'était une façon de chevalier de Saint-Georges.

Un jour l'idée lui vint, après avoir lu sans doute le célèbre livre de M. Maldan, *l'Art d'élever les lapins et de s'en faire 3,000 livres de rente*, d'acheter une petite maison dans le haut du faubourg, avec un petit jardin, presque sur le mur de ronde, d'en faire une sorte de salle d'armes et d'y élever des lapins. Il n'avait cependant pas, il faut le dire, la prétention affichée par le célèbre écrivain Maldan. Il voulait seulement posséder un petit pied-à-terre, un petit vide-bouteille pour se distraire avec ses amis en cassant de temps en temps le col à un de ses élèves après un assaut.

Pendant quelque temps les lapins croissaient et multipliaient à plaisir ; il les comptait chaque jour ;

il les caressait d'un œil de propriétaire; il les soignait et les choyait. Ses lapins faisaient sa joie,
quand, un jour, il s'aperçut que le nombre avait
diminué; les plus beaux, les plus gros avaient disparu. Il s'en inquiéta; il crut qu'ils avaient creusé
un terrier; mais, malgré toutes ses recherches, il
ne put rien découvrir. Quelques jours après le
même phénomène se renouvela. Cela devenait fantastique.

Olivari, qui était brave, voulut éclaircir le fait; il
établit un affût et vint passer la nuit près de la ca-
bane aux lapins.

Il y avait déjà trois jours que duraient ses veillées, quand une nuit, il vit un grand et solide gaillard enjamber son mur et venir sans façon, en prenant bien son temps, choisir parmi ses chers élèves,
ceux qui lui convenaient le mieux. Il sortit furieux
de sa cachette, et, prenant le voleur par le bras, il
lui dit :

— Ah ! misérable, c'est toi qui vole mes lapins;
je pourrais te livrer à la justice, mais non, tu me
ferais encore perdre mon temps à témoigner; tiens,
gredin, défends ta vie, car je veux me faire justice
moi-même.

En disant ces mots, il jetait une épée au voleur,
se mettait en garde et attaquait. Mais le gredin
était un gaillard qui avait fait un congé aux compa-

gnies de discipline : il y avait été prévôt de pointe,
contre-pointe, canne et chausson ; il maniait l'épée
en vrai soudard ; il chargea notre propriétaire qui
rompit, et s'aperçut qu'il avait affaire à forte partie.
Mais, par un dégagement heureux, il perça l'épaule
de son adversaire, celui-ci poussa au cri, laissa
tomber son épée en demandant merc'. Olivari, en
vainqueur généreux, voulait simplement le jeter à
la porte après sa victoire. Hélas ! le vaincu avait
perdu toute connaissance ; il était couché inanimé
sur le terrain, et le sang sortait à gros bouillons de
ses plaies. Voici notre homme bien embarrassé ; il
transporte son voleur dans sa maison et s'occupe
de le faire revenir à lui ; puis, il fallut le panser : on
ne peut cependant pas jeter un chrétien tout sanglant sur le pavé.

Si Olivari était bon tireur, maître en fait d'armes,
il était très-mauvais chirurgien, si bien qu'il passa
toute la nuit auprès de son voleur à essayer tous les
moyens d'arrêter l'hémorrhagie. Au jour, il fut bien
heureux de lui remettre un louis dans la main, en
lui disant :

— Va-t'en te faire pendre ailleurs.

— Ah ! monsieur, s'écria le gredin, vous êtes un
brave homme, et si dorénavant on vous vole vos lapins, ils auront affaire à moi.

— Je te remercie de ta bonne intention, mais je

jure que sera bien fin celui qui me prendra à vouloir encore me faire justice moi-même et à élever
des lapins.

Le lendemain, en effet, on lisait en tête de la
carte du jour du *Bœuf provençal : gibelotte de lapin.* Les élèves du patron avaient été sacrifiés, ils
lui coûtaient trois fois le prix de ceux qu'on achète
au marché.

XVI

Un article intitulé le *Faubourg du Temple,* serait parfaitement incomplet, si on ne parlait pas
des célèbres *bals Chicard,* qui, pendant cinq ou
six ans, ont tant occupé Paris, la province et l'é-
tranger ; si on ne s'occupait pas de l'ancienne
Courtille et de ses salons, des grandes batailles
qui s'y donnaient, et faisaient la joie de nos devanciers ; et enfin, des personnages célèbres qui fréquentaient le lieu. Et d'ailleurs, il a été trop sou
vent, dans ce travail, question de milord l'Arsouille,
pour que nous ne fassions pas faire à nos lecteurs
la connaissance de ce personnage fantastique, qui,
pendant dix ans, occupa tous les bourgeois de Paris, et qui aujourd'hui encore est resté à l'état légendaire.

XVII

LE BAL CHICARD

Faut-il nous écrier avec l'aigle de Meaux : Le carnaval se meurt, Chicard est mort !

« Non, non, Chicard n'est pas mort, car il vit encore, » nous répond tout un chœur de joyeux drilles ; Chicard, le grand Chicard, l'homme-danse, l'époux, en pas mal de noces, de la Terpsichore faubourienne, le successeur direct des Jérôme Carré et des Cadet Buteux, ce digne écuyer de Vadé et de Désaugiers, l'amant chéri de Manon Giroux et de Fanchonnette, ne meurt pas ainsi. Petit bonhomme vit encore, seulement petit bonhomme est passé à l'état de personnage burlesque et légendaire. Il a laissé un nom, mais qui sait ce qu'il a fait ? Quelques érudits à peine. On est obligé de chercher son histoire dans les livres, absolument comme s'il s'agissait de ce bon M. de la Palisse. Et Chicard vit encore !

Tout le monde sait du moins que M de la Palisse est mort, qu'il est mort de maladie, et qu'un quart-d'heure avant sa mort il était encore envie.

Mais Chicard, où est Chicard ? A-t-il eu un

chantre de ses hauts faits, comme le vaillant guerrier du quatorzième siècle ? Non, il n'a même pas
eu l'honneur d'une complainte comme le sire de
Framboisy, et Chicard vit encore !

Oh ! ingratitude humaine ! oh ! gloire ! oh ! renommée ! Allons poëtes, à vos étaux, aux établis,
limez, rabotez un chant, une chanson, un poëme,
une ode, un sonnet, n'importe quoi ; mais chantez
Chicard ! il a fait assez danser les autres, ceux de
de la saison dernière. Eh ! quoi, êtes-vous donc si
dédaigneux de nos gloires, que vous n'ayez pas encore songé à couler cette grande figure moderne
dans l'or de votre poésie ? Chicard est-il donc appelé à partager le sort des inventeurs ? Chicard,
l'inventeur du cancan, sera-t-il méconnu comme
Quinquet, Salomon de Caus, l'inventeur de la canne-
flûte et celui du gaz à brûler ? N'aura-t-il jamais sa
statue ?

XVIII

Mais, si Chicard n'est pas mort, son bal est bien
mort et enterré. Si sa gloire a survécu, c'est grâce
aux commis-voyageurs et non aux poëtes ingrats
qui n'ont pas su le chanter.

Chicard qui est romantique, Chicard qui a inventé des mots proscrits de l'Institut! Ouvrez la dernière, la plus récente édition du dictionnaire et cherchez ; vous ne trouverez jamais.

Chic, subs. masc., fém. (*prononcez chick*) : beau, bien fait, élégant ; on dit : un homme a du chic quand il se met bien. Ce peintre a du chic (Coquille), il fait bien. On l'emploie quelquefois adjectivement ; ainsi on dit : C'est une femme chiquée (Veuillot), c'est-à-dire pleine d'élégance, ballonnée de crinoline et peinte au pastel.

Et l'adjectif chicard, n'ayant pour superlatif que chicandard, et tous leurs dérivés, croyez-vous que vous les trouverez dans ce sempiternel lexique, toujours en arrière de cent ans de la langue qu'il doit enseigner ?

XIX

C'est assez nous amuser aux bagatelles de la porte. Entrons dans ce bal, qui est devenu aujourd'hui un sujet curieux d'études archéologiques.

Mais comment décrire l'ensemble de cette réunion vraiment unique qui a fait pâlir les nuits de Venise, et les orgies du seizième siècle, et toutes les réunions du temps de la régence ? Imaginez, inventez, accouplez des myriades de

voix, des cris, des chants, des vociférations, des
hurlements, de l'argot, des épithètes qui volent
comme des flèches d'un bout de la salle à l'autre,
des tapages à rendre sourds les habitués de tous les
concerts du monde, des trépignements, des contor-
sions, une pantomime sans nom, un pandémonium
continu de figures tour à tour rouges, blanches,
violettes, tatouées, jaunes, vertes, bleues, des poses
saugrenues, impossibles, des tours de force, des
sauts de carpe à faire mourir d'envie tous les saltimbanques; l'un marche sur les mains, l'autre fait
la cabriole, celui-ci exécute un saut périlleux, en
voici un autre qui contrefait la grenouille, son vis-à-
vis, exagérant sur lui, produit une roue irréprocha-
ble, tandis que le voisin se livre au grand écart; et
les quadrilles où chatoient mille couleurs, des plu-
mets, des casques, des flammes, des fleurs; c'est
une folie, un éclat de rire qui dure une nuit, un
tohu-bohu, une sarabande que Dante et Milton
n'ont point osé décrire dans leurs enfers; c'est sur-
humain, démoniaque, quelque chose comme une
danse macabre, si jamais on a dansé cette danse
apocryphe; c'est un tableau qu'il faut renoncer à
peindre, dont rien ne pourrait donner une idée; à
peine si la photographie pourrait saisir quelques-
uns de ces aspects multiformes; mais reproduirait-
elle ces masques animés par le vin de Champagne

et ces physionomies rayonnantes au reflet du punch
et de mille voluptés? Que vous dirai-je? C'est une
ronde du sabbat qui commence, voilà le bal
Chicard.

XX

On rencontrait à ce bal le plus incroyable pêle-
même de nuances sociales, le plus curieux méli-mélo,
des têtes impossibles à accoupler ensemble, des
contrastes déguisés et inexplicables. A côté de tout
ce que la littérature produisait de plus fantaisiste,
les ateliers de plus échevelé, l'art de plus abracada-
brant, la jeunesse de plus gai, la bohême de plus
insouciant et Paris de plus spirituel, on voyait des publicistes graves, des banquiers ennuyeux et des philosophes gourmés. Là, tout était nivelé, c'était le
temple de l'égalité; on était fondu dans l'immense
tourbillon de costumes et de quadrilles : le galop
effaçait toutes les catégories, toutes les conditions
et rapprochait tous les ordres.

Plus d'un homme haut placé dans la politique
venait en catimini assister à la saturnale. On cite un
des hommes les mieux posés de France qui venait
régulièrement chaque année faire son pèlerinage au
bal Chicard. C'était pour lui un article de foi, une

tradition irrésistible. Il venait s'y délasser de ses lourds travaux, en riant chaque année des nouvelles créations, des imbroglios imprévus, en étudiant ces physionomies inédites et toujours amusantes.

Des hommes éminents mendiaient la faveur de leurs secrétaires, des professeurs flattaient leurs élèves, des gens politiques faisaient la cour aux petits employés, des industriels renommés souriaient aux commis, les oncles pardonnaient à leurs neveux pour obtenir, avec leur protection, une lettre de *monsieur* Chicard plus gros que le bras. Tout le monde en voulait : l'Anglais passait la Manche, le Russe quittait l'Italie, l'Allemand oubliait le chemin de sa brasserie pour accourir à Paris, et venir humblement présenter leurs hommages au grand homme, afin d'obtenir une de ses bienheureuses invitations.

Pendant deux mois on faisait, à la rue Jean-Jacques-Rousseau, un service spécial pour monsieur Chicard. Il lui arrivait de tous les coins du monde les lettres les plus flatteuses, les sollicitations les plus obséquieuses. Heureux celui qui pouvait lui dire : Monsieur, je suis le cousin de votre apothicaire.

Oh ! si Chicard voulait nous laisser un jour fouiller dans sa collection d'autographes ! Quelle bonne fortune pour vous, chers amis lecteurs.

Si l'agiotage actuel avait été de mise dans ce temps-là, nul doute qu'on eût coté à la Bourse les invitations aux bals Chicard. Ces bals ont cessé à temps; ce n'est du moins pas l'ennui qui les a tués.

XXI

Mais les grands personnages, les étudiants rieurs, les publicistes graves, les rapins échevelés, les industriels enrichis, les commis joyeux, les étrangers ahuris, les littérateurs fantaisistes, les oncles indulgents et les clercs de notaire dansants, tout cela ne forme que la moitié du public d'un bal; l'autre moitié, et la plus belle, où Chicard va-t-il la prendre? Qelles sont les femmes assez grecques, assez Pompadour, assez humanitaires, pour être constamment à la hauteur de cette chorégraphie, de cette passion, de cette littérature?

Chicard, en grand éclectique qu'il était et qu'il est encore, sans doute, aujourd'hui, prenait ses danseuses partout et nulle part. Il les choisissait tantôt dans le magasin de la lingère, tantôt au comptoir des cafés, tantôt dans les coulisses des théâtres.   .

. . . .

Dans les quartiers retirés on trouve encore quelques débris de ces nuits dantesques, qui conservent avec orgueil leurs lettres et les montrent ainsi que des parchemins constatant qu'ils sont de race.

XXII

Après tout, le bal Chicard n'était qu'un bal de souscription et encore un bal dans les *prix doux* : il ne coûtait de bourse déliée que dix francs d'entrée, le souper compris. Mais on n'y allait pas pour souper, on y allait pour cette *chicorée* où chacun prenait place vers le milieu de la nuit.

Ces dix francs étaient le droit que l'on payait à l'organisateur pour avoir le droit de bourgeoisie, place au lustre et aux quadrilles. Le restaurateur n'y aurait pas fait ses frais, s'il n'avait pas su ce que pouvait entraîner à sa suite une pareille solennité carnavalesque ; à peine s'il eût traité le monde baroque de ces nuits exhilarantes avec le respect qu'il témoignait aux bourgeois en goguette et aux noces de boutiquiers qui fréquentaient ses salons.

On se pressait, on se foulait dans ces vastes salons des *Vendanges de Bourgogne*, surtout pour contempler à son aise l'Olympe grotesque qui se déroulait sous les yeux des spectateurs ébahis. En effet, c'est au bal Chicard que l'on doit d'avoir débar-

rassé le carnaval des pêcheurs napolitains, des arle
quins, des turcs, des paillasses, des pierrots, de
princes espagnols, des troubadours et des chevalier
abricots qui encombraient tous les bals. Ceci est un
service rendu à la gaieté, au bon goût et à l'imagi
nation française, qu'on ne doit pas oublier.

Au bal Chicard, tous ces costumes, ces oripeaux,
ces paillettes s'y trouvaient, mais réhabilités par l'i-
magination. Des adeptes avaient su renchérir encore sur la cocasserie des costumes traditionnel
du mélodrame moyen âge. Ils avaient laissé bien loin
derrière eux les inventions de M. d'Arlincourt, ils
avaient dépassé le Solitaire de cent coudées et enterré la *Gaule poétique* de cet excellent M. Marchangy à deux cents pieds sous terre. Cela tenait du
prodige, mais cela était. Ils avaient tué le ridicule
sous la parodie. N'est-ce pas un tour de force !

Gavarni a légué à la postérité, dans un admirable
album de dessins comme lui seul en sait faire, toute
cette parodie grotesque, mais spirituelle; depuis
Chicard coiffé de ce casque si attendrissant et si
élégiaque qui avait coiffé M. Marty au temps glorieux du *Solitaire*, alors qu'avec une voix de tonnerre il pleurait son Elodie, la vierge du couvent,
la colombe des ruines, l'ange d'Unterwald, jusqu'au
Çovage sivilizé, cette création du genre, et *Flouman*
le banquier, et Balochard, ce type nouveau, et Si-

lène, le servant de Bacchus, et Pétrin, en un mot toute la grande famille.

Nous renvoyons nos lecteurs à l'album du bal Chicard.

XXIII

Nous avouons franchement n'avoir jamais été au bal Chicard, nous n'étions pas encore de ce monde, alors que se donnaient ces grandes batailles ; nous sommes donc obligés de faire ici un travail d'archéologue, c'est-à-dire de prendre le plus proprement possible à tous les écrivains qui en ont parlé leur meilleure description. Nous prendrons tant notre bien où nous le trouverons, que le public finira peut-être par dire que nous empruntons un peu celui des autres. Jules Janin, Léon Gozlan, Albéric Second, Taxile Delord, Altaroche, et vous tous qui avez parlé de ce bal, ne dites rien, ne réclamez pas, saluez seulement ; c'est votre esprit qui va passer, reconnaissez-vous.

XXIV

L'orchestre a donné le signal, c'est le moment
le plus intéressant, et quel orchestre ! Dix pisto-
lets solo, quatre grosses caisses, trois cymbales,
douze cornets à pistons, six violons et une cloche.
Au premier coup de ce carillon, de ce branle-bas,
de ce tocsin, la foule s'est élancée, que fait-elle au
milieu du tourbillon de poussière que soulève ses
pas ! Quelle danse exécute-t-elle ! Est-ce la sarabande
la pavane, la gavotte, la farandole, la percheronne
de nos pères ? Est-ce le poëme épique auquel les
bayadères ont donné le nom de pas ? Est-ce la ca-
chucha, cette espèce d'ode à Priape, que l'on
danse en Espagne, au lieu de chanter ?

XXV

Certes, la chahut, comme on la dansait alors, était
quelque chose de hideux, de monstrueux, mais
c'était la mode, avant d'arriver au *cancan* parisien,
c'est-à-dire à cette danse élégante, décemment las-
cive lorsqu'elle est bien dansée. Chicard, à vrai
dire, n'a rien inventé, mais il a perfectionné, et en

parodiant la chahut, en l'exagérant, il en a montré toutes les faces honteuses, il l'a tuée. Il ne fut, en un mot, qu'un précurseur, un démolisseur, le Voltaire de la vieille danse, mais le révolutionnaire, le fondateur devait arriver plus tard, et ce fut le célèbre Brididi. Aujourd'hui, le cancan en l'école moderne triomphe, la chahut n'est plus guère connue que des titis des Funambules.

Chicard a fait son temps, Brididi règne ; les vendanges sont mortes ; vive le bal Musard ?

Cependant, remontons un moment dans ces salons, le moment de se mettre à table est arrivé.

Ce n'est point le fin souper de la Régence, ce n'est pas non plus celui de Trimalcion ; c'est là seulement qu'on pouvait rencontrer par hasard, égaré, nous ne savons comment, un tout petit brin de cet esprit national qui fait notre gloire. Mais la grosse charge, la bêtise exhilarante y régnaient en maîtresses. Tout, même les mots, y était assaisonné au gros sel, cela faisait boire.

Alors venaient les chansons, la parole graveleuse, la charge chantée par les poëtes et les troubadours du lieu. Mais le vin et la chanson ont volcanisé les têtes, le champagne produit son effet ; c'est ici que commence la grande orgie de la Vénus pandémonie ; filles, femmes, grisettes, veuves, dames galantes, tout se mêle, tout se confond, tout est en délire. C'est le moment où les bacchantes de Thrace entrent en scène ; la morale est en péril : laissons parler un des écrivains spirituels de ce temps-ci, il décrit *de visu*.

« . . . . . Quelques bergères faciles ont toléré les familiarités indiscrètes, quelques couples hardis prennent des poses excessivement mythologiques, d'autres sont sur le point de faire tableau. Une voix a crié d'éteindre les lustres, il ne resterait plus qu'à nous esquiver, si à un coup d'œil de Chicard, la musique n'éclatait de nouveau.

. . . .

« L'orchestre roule comme le tonnerre sur les flots soulevés, et à chaque éclat de la foudre musicale, la tempête recommence plus ardente, plus furieuse, plus échevelée jusqu'à ce que la voix de Dieu se fasse entendre par l'intermédiaire du cadran, et dise à ces vagues indomptées : « Vous n'irez pas plus loin. » — Quelquefois au milieu de cette frénésie, les fichus s'en vont, les corsages craquent, les jupons se déchirent, malheur à celle qui voudrait s'arrêter en chemin pour réparer le désordre de sa toilette, l'impitoyable galop passerait sur elle comme une trombe, et la foulerait aux pieds qui songe d'ailleurs à sa toilette dans un pareil moment ? Qu'importe ce que les périls de la danse pourront livrer aux regards d'appas inattendus, de trésors cachés, un peu plus ou un peu moins de nudité ne fait rien à l'affaire ; d'ailleurs, tous ces danseurs sont trop artistes pour s'en apercevoir ; il n'y a guère que les gardes municipaux sur qui ces sortes de choses fassent encore quelque impression ; et tout garde municipal qui se présenterait aux vendanges de Bourgogne, serait immédiatement conduit au violon. Laissez donc passer ces tailles que le lacet ne retient plus, ces bras dont nulle gaze ne cache les contours ; on ne songe plus à toutes ces bagatelles. Demain seulement toutes ces femmes si belles, si fraîches la veille, se demanderont d'où vient la pâleur de leur teint, la maigreur de leur bras ; elles chercheront à savoir ce qui a pu les vieillir ainsi en un instant, sans songer qu'elles se sont livrées pendant toute une nuit, à ce minotaure moderne qui s'appelle le galop-chicard. »

XXVI

Vous le voyez, le bal Chicard n'avait pas été créé *ad usum delphini*, et, cependant, voilà ce qui pendant six ans fit tressaillir tous les provinciaux et tous les étrangers. Les mères le redoutaient pour leur fils à l'égal de l'enfer et lorsqu'on prononçait ce seul nom, Chicard, en province, les jeunes filles se voilaient.

Eh bien ! autant que j'ai pu, d'après les livres et les renseignements fournis par des amis, je vous ai fait assister au bal Chicard, et vous savez à peu près ce qui s'y passait. Jugez et prononcez vous-mêmes, quant à moi, depuis longtemps j'ai adopté pour principe de ne plus louer ni blâmer, abritant mon indulgence derrière ce vieil adage de la sagesse des nations :

Chacun prend son plaisir où il le trouve.

XXVII

MYLORD L'ARSOUILLE

(Lord S.....)

Nous l'avons dit, c'était un temps où l'on voulait s'amuser, on ne pensait même qu'à cela. Les pères avaient trop fait la guerre, avaient trop travaillé, pour que les fils pensassent à gagner de l'argent. Ils savaient que les caisses paternelles étaient bien fournies ; et puis, que leur importait de se ruiner ! Une société nouvelle prenait possession de la France ; elle avait besoin de s'étourdir, elle était encore ahurie de sa victoire, elle faisait du bruit pour que l'on parlât d'elle, elle voulait prouver qu'elle aussi savait bien faire les choses. Les bourgeois d'alors jetaient leur argent avec autant d'insouciance que les grands seigneurs d'autrefois. *Oh ! quantum mutatus !*

Un homme de beaucoup d'esprit, un noble lord, un pair d'Angleterre, ou à peu près, s'était jeté au milieu de la foule ; il était à lui seul plus excentrique, plus débraillé, plus ardent au plaisir que tous nos Français nés malins à la fois ; il avait les imaginations les plus amusantes. L'établissement qui avait le bonheur de le posséder parmi ses habitués, était certain de faire fortune.

C'est qu'aussi tous les gens à sa suite, tous ceux qui n'ont aucune idée originale pour dépenser leur argent, étaient on ne peut plus heureux de s'accrocher d'une façon ou d'autre à ce poëte de plaisir, qui avait des inventions à revendre. Puis, venaient derrière lui, en second ordre, tous ces bons garçons, gens d'esprit et de gaieté, inventeurs de mots et de drôleries, qui savent chanter, rire et boire, mais qui ont un malheur : ils n'ont pas le sol.

Milord, riche à millions de rentes, bon vivant, généreux comme un roi d'Espagne, ainsi que disait monsieur Bocage dans *Don Juan de Marana*, les adoptait. Il voulait une cour autour de lui, il avait eu l'immense bon sens de la composer jeune, gaie, amusante, folle, spirituelle, insouciante.

Avec lui, jamais d'ennuis, jamais un moment de tristesse, on était là pour s'amuser, il fallait s'amuser coûte que coûte ; il suffisait d'avoir un esprit original, une gaieté à tous crins, pour avoir près de ce noble étranger droit au pain, au sel et au vin : aussi sa royauté était-elle rayonnante, pétillante, bruyante, riante et des plus tolérantes.

Il aimait la jeunesse et la vie, et le plus âgé de ses commensaux n'avait pas vingt-cinq ans, le

moins spirituel pouvait être diplomate de la vieille
roche, et descendait, de près ou de loin de Voltaire ou de Telleyrand.

Depuis la cour du bon roi René de Provence, on
n'avait jamais vu une telle réunion de gens amu-
sants.

XXVIII

Dans les derniers jours de la Restauration, et
dans les premiers jours du gouvernement de juillet, on vivait beaucoup pour vivre. Heureux temps! !!
On faisait des farces, les mystifications étaient encore presque à la mode ; on tenait à prouver haute-
ment, ouvertement qu'on avait de l'esprit. On chan-
tait encore, on racontait l'historiette avec grâce,
et lorsqu'on ne savait ni conter, ni chanter, on agissait, on faisait en action ce que les autres inventaient. Il y avait les gens d'esprit d'action, et les
gens d'esprit d'imagination.

Milord réunissait les deux qualités.

C'était un homme accompli, jeune, gai, fort, spirituel et immensement riche ; il avait donc toutes
les qualités requises pour l'existence qu'il menait à
grandes guides.

On conçoit donc facilement qu'un homme ainsi

taillé devait engendrer des jaloux à chaque pas. En
effet, c'est qu'il n'y avait pas moyen de lutter avec
lui. Il écrasait ses rivaux par son luxe extraordinaire et par ses colossales excentricités ; ses millions
avaient bientôt raison de tous les imprudents qui
osaient se mesurer à sa colossale réputation.

Mais, cependant, une lutte devait nécessairement
s'établir : la jeunesse parisienne était humiliée de se
voir vaincu, par un fils de la perfide Albion, car cette
naïveté s'employait encore dans la conversation. Le
Constitutionnel avait jeté cette locution dans notre
langue. Aussi nos jeunes gens conspiraient sourde-
ment contre cet étranger venu des bords brumeux
de la Tamise.

La nécessité est mère du génie, dit-on ; ils inven-
tèrent alors l'association, quoique aucune des théories sociales qui ont depuis tant préconisé cette
excellente idée, n'existât encore à l'état populaire.

On vit partout se former des sociétés de plaisir ;
les jeunes gens se cotisaient pendant toute une
année, ils formaient des tontines, créaient des tire-
lires pour faire concurrence à milord l'Arsouille,
pendant les trois grandes journées du carnaval. Ils
voulaient, ne fût-ce qu'un jour, lutter à armes égales
avec cet étranger, et lui prouver que les écus de
l'Angleterre ne pourront jamais abattre l'esprit et
l'entrain français.

19

XXIX

Les étudiants, qui n'ont jamais cédé à personne en fait de folies, formèrent la société des *Badouillards*.

Ah! c'étaient de rudes joûteurs que ceux-ci! On passait des examens pour être admis dans cette société, absolument comme pour se faire recevoir docteur en médecine ou licencié en droit; seulement, ces épreuves-là devaient être un peu plus dangereuses et fatigantes que celles qu'on subit aux facultés.

1º L'aspirant devait faire preuve de force et d'agilité, car il était alors convenu qu'il ne pouvait y avoir de bonne fête sans coups de poing et horions;

2º Il devait fréquenter assidûment les salles d'escrime, de boxe et chausson, canne, bâton, savate, tirs, etc., etc.

3º Il devait avoir prouvé authentiquement son courage dans une ou plusieurs rencontres;

4º A la Chaumière et aux bals de l'Odéon, on devait l'avoir distingué entre tous, par ses grâces chorégraphiques et sa façon élégante d'*engueuler* le pékin;

5º Il jurait haine aux bourgeois, à leur sommeil

et à leur repos, en fournissant un répertoire de chants et chansons politiques, érotiques et autres, à faire trembler toute une ville de province ;

6° Il devait passer une nuit au bal.

On se préparait à cette épreuve, car c'était la grande, l'épreuve solennelle, la nuit d'armes, par un dîner des plus copieux, suivi de force libations de champagne, punch, café, *pousse-café*, *rincettes*, *sur-rincettes*, bière et *pousse-le-tout*. Cela durait jusqu'à minuit, puis on entrait au bal. Là, encore, il ne devait rien refuser, il était tenu de faire tout ce que faisaient les vieux initiés. Le lendemain au déjeûner, il était tenu d'engueuler tous ceux qui se présentaient devant lui, la parole à la bouche, la blague aux lèvres.

Vous croyez peut-être que c'est fini, qu'après de tels exploits on n'a plus qu'à gagner son lit, à le faire bassiner et à se tenir cinq ou six jours à la tisane, à redouter une pleurésie ou une pneumonie, ah ! bien oui !

L'impétrant passait la journée costumé, courant de cafés en cafés, jouant au billard, courtisant les *belles*, et, le soir, on recommençait la même vie que la veille. Il ne devait se coucher que la troisième nuit à minuit. Ainsi il avait passé deux jours et deux nuits à subir son épreuve. Lorsqu'il n'était pas tombé sous la table, qu'il ne s'était endormi sur aucune banquette de café, qu'il n'avait reculé devant aucune proposition faite par les vieux, alors, mais seulement alors, on prononçait le : *dignus est intrare.*

Il était proclamé *Badouillard.*

XXX

Et il y en avait dix, vingt de ces sociétés : on citait les *Purs-sang*, les Bousingots, les Infatigables, etc., et tant d'autres dont les noms nous échappent. Celles-ci étaient composées de fils de familles, d'artistes et même de négociants, car tout le monde avait alors les mêmes goûts; tout le monde se tuait en riant à gorge déployée.

C'était le temps où Eug. G. rencontrait un de ses amis et lui disait :

« Ah ! je suis fatigué, voilà cinq jours que je « suis en malin, cela m'ennuie; je vais me mettre « en bergère. »

Ces hommes-là étaient de fer; N. D. A..., un des grands noms du premier empire, partit le jeudi gras de chez lui, déguisé en postillon. Il passa les trois premiers jours du carnaval monté sur le premier cheval d'une voiture à six chevaux, et ne rentra que le mercredi des cendres à trois heures, après avoir passé toutes les nuits à danser et toutes les journées à festoyer.

Vous dire ce que pouvait coûter une fête aussi prolongée, les usuriers seuls peuvent le savoir.

XXXI

Cependant, plus on conspirait contre la prépondérance de milord l'Arsouille, plus il redoublait de soins pour se bien entourer. Il appelait à lui tous les viveurs connus. Dès qu'un homme se faisait une réputation, soit comme fort en gueule, soit comme buveur émérite ou danseur de premier ordre, il savait se l'accaparer. Il avait un talent exquis pour mettre chacun en sa lumière et le faire briller à son tour.

Lorsque sa voiture, attelée de six chevaux, accompagnée de piqueurs donnant de la trompe, et de courriers enrubannés, montait le boulevard, c'était un grand hourrah, comme aux jours de feu d'artifice, quand part des Tuileries la fusée-signal. On s'arrêtait, on se pressait, on se bousculait pour voir passer la mascarade modèle. Tous les gens de la suite, les cavaliers, les amazones, les cavalcades et les voitures de masques lui faisaient cortége, ils étaient glorieux de faire croire au bon public massé sur les trottoirs, aux femmes qui paradaient dans les calèches des deux files, et même aux municipaux, qu'ils faisaient parti de cette aristocratique saturnale. Et lui, calme et tranquille comme un dieu antique, il inondait de bonbons et de dragées tous ses obscurs admirateurs.

Les autres venaient bien après, ils avaient aussi des étendards frissonnants, des costumes superbes, des chevaux chamarrés, des orchestres entiers les accompagnaient, cent clairons et cornets à piston leur sonnaient des tintamarres ; hélas ! on les laissait passer si on ne les huait.

Ce n'était pas mi'ord l'Arsouille : lui seul était populaire, lui seul avait la vogue, lui seul savait captiver cette foule, parce que lui seul était original, lui seul était inventeur.

On cite un jeune homme très-riche, une sorte de parvenu qui est allé mourir en Italie de désespoir de n'avoir pû détrôner le grand monarque du carnaval. Les excentricités de milord l'Arsouille n'ont pas duré plus de trois ou quatre ans.

Ce jeune enrichi qui se ruinait pour lutter avec lui, voyant que le grand maître se retirait volontairemen de la lice, se dit :

— I quitte la partie, son règne finit, le mien commence. Il ne savait pas, l'ambitieux, ce que

coûte la gloire. Il ne savait pas combien il est difficile de persuader un peuple, comb'en il faut de
temps pour le déshabituer d'un nom qui lui est fa-
milier. Certes, ni les excentricités ni les dépenses
ne lui firent faute : il savait prendre toutes les
précautions imaginables pour bien faire savoir que
c'était bien lui et non pas un autre qui s'amusait.
Dès le matin il exposait sa voiture devant son hôtel,
ses amis se montraient à toutes les fenêtres en costume, ils buvaient du champagne *coram populo*,
leur déjeuner se faisait au bruit de douze trompes de
chasse sonnant des fanfares.

Ah! bah! efforts superflus, précautions inutiles, à
peine avait-il dépassé sa maison de dix pas, ses af-
fidés, placés à tous les coins du boulevard avaient
beau dire : C'est la voiture de M. un tel, on s'arrêtait, on admirait son luxe et tout le monde
s'écriait :

— C'est milord l'Arsouille! vive milord l'Arsouille, exclamaient les gamins.

Arrivé au boulevard Poisssonnière, Paris entier
disait avoir vu milord l'Arsouille, et M. un tel de-
meurait toujours aussi inconnu le jour de sa folie
que la veille. Il était écrasé par la grande renommée du fondateur, comme tous les généraux et maréchaux quoiqu'ayant gagné des batailles, sont en-
globés par le peuple dans la gloire impériale. C'est

Napoléon qui a tout fait, qui a tout vaincu le même jour, en Autriche et en Espagne.

Enfin dégoûté, ennuyé, se plaignant de l'ingratitude publique, le jeune homme se retira en Italie, où il est mort, rêvant encore à cette popularité qu'il n'avait pu atteindre. A la vallée de Josaphat, nous ne serions pas étonnés d'entendre une voix clamant :

Milord l'Arsouille rends-moi ma gloire que tu as usurpée !!! Et ce sera celle de M. un tel qui ne sera pas encore consolé de ses déboires parisiens.

XXXII

L'excentricité était à l'ordre du jour, parce que dans ce temps-là on était jeune pour de bon, sans arrière-pensée, sans calcul. Aussi comme on s'amusait de bon cœur. Les bals, il y en avait partout, et tous plus gais les uns que les autres.

Il suffisait qu'il y eut là une de ces bandes joyeuses pour leur donner un entrain que nous ne connaissons plus.

Les Variétés jouissaient d'une réputation immense, milord y avait son quartier général.

C'est là que s'est passée la fameuse histoire de l'Ève moderne,

C'étaient les plaisirs du temps. Cela fit sensation, il est vrai.

On s'occupait tant d'art et de plastique à cette époque-là !

XXXIII

Après la vogue des Variétés, vint celle des bals du théâtre du Palais-Royal. Le Palais-Royal avec ses galeries, ses nombreux restaurants, ses cafés, était bien fait pour donner asile à une société aussi viveuse. Là au moins on pouvait déjeuner tout un jour sans déranger personne. Dès longtemps les habitants du lieu étaient habitués à tous les déréglements de la fantaisie parisienne. On sortait de table après boire pour courir se placer devant le tapis-vert ; et si la chance était favorable, on venait reprendre ses places avant que le cabinet ne fût desservi par les garçons restaurateurs.

Un jour une des bandes joyeuses déjeuna comme on savait le faire dans ce bon temps des estomacs d'acier. On mangea tout le jour, on but une partie de la soirée, enfin on se rendit au trente et quarante.

Il y avait, parmi les plus spirituels convives, un jeune pair de France ; celui-là était à sa quatrième

nuit; il ronflait dans un coin à assourdir le bour-
don de Notre-Dame. C'était vraiment conscience
d'interrompre un si joli sommeil d'ivrogne, aussi
fut-il décidé qu'on le laisserait dormir pendant que
les autres iraient tenter le sort. Mais notre homme
qui ne dormait que bercé par le bruit des conversations de ses amis, fut bientôt réveillé dès qu'il n'en_
tendit plus le murmure monotone des voix. Se voyant
seul, il appelle, le garçon arrive.

— Où sont mes amis?

— Ces messieurs sont partis.

— Où ont-ils été?

— Ils ne l'ont pas dit.

— Alors, vite une voiture.

— Eh! monsieur, nous n'en avons pas pu trouver
une seule pour ramener ces dames. Il est trois heures du matin, c'est aujourd'hui mercredi des cendres; les cochers ne se sont pas couchés depuis
cinq ou six jours, ils profitent de cette nuit pour se
reposer.

— Ils ont ma foi raison; je vais en faire autant.
Mon manteau, bonsoir.

Arrivé dans la rue, notre gentilhomme se trouva
les jambes roides; la fatigue l'empéchait de mettre
un pied devant l'autre, lorsqu'il avisa un chiffonnier qu'il héla ainsi :

— Eh! l'ami, veux-tu gagner vingt francs?

— Parbleu ! que faut-il faire pour cela ?

— Il faut me prendre dans ta hotte et me porter chez moi.

— Si ce n'est que cela, montez, et en route.

Notre gentilhomme ne se le fit pas dire deux fois, à peine fut-il établi les pieds de ci, la tête de là, qu'il entonna d'une voix de stentor cette romance qui faisait fureur :

Entre dans ma tartane,
Jeune Grecque à l'œil noir,
Tu seras ma sultane,
Mon bonheur, mon espoir.

Arrivé à l'hôtel, les domestiques attendaient M. le comte, mais comme il fallait pousser l'excentricité jusqu'au bout, il fit monter le philosophe nocturne dans son appartement et se fit servir du punch par son valet de chambre. Porteur et porté en burent tant, tant, tant, que bientôt ils s'endormirent dans les bras l'un de l'autre en causant politique.

Et voilà comme il se fit que le jeudi matin du carême-prenant de l'an de grâce 1831, madame la comtesse D... voulant voir si son fils qui était parti depuis huit jours, était rentré, le trouva couché sur un tapis dans les bras d'un frère et ami.

XXXIV

Maintenant milord l'Arsouille n'est pas encore mort dans le souvenir du peuple, seulement il est passé à l'état légendaire. C'est pour la nouvelle génération un prince Rodolphe, une sorte de redresseur des torts, doué d'une force herculéenne, qui dans son jeune temps parcourait les cabarets en protégeant les faibles ou châtiant les méchants.

Quand un homme avait commis une lâcheté en abusant de sa force, milord arrivait, lui administrait une correction d'importance, et lui donnait de l'argent pour se faire soigner s'il était blessé. Quant à lui, il a abattu tous les forts et purgé la Courtille de tous les batailleurs, les monstres et les mangeurs de nez.

Nous ne serions pas étonnés qu'un jour on ne confondît milord l'Arsouille avec Hercule, Thésée, Jason et tous les destructeurs de monstres de l'antiquité.

Ainsi, nous avons monté ensemble le faubourg du Temple, j'ai sans doute oublié beaucoup de choses dans cette esquisse; mais j'ai voulu vous amuser un seul moment, cher lecteur. Si j'y ai réussi, je dois en remercier mes bons amis Boutin et Marchand,

ces spirituels artistes que vous avez applaudis tan
de fois à la Porte-Saint-Martin, et qui ont bien
voulu me conter à peu près toutes les choses amusantes que contiennent ces articles. Encore merci
aux écrivains dont les spirituels articles m'ont
guidé.

PARIS INCONNU

PARIS INCONNU

I

Il existe un fait curieux et qu'il est bon de constater par ce temps de *statisticomanie* où nous vivons. La misère hideuse, sale, crasseuse, fainéante, vicieuse se cache dans les bas-fonds de Paris, dans les rues humides, noires, encaissées dans la Cité, au faubourg Saint-Marceau, sur les bords de la Bièvre, autour de l'hôtel de ville, dans l'enchevêtrement inextricable de petites rues tortueuses que le marteau de l'édilité vient heureusement de faire disparaître ; tandis que la misère remuante, honnête, travailleuse, artiste, si nous pouvons nous exprimer ainsi, cherche l'air, les plateaux élevés, les sommets des montagnes qui encaissent la ville. Le montagne Sainte-Geneviève, la butte Saint-Claude, les Deux-Moulins, sont occupés par les chiffonniers, les ravageurs, les gens qui exercent les mille petites industries de la fantaisie parisienne. Les abords de la place Maubert, les rues du bas de la rue Saint-Jacques sont habités par cette race patibulaire, hâve, sombre, rachitique qui fait la désolation de toute capitale, et qu'on est convenu d'appeler, nous ne savons pas pourquoi, les bons pauvres. Autant le chiffonnier est gai, gouailleur, chanteur, insouciant, autant le bon pauvre est triste, désolé, morose, ennuyeux. L'un boit, rit, plaisante, se porte bien, se donne des airs casseurs; l'autre se fait petit, parle bas, est cagot, ivrogne en cachette, malingre, hypocrite; le peuple, qui est bon juge, dit du chiffonnier : « C'est un bon *zig*, il peut faire ce qu'il veut de son argent : il lui coûte assez cher à gagner. De l'autre, il vous dira : « C'est un *faignant*, il ne se remue pas. » Ne pas se remuer, c'est le *nec plus ultra* de la fainéantise, car le contraire peut se traduire par cette maxime de La Fontaine :

> Travaillez, prenez de la peine,
> C'est le fonds qui manque le moins.

En effet, s'il est un ouvrier qui se donne du mal, qui se remue, c'est bien le chiffonnier; il fait tout

ce qu'il peut pour gagner honorablement sa vie par
le travail ; tandis que l'autre, confiant en la charité publique, laisse doucement couler sa vie, attendant nonchalamment les dons du bureau de l'administration de l'assistance; intrépide au repos, il
fait des efforts inouïs pour se rendre complétement
inutile.

Nous avons eu souvent occasion, pour nos études
particulières et pour des missions que nous con-
fiaient des personnes charitables, de voir de près
toutes les classes nécessiteuses que renferme Paris,
et, nous ne pouvons nous le dissimuler, nous nous
sentons une propension toute particulière pour le
chiffonnier. C'est là, en effet, que nous avons rencontré le plus de probité, de courage, de volonté,
de philosophie. Nous y avons trouvé des types uni-
ques, des caractères à part qui semblent avoir adopté
instinctivement pour devise ce précepte d'Horace :
*Sperat infestis, metuit secundis bene præparatum
pectus.*

Généralement le chiffonnier vit par bande ; il
n'est jamais seul, il aime la société parce qu'il est
causeur, parleur, conteur. Dès que l'un d'eux a découvert une maison ou un terrain à louer, tous les
autres le viennent visiter et finissent bientôt par
former une colonie, un clan, une famille, une espèce
de société de secours, où ils s'aident généreusement

quand viennent les mauvais jours. C'est ce qui est arrivé pour la maison de la mère Marré.

II

LA MÈRE MARRÉ

A l'extrémité de la rue Grange-aux-Belles, sur la colline qui domine le canal Saint-Martin, l'hôpital Saint-Louis, à deux pas de nos splendides boulevards, au milieu des riches usines des faubourgs du Temple et Saint Martin, au centre du quartier le plus peuplé et le plus travailleur de Paris, s'élève une grande bâtisse blanche de quatre étages ayant toutes les apparences, mais, hélas! rien que les apparences, du comfort; son aspect est même, il faut le dire, guilleret et fort plaisant. En un mot, c'est une maison de celles qu'on nomme convenables. C'est la demeure de la mère Marré.

La mère Marré? *That is the question.*

Feu M. Marré, car il y a cinq ou six ans que ce digne citoyen est parti pour rendre ses comptes au Juge éternel, était un ancien militaire, un vieux de vieille, un vrai dur à cuire. Il avait attiré autour de lui tous les débris de la vieille armée qui exer-

çaient à Paris les petites professions des abords des
barrières, tels que marchands de gâteaux, d'allumettes chimiques, de radis noirs, de cahiers de
chansons, de lacets, fils et aiguilles. Sa maison
avait l'air d'une succursale de la caserne des vété-
rans ; on n'y parlait que de guerres, de batailles, de
marches forcées, de redoutes emportées, de batte-
ries enlevées, de canons encloués. Les soirées du
coin du feu y étaient des veillées d'armes. Assis autour du poêle de la chambre, plus d'un commensal
s'y croyait au bivouac de la Bérézina ou de Leipzig.
On y jugeait les généraux, les maréchaux, les bri-
gades et les régiments. Chacun avait servi avec les
plus braves, et le tout finissait par des disputes, des
gros mots, des jurons, quelquefois des horions
échangés en l'honneur d'un des corps de la grande
armée.

Tout est bien changé ; maintenant les vieux ont
suivi leur ancien au tribunal suprême. C'est à
peine si, par-ci par-là, on y rencontre encore quelques débris de notre gloire. La mère Marré a pris
le gouvernement de la maison, et tout n'en marche
que mieux. Elle a la victoire en horreur, les succès,
les Français, les guerriers, les lauriers lui donnent
des nausées. Elle a tant et tant entendu parler
d'Eylau, Wagram, Austerlitz, Moscowa, qu'elle ra-
conterait ces grandes pages de l'histoire impériale

comme le ferait un écrivain stratégique bien ren-
seigné.

La mère Marré a soixante-cinq ans; c'est une
femme de petite taille, replète, alerte, à l'œil fin et
narquois, à la voix nasillarde, toujours grognon-
nant, de mauvaise humeur, au demeurant la meilleure femme du monde, un cœur d'or, un véritable
diamant au milieu d'un faisceau d'épine. Il s'agit de
savoir la prendre, voilà tout. Elle compatit à toutes
les douleurs, car elle a tant vu de misères poignantes
qu'elle a fini, la bonne nature, par sympathiser avec
le malhenr, comme tant d'autres ne sympathisent
qu'avec la fortune et le bonheur.

La mère Marré est une femme d'une activité incroyable; à minuit on la voit assise dans son vieux
fauteuil près de la porte-cochère, à trois heures du
matin on la retrouve à son poste, l'œil au guet, sur-
veillant ses nombreux locataires au moment de leur
sortie. La case de la mère Marré, car ce n'est ni
une chambre, ni une loge, ni un salon, ni une pièce,
ni un logis, la case donc de la mère Marré est une
véritable ménagerie, compliquée d'une volière,
chiens, chats, serins, pinsons, tourterelles, chardonnerets, moineaux francs et friquets y vivent en
parfaite intelligence, y ont signé un traité de paix.
Depuis la mort de son pauvre Augustin, elle a re-
porté toutes ses affections sur les pauvres petites

bêtes qui, du moins, ne se soûlent pas et ne font
pas enrager maîtresse.

III

LE PÈRE MOSCOU

Il se passe les scènes les plus curieuses dans le
bouge de la mère Marré ; elle est toujours en dispute avec ses locataires pour leur faire payer leur
loyer, qu'ils acquittent par petits à-comptes. Le père
Moscou surtout lui donne un *mal de galère*. Le
père Moscou est le vieil enfant gâté de la mère
Marré, il était l'intime de son pauvre défunt, aussi
malgré toutes ses *frasques* l'aime-t-elle toujours.
Dès deux heures et demie on entend la voix du
vieux soldat chiffonnier fredonnant de toute la force
de ses poumons d'acier :

> Si vous passez sur la place Vendôme,
> N'oubliez pas le grand vainqueur des rois !

Il est fièrement campé sur sa jambe nerveuse, le
bonnet de police crânement posé sur l'oreille, il
porte sa hotte en vrai troupier fini, comme jadis il

portait son sac de soldat, il semble manier une poignée d'épée en faisant voltiger son crochet entre ses
doigts. Malgré ses soixante-dix ans il a conservé
son allure militaire, ses airs de grognard trouba-
dour, et son aplomb de vainqueur de l'Europe coa-
lisée.

La mère Marré l'arrête au passage :

— Ah ! le beau chanteur, et mes dix sols, quand
me les donneras-tu, mes dix sols, vieux sac à vin?
ça ne peut pas durer comme ça, je ne paye pas les
impôts avec des sornettes, et le propriétaire avec
des chansons, moi. Il me faut de l'argent, à moi:
ah! mais, ou pas de clef.

— Allons, vieille, pas de mots inutiles; il y aura
à la Saint-Marengo quarante ans que tu me dis la
même chose, et je suis toujours ici. Que ferais-tu
sans ton petit Moscou, ton ami, ton chéri?

— C'est bon, c'est bon, je ne me contente plus de
belles paroles, moi, il me faut des espèces.

— Cependant.

— Il m'en faut.

— Je n'en ai pas, la vieille....., crème des bonnes
femmes. Déclare-moi en faillite, fais-moi faire ban-
queroute, déshonore ton vieil ami, cloue son nom
au pilori, envoie-le à Clichy, pour dix sols qu'il te
doit après quarante ans de location. Mais je te l'ai
payée ta baraque; allons ouvre, et ne fais pas de

peine à celui qui a l'honneur d'être ton très-humble
et très-obéissant serviteur, Antoine-Joseph Dallaud,
dit Moscou la Bravoure.

Il profite du moment où la mère Marré a le dos
tourné, il allonge le bras, tire le cordon et sort en
chantant : *La victoire est à nous, zim, boum, boum.*
La pauvre vieille le regarde s'éloigner et dit :

— Cet être-là fait de moi ce qu'il veut.

En effet, le père Moscou est le seul débiteur de
la maison, personne n'oserait faire attendre sa semaine à la mère Marré, car elle loue indifféremment
à la semaine, au jour, au mois et au terme, et il y a
des gens qui y sont logés au jour depuis vingt ans
et plus. Mais chez le père Moscou, c'est un prin—
cipe. Il laisse toujours une petite queue chez tous
ses fournisseurs pour, dit-il, avoir des gens qui le
regretteront et penseront à lui après sa mort.

Sa journée commence à trois heures du matin, il
fouille de droite et de gauche tous les tas d'ordures
sur son passage, jusqu'à ce qu'il arrive à *sa* rue, aux
bons tas qui lui sont réservés, car Moscou étant
connu pour sa probité, a *ses* clients et *ses* maisons.
Les portiers lui gardent les paniers des bonnes, à
condition qu'il jettera tous les détritus à la borne
avant le passage des boueux de la salubrité et avant
l'arrivée des lanciers du préfet de police, c'est ainsi
qu'il nomme les balayeurs embrigadés. En quelques

minutes, il a visité tous ces paniers, supputé la va‹ leur de chaque objet, les papiers, chiffons, tessons tout lui sert, tout lui est bon. A huit heures sa hot‑ tée pleine, il va au faubourg du Temple prendre son rang à la queue du restaurant Passoir.

C'est encore là une coutume toute parisienne, qui, malheureusement, tend chaque jour à disparaître et qu'il faudrait cependant conserver. Les anciennes maisons de traiteurs, celles qui datent de trois ou quatre générations, ont l'habitude de faire distri‑ buer chaque jour aux malheureux tous les restes de victuailles laissés par les consommateurs, elles ont la pudeur de ne pas tirer un bénéfice de ce qu'elles out une fois déjà vendu. Mais la spéculation moderne est venue, elle a tout changé, maintenant; on a trouvé un moyen de tirer profit de ces rogatons, on les livre à forfait aux marchands d'arlequins, qui revendent aux pauvres ce qui leur appartient en toute justice. Les successeurs de M. Passoir ont religieusement et charitablement conservé le vieil usage ; de la des‑ serte de leurs tables ils nourrissent plusieurs fa‑ milles. C'est une bonne action qui n'a pas besoin d'être louée, c'est là un exemple qui devrait être suivi par tous les restaurateurs, qui ainsi, auraient les bénéfices d'une charité toute gratuite.

Le père Moscou est un des plus fervents habitués de ces distributions matinales. Il vient y chercher son pain quotidien. Sa journée est finie lorsque celle des autres commence ; lorsque Paris, s'éveillant, ouvre à peine ses boutiques, et que les quartiers riches reposent encore tout entiers dans le calme et le silence, il regagne ses *appartements* en fredonnant quelque vieille marche militaire, il est fier et heureux, il a la vie assurée pour vingt-quatre heures ; le roi n'est pas son cousin, il porte dans sa hotte assez de marchandises pour boire tout un jour.

Son triage fait ; il entonne le refrain : *A demain les affaires* SÉRIEUSES, et il monte à la barrière de la Chopinette, à l'enseigne du *Petit pot gris*. Là, il trouve nombreuse compagnie : c'est la petite bourse des chiffonniers ; c'est dans ce cabaret qu'on discute le prix du chiffon, du papier, des os, des tessons de bouteilles, marchandises qui pour n'être pas portées aux mercuriales des journaux de commerce, ne sont pas moins soumises à la hausse et à la baisse comme toutes les autres, et excitent la cupidité de plus d'un spéculateur.

V

TAPIS-FRANCS.

Dès que Moscou a déjeuné, vidé chopine, pris son café, son pousse-café, sa rincette et sa sur-rin-cette, et qu'il connaît le cours de sa marchandise, il commence à vivre, dit-il ; c'est-à-dire qu'il se rend à l'*Abattoir* pour se rafraîchir. L'*Abattoir* est une sorte de cave enfumée, sombre, basse, hu-mide, sans air, que le soleil n'a jamais été assez audacieux pour visiter ; ses murs squalides suintent la misère et la puanteur, ses tables boiteuses et ses bancs écloppés servent de dortoir à toute une popu-lation d'êtres abrutis, n'ayant plus conscience de leur existence, ni rien d'humain. C'est un des spec-tacles les plus navrants qui se puisse voir qu'une réunion de ces pauvres idiots brûlés par les liqueurs fortes, annihilés par la débauche, qui ne pensent plus, agissent mécaniquement comme des auto-mates, vous regardent avec de gros yeux ternes hébétés, et n'ont même plus assez d'intelligence pour comprendre ce que vous leur dites. Ils ne mangent pas, l'eau-de-vie suffit à tous leurs besoins animaux ;

ils vivent on ne sait comment ; un matin on les
trouve morts au coin d'une borne ou bien au fond
de quelque bouge, et personne ne s'inquiète de ce
qu'ils sont devenus ; ils ont disparu comme l'insecte
qu'emporte la bourrasque, sans qu'on s'en émeuve.
Il faut un tempérament de fer pour résister aux in-
fluences délétères de cette *eau-de-mort* qu'on dé-
bite aux alentours des barrières. Et le *Grand-Saint-
Nicolas*, l'estaminet des pégossiers, et l'*Abattoir*
sont peut-être les plus dangereux de ces débits, et
cependant les plus fréquentés, parce que les gouttes
y sont très-copieuses, c'est-à-dire qu'ils tuent en
moins de temps que leurs confrères.

Lorsque le père Moscou a absorbé une dizaine de
tournées de cet horrible breuvage, ivre de poison
déguisé sous le nom d'eau-de-vie, il regagne en
chancelant son pauvre gîte, se jette sur le tas de
paille maculé qui compose son mobilier, et s'endort
en fredonnant son refrain favori :

Si vous passez sur la place Vendôme, etc., etc.

Le lendemain, il recommencera ; de longues années s'écouleront toujours semblables, toujours ac-
compagnées des mêmes joies, des mêmes souffran-
ces ; il ne sera jamais plus heureux ni plus malheureux un jour que l'autre, il aura toujours froid en

décembre, il grillera en juin, sans se plaindre, sans murmurer, sans accuser le sort, sans maudire les heureux de ce monde ; en ayant toujours une parole compatissante pour ceux qui souffrent de la faim et de la maladie, une larme pour ceux qui *passent l'arme à gauche*. Et c'est là l'existence de milliers d'individus qui chaque jour foulent le pavé de la grande ville. Parmi eux il se trouve des hommes jeunes et vigoureux, d'autres qui ont occupé des positions élevées dans le monde, des femmes jeunes et quelquefois belles, qui vivent avec une résignation toute philosophique, s'habituent à la misère et meurent sans avoir jamais envié ce qu'elles voient aux autres, mais aussi souvent, sans avoir pensé un seul moment à l'abjection de leur position. L'eau-de-vie leur a, dès l'enfance, anéanti l'intelligence.

V

L'ARISTOCRATIE DE LA CHIFFE.

Quelquefois, lorsque les bras manquent dans les usines d'alentour, les industriels viennent demander des hommes de bonne volonté à la maison de la

mère Marré, où ils sont certains de rencontrer beaucoup de monde, car il n'y a pas moins de trois
cents locataires dans les chambrées de la vieille
femme. S'il fait mauvais, s'il pleut, par exemple, ils
trouveront quelques rares individus qui daigneront
peut-être leur donner un coup de main ; mais dès
que le beau temps reviendra, au moindre rayon de
soleil, ils s'envoleront comme une nichée d'oiseaux
aux premiers jours du printemps en disant :

— Nous aimons mieux chiffonner, vivre à notre
guise, en liberté, au grand air, comme de vrais animaux que nous sommes.

Un goujat, un marmiton est fier de son métier, dit
Pascal, il en est de même du chiffonnier qui aime son
industrie, parce qu'elle lui donne droit au vagabon-
dage dans les rues de Paris qu'il adore, où il vit dans
une indépendance complète, sans soucis du lendemain, sans souvenirs du passé, à la grâce de Dieu,
se fiant aux bonnes âmes et à la multiplicité des publi-
cations littéraires, et bénissant la fécondité toujours
croissante des auteurs dramatiques, des romanciers et
des écrivains qui fournissent de quoi ne pas mourir
de faim.

Aussi y a-t-il une espèce d'aristocratie dans la
chiffe, ils comptent leur noblesse par génération ;
il y a des chiffonniers de naissance et des parve-
nus ; ceux-là sont fiers de leurs ancêtres, ils en par-

lent avec une espèce d'orgueil; il n'est pas rare d'entendre un de ces hommes bizarres vous dire en relevant la tête :

— Dans notre famille on porte la hotte de père en fils, il n'y a jamais eu d'ouvriers Chez nous on a le fusil sur l'épaule ou le crochet à la main.

En effet, il y a des familles entières qui, depuis six générations, exercent cet étrange métier. Lorsqu'un des fils part pour l'armée, tous les parents, jusqu'aux cousins les plus éloignés et leurs amis, se réunissent pour faire la conduite au jeune soldat; il font une quête entre eux, qui lui est remise au moment de la séparation, et tous les mois ils lui envoient régulièrement une petite somme pour l'aider à charmer les ennuis de la garnison. Dès qu'il a fini son temps, en revenant dans ses foyers, mot un peu prétentieux pour désigner les bouges où gît cette population, le jeune soldat, libéré du service, change son havresac contre une hotte; il redevient chiffonnier comme devant; ils s'accouplent chiffonniers et chiffonnières; ils donnent le jour à de jeunes chiffonniers, qui, à leur tour, seront glorieux de prouver un jour aux populations à venir que bon sang ne peut mentir; ils mourront la hotte au dos, le crochet à la main, en explorant quelque monceau d'immondices. L'ambition n'est pas encore venue troubler la cervelle de ces braves

gens et leur faire rêver pour leurs fils des positions
plus élevées que celle des parents. Ils n'ambition-
nent ni le doctorat, ni le notariat, ni l'étude d'a-
voué ou d'huissier, ni ce fameux barreau qui mène
à tout, disent les vaudevillistes, et qui, en résumé
de compte, a produit plus d'existences déclassées
que de gens arrivés. Ils ne se laissent point leurrer
par les apparences, ils sont trop philosophes pratique
pour cela; d'ailleurs, ils connaissent les goûts de leurs
enfants; ils savent qu'en chassant le naturel vio-
lemment, ils ne feront que précipiter son retour au
grand galop.

Devenu vieux et infirme, le chiffonnier n'ira pas à
l'hôpital, ses voisins ne le souffriraient pas; ils l'as-
sisteront; ils feront des collectes pour lui donner le nécessaire, ils se priveront pour lui procurer quelques petites douceurs. C'est à qui lui portera du tabac, des pipes et le demi-setier d'eau-
de-vie, qui est, pour ces natures brûlées, d'une
nécessité plus immédiate que le pain. Le chiffonnier
pur sang a horreur de l'assistance publique; il regarde comme un déshonneur d'être inscrit au bureau de bienfaisance. Il proclame tout haut à qui
veut l'entendre que tout homme, à moins qu'il ne
soit infirme, doit gagner sa vie, nourrir sa famille,
élever ses enfants jusqu'à leur première communion.
Après, ils s'arrangeront; ils feront comme les autres.

Paris anecdote

VI

LE GÉNÉRAL.

Mais, place! place! voici venir le général, l'anta-
goniste du père Moscou, son rival, mais son meilleur ami; il est monté sur son grand cheval, la bataille sera rude.

Le général est un vieillard de soixante ans,
grand, maigre, allongé, qui marche toujours pensif
et la tête baissée, semblant se conformer à sa triste
pensée; il parle peu parce qu'il réfléchit beaucoup,
dit-il. Lorsqu'il fait seller son grand cheval pour
partir au pays des chimères, c'est à peine s'il daigne
adresser la parole aux valets qui lui offrent le coup
de l'étrier.

Seller son cheval, veut dire pour le général avaler quinze ou vingt grands verres d'eau-de-vie, qui
vont joindre une dizaine de litres de vin qu'il a ab-
sorbés pendant sa journée, en faisant ses courses
avec les amis. Il ne boit jamais que debout, devant
le comptoir, il n'y a que les ivrognes qui s'asseoient
au cabaret, dit-il, c'est un principe arrêté chez lui.
Son heure arrivée, à la nuit close, il fait sa tournée

de rogomiste en rogomiste; il arrive au pont de Venise du faubourg du Temple vers minuit et demi;
c'est là qu'il livre ses batailles.

Avec une gravité imperturbable; il pose sa hotte
contre une borne; il est absorbé; il ne voit plus
les passants attardés qui le regardent avec curiosité; il se frappe le front, selon qu'il est mécon-
tent ou satisfait de l'inspection qu'il vient de passer
de son armée imaginaire; il s'écrie :

— Tant pis! nous attaquerons, Dieu protége nos
armes! Tudieu! Ils sont à nous; soldats! imitez
votre général et vous ferez votre devoir; l'affaire
sera chaude, mais j'ai confiance en ce courage dont
vous m'avez donné tant de preuves.

Il compose son état-major avec tous les noms
des boutiquiers qu'il lit sur les noms d'alentour,
noms qu'il sait par cœur. D'ailleurs, les liquoristes,
les marchands de vins qui lui font crédit sont toujours ses généraux de division et ses chefs de corps.
Une heure sonne, la bataille commence, voilà notre
chiffonnier général pour deux heures,

— Commandant Renard, prenez deux escadrons
de hussards et allez faire une reconnaissance jusqu'à ce bouquet de chénes, qui domine cette colline
à notre droite, tandis que vous, général Briant, vous
vous porterez avec toute votre division sur le village, vous n'attaquerez qu'après avoir reçu des or-

dres formels. Dailleurs, vous serez soutenus par la brigade Germain, qui tiendra le ravin, et par le régiment léger du colonel Vessier, qui a dû s'emparer des hauteurs et dont j'attends des nouvelles.

Puis, il monte sur la passerelle, fait une lorgnette de sa main, regarde tout autour de lui :

— Rien, rien, le colonel aurait-il été prévenu par l'ennemi? Non, c'est impossible, nous aurions entendu sa fusillade! — Ah! voici la division Briant qui s'étend dans la plaine. — Braves enfants! — Votre général salue ceux d'entre vous qui ne répondront pas à l'appel de ce soir! — Oh! la gloire! la gloire! — Mais, que vois-je? un aide de camp; il est blessé. Eh bien? — Le colonel Vessier a emporté la hauteur à la baïonnette. — C'est bien, je suis content. Où est donc mon porte-cartes? Firmin! Firmin! prends le nom du capitaine, je ne l'oublierai pas. — Le canon... il écoute. Un, deux, trois, et un quatrième coup double. — Ceci m'annonce que le deuxième corps d'armée commandé par le général Boyer est en ligne devant l'ennemi. — Tout va bien. — Maintenant c'est à moi, qui réponds à la patrie de toutes ces têtes, de tous ces braves et beaux régiments, c'est à moi de faire mon devoir en ménageant la vie de tous.

Une des horloges de l'hôpital Saint-Louis sonne. — C'est le moment, dit le général. Le signal donné

d'un hôpital, mauvais présage, un Romain recule-
rait .. Non, c'est que ce soir nos ennemis encom-
breront les vastes salles de douleurs.

Il se recueille un moment comme pour prier, et
il retourne prendre son poste d'observation sur le
Rialto du faubourg Saint-Antoine ; un moment
après il redescend, consulte une vieille carte géo-
graphique posée sur une borne ; il prend son crochet d'une main ferme, et s'écrie d'une voix puissante : — Vous, monsieur, attaquez le bois ; empa-
rez-vous-en, coûte que coûte. Vous, monsieur,
vous soutiendrez le général Briant avec toutes vos
forces, et vous. colonel, à la tête du pont... Lieu-
tenant, à cheval, portez ceci au général Briant...
C'est l'ordre d'attaquer, messieurs... A vos postes
et souvenez-vous que la patrie compte sur vous.

Pendant quelques minutes il parcourt les bords
du canal, il descend sur la berge, il examine, remonte l'escalier de la passerelle, puis s'écrie :

— Deux régiments pour enlever cette redoute...
Allons, enfants, je vous envoie à la gloire et à
l'immortalité, car on saura que c'est vos invincibles
drapeaux qui ont les premiers été plantés au milieu
de ces bouches à feu meurtrières. — En avant, à la
baïonnette ! — Grand Dieu ! ils sont repoussés ! Général Roumy, assemblez toute votre cavalerie et jetez-
la sur ces insolents ; culbutez-moi ça... Chargez. —

Oh! nous n'en viendrons donc pas à bout? — Qu'on amène l'artillerie, et vous, général Prévost, faites jeter un pont sur ce bras de rivière, je me charge de conduire toute ma réserve.

Enfin la bataille est engagée sur toute la ligne, canons et caissons roulants font crier leurs essieux, cavalerie, infanterie et artillerie, tous se mêlent, se culbutent, se tuent, le général passe le pont du canal; il se remue, marche, court, avance, recule. Puis, il pousse un grand cri et s'assied sur une borne.

— Encore une victoire, dit-il; oh! la guerre, le sang! Demain, que de mères éplorées! que de familles en deuil! que d'amantes et de femmes veuves! Seigneur! Seigneur! que celui qui le premier a porté sur la terre ce terrible fléau soit maudit à jamais!

Parcourons ce vaste champ de carnage et donnons à chacun les éloges qui lui sont dus.

Il reprend tranquillement sa hotte et continue sa récolte de chiffonnier comme si rien n'était. Il se croit sans doute revêtu de son brillant uniforme, distribuant ses récompenses et ses encouragements à ses troupes rangées sur le champ de bataille conquis par elles.

C'est là un fait psycologique bien curieux à observer. Voici un homme qui n'a jamais eu le bon-

heur d'avoir eu un mauvais numéro et de servir.
Lorsqu'il est à jeun il ne parle jamais ni de victoires
ni de gloire ; il ne pense même pas à l'état militaire,
et, dès qu'il est ivre, il ne rêve que victoires et
conquêtes, batailles et combats. Quelle révolution
se fait-il donc dans son cerveau ? Par quelles transi-
tions ce bonhomme si pacifique arrive-t-il à ces
idées de mort, de haine et de carnage ? C'est-là un
problème que nous laissons à résoudre aux membres de l'Académie des sciences morales.

VII

LA PÉNITENCE.

Le général ne se grise qu'à ses heures ; depuis
deux ans que nous habitons le faubourg du Temple,
nous avons eu occasion d'assister à plus de vingt
de ses victoires, soit au canal, soit au marché Saint-
Martin. Enfin nous avons fini par causer avec lui
quelques soirs où il n'était pas monté sur son grand
cheval de bataille.

Un soir, nous le rencontrâmes, il était encore
plus pensif que de coutume ; il était tristement assis
sur un des bancs du boulevard Saint-Martin :

— Eh bien, général, quelles nouvelles? il fait beau temps pour une bataille ce soir, n'est-ce pas?

— Ne m'en parlez pas, j'ai mal agi aujourd'hui, je m'en veux.

— Grand Dieu! mais qu'avez-vous donc fait?

— Je me suis ivrogné hors de mes heures, dans la journée, c'est ignoble!

— Bah! bah! avec un verre de vin ça s'oubliera.

— Non, monsieur; certes, je ne suis pas de ceux qui disent : je ne me soûlerai plus, ça me serait impossible; je manquerais à mon serment tous les jours; c'est absolument comme si je disais : Je veux un autre nez. Mais je croyais être arrivé à ne me griser qu'à mes heures, la nuit, quand les gamins sont couchés qu'ils ne peuvent plus nous suivre. Aujourd'hui je suis rentré chez moi avec tout un collége à ma suite; c'est niais, c'est ignoble; je me punirai, je ne boirai pas de huit jours.

— Comment ferez-vous?

— Oh! c'est facile, je n'ai pas de crédit, pas d'argent, je ne travaillerai pas, il ne m'en viendra pas, je serai sobre forcément.

Ainsi le général s'imposait lui-même sa pénitence, et il l'exécutait jusqu'au bout.

VIII

L'ABSOLUTION.

Il tint son serment, mais le neuvième jour ou plutôt la neuvième nuit, il galopa tellement sur son grand cheval, qu'à minuit on le trouva ivre, endormi au milieu de la rue du Faubourg-du-Temple, il n'avait pu regagner son domicile. Un acteur sortant de son théâtre le trouva là gisant. Il en eut pitié et le releva pour le mettre au coin d'une borne, de peur qu'il ne fût écrasé par les voitures.

Le général, se sentant remuer, se réveille tout à coup.

— Que me veut-on? dit-il.

— On ne vous veut rien, mais vous pouvez être écrasé là où vous êtes.

— Tiens, c'est vrai! vous êtes un bon diable, vous. Nous allons prendre une goutte ensemble.

— Non, je n'ai pas soif; rentrez chez vous.

— Je tiens à vous remercier; vous boirez ce que vous voudrez.

— Je ne veux rien.

— Vous ne voulez rien, vous faites le fier.

L'artiste s'éloignait à ces mots.

— Ah! vous me refusez; eh bien, je veux vous donner des remords; je me recouche là, on m'écrasera et ce sera votre faute.

Et il se recoucha; l'artiste revint le relever, et il fallut passer par où il voulait, c'est-à-dire entrer chez le marchand de vin avec lui, car il s'était déjà rendormi.

Voilà le général au moral et au physique. Quant à ses antécédents, personne ne les connaît; personne ne sait d'où il vient ni ce qu'il a fait jadis. Il n'est pas chiffonnier de naissance, il parle français avec pureté, il est poli, bien élevé; on voit que cet homme a dû avoir été autre chose que ce qu'il est. Quant aux mille histoires qu'on lui a fabriquées, nous n'en croyons pas un mot.

IX.

PROBITÉ DES CHIFFONNIERS.

Nous avons fini notre dernier article en parlant des secours que les chiffonniers se donnaient entre eux, en citant quelques traits de probité et d'orgueil de cette classe; mais nous ne nous sommes peut-être pas assez étendu sur l'article probité, car devant les tribunaux on ne rencontre jamais de chiffonniers proprement dits, ce sont des recéleurs, des marchands de bric à brac qui prennent ce *titre* et non *de* véritables enfants de la *chiffe*.

Du reste, c'est une chose remarquable, en parcourant les statistiques des bagnes pendant les quinze dernières années, il n'est que trois professions qu'on n'y voie pas figurer; ce sont les huissiers, les comédiens et les chiffonniers : les trois professions les plus calomniées des temps modernes.

Le chiffonnier est ami de l'ordre; il respecte l'autorité qui du reste le tolère, et d'assez bonne grâce, et l'a souvent soutenu contre les projets de certains spéculateurs qui ne tendaient à rien moins qu'à

anéantir cette intéressante profession bohémienne. Ce
sentiment de soumission et ce respect apparent tiennent d'ailleurs à plusieurs causes. D'abord sa position
vis-à-vis de l'administration de la police qui, pour lui
accorder sa médaille, exige plus de garanties que
pour un inspecteur général. Il lui faut des certificats
de toutes sortes, de bonne vie et mœurs, de bonne
conduite, des quittances de loyers et enfin des *papiers*. Ce mot de papier semble bien innocent au premier abord, mais il cache son jeu ; il est terrible,
gros de menaces et de difficultés, il est inexplicable,
multiforme, multilogue, il ne veut rien dire, il si-
gnifie tout. Dans notre civilisation un homme qui
n'a pas de papiers est un homme perdu.

Qu'est-ce que le papier ? Personne ne l'a jamais su.
C'est un des termes de cette terrible langue admi-
nistrative que personne ne parle et ne comprend, et
qui s'écrit sur de si vilaines petites feuilles de papier, entachées du timbre, qui coûte si cher.

Enfin pour être chiffonnier reconnu, patenté, mé-
daillé, il faut n'avoir jamais subi de condamnation,
et presque fournir un examen de conscience, pour
être digne d'entrer dans ce noble corps. Aussi vous
disent-ils avec fierté :

— N'exerce pas notre métier qui veut ! il faut
être des bons.

La probité de cette classe est proverbiale, chaque

jour on voit de ces hommes en guenilles, venir
porter chez les commissaires de police des objets
d'une grande valeur, des couverts d'argent, des mon-
tres, des bourses et des portefeuilles qu'ils trouvent dans leurs fouilles. Ces faits se renouvel'ent si
fréquemment que l'administration a décidé qu'une
récompense, médaille ou argent, nous ne savons, serait accordée aux auteurs de ces actes de probité.

Toutes les semaines, depuis quelque temps, le
Moniteur insère sous le titre d'*Epaves parisiennes*,
une longue liste d'objets trouvés dans les rues. Les
cochers de voitures, les garçons de café et de ies-
taurants et les chiffonniers sont ceux qui figurent le
plus fréquemment parmi les personnes qui viennent
faire la déclaration du dépôt.

Pour nous donner un exemple de la probité de
ces industriels, le propriétaire d'un de ces immondes bouges, connus à tort sous le nom de garnis,
nous racontait qu'un jour il s'était commis un vol
dans son *hôtel ;* on avait volé à un vieux mendiant
deux paquets d'allumettes On fit des recherches, on
bouleversa la maison, on ne put découvrir le voleur;
six mois se passèrent; on ne pensait plus à ce
crime, lorsqu'un matin un jeune chiffonnier, qui
n'était plus locataire de la maison depuis plus d'un
terme, vint le trouver dans son *cabinet* et lui dit :

— Monsieur Jean, j'ai des remords ; j'ai perdu

le sommeil; je ne peux pas vivre ainsi. J'ai commis un crime; il faut que vous m'aidiez à réparer, autant que je puis, le mal que j'ai fait. C'est moi qui ai volé les allumettes de ce pauvre père X... Voici cinq francs que j'ai économisés; prenez-les; désintéressez la victime; mais, je vous en prie, ne me déshonorez pas; qu'on ne sache jamais que c'est moi qui suis le voleur.

Le logeur fut très-embarrassé à son tour; enfin, le soir, il assembla ses locataires et leur dit :

— Vous vous souvenez de Z...? il a hérité; et, comme il n'a pas oublié les amis, voici deux francs qu'il a remis pour qu'on boive à sa santé.

Puis, il glissa les trois autres francs dans la main du vieux mendiant. Il faut avouer que ce logeur était un homme bien ingénieux et surtout plein d'imagination. Il avait passé tout un jour à trouver ce subterfuge.

X

MONSIEUR BASTIEN. — SON ÉCOLE.

Avant de quitter pour jamais la maison de la mère Marré, nons devons dire un mot de M. Bastien, l'instituteur sans diplôme.

Jadis le chiffonnier vivait dans une ignorance complète; le papier, pour lui, n'avait qu'une valeur mercantile. Aujourd'hui il s'est piqué d'honneur, il a voulu marcher avec *le siècle des lumières*. Il s'est senti le besoin de savoir ce que pouvaient dire ces loques qu'il entassait pêle-mêle dans sa hotte. Il a voulu faire comme tout le monde, il a envoyé ses enfants à l'école; et lui-même il a tâché, autant que faire se pouvait, de réparer la négligence de ses parents; il s'est mis à apprendre à lire, il suit la politique dans les journaux, il discute la question d'Orient et les opérations de la Baltique.

M. Bastien, qui est un homme d'intelligence et d'initiative, a vu tout le parti qu'il pouvait tirer de cette fureur de connaître et s'est établi maître d'é-

cole, sans brevet du gouvernement A huit heures
du soir, moment où les travaux du jour ont cessé,
et les magasins n'étant pas encore fermés, ceux de
la soirée ne commencent qu'à dix heures, la nichée
de la maison Marré est complète, M. Bastien descend dans la cour et fait entendre ce cri :

— Les amis, les amis, à l'école, à l'école !

Quelques instants après, jeunes filles, hommes,
femmes, petits garçons et vieillards viennent se
mettre sur deux rangs en silence.

M. Bastien passe l'inspection de sa troupe, compte
ses élèves, frappe deux coups dans ses mains, et
l'on entre en classe. C'est un grand hangar, une sorte
d'écurie. Au milieu de la salle il y a deux tonneaux
sur lesquels est posée une grande planche qui sert
de chaire au professeur. Les élèves sont assis qui
sur de la paille, qui sur des escabeaux, d'autres sur
des bancs formés de deux piquets fichés en terre et
d'une barre transversale.

A un signal donné par le moniteur, tout le monde
se lève, et M. Bastien fait son entrée triomphale.
On se découvre, on salue ; les dames font la révérence. Le professeur s'incline devant son auditoire
et fait la prière en latin, ne vous en déplaise. Au
signal du moniteur, tout le monde se rassied, et
M. Bastien commence sa leçon par la lecture à haute
voix en commun, puis chacun lit à son tour, et les

élèves se reprennent entre eux, comme *à la mutuelle*.

C'est un spectacle curieux que de voir professer M. Bastien, avec quelle gravité il rappelle à l'ordre les insubordonnés, et combien il est pénétré de son importance. Une chose non moins curieuse, c'est le respect des disciples pour le maître. Tout ce qu'il dit est parole d'Évangile ; M. Bastien est un savant; il y a soixante et dix ans qu'il sait lire; il n'a pas oublié! N'importe! ce que vous lui présentez, livres, journaux, écriture, lettre, il lit tout couramment sans tâtonner !

La bibliothèque de M. Bastien se compose d'une vieille grammaire de Lhomond mise à la réforme par quelque écolier mutin et tapageur, d'un almanach de Napoléon par Marco de Saint-Hilaire, et du *Guide de l'ouvrier*, par Émile Jacglé, le législateur des carrefours. Après la leçon de lecture, M. Bastien commente ce code en miniature ; il enseigne à chacun ses droits et ses devoirs envers la société, les patrons, le gouvernement et l'Église. Puis il finit par quelques petites anecdotes de troupiers. Lorsque la mère Marré n'a pas été sage, qu'elle a trop crié, qu'elle a *tarabusté* par trop ses locataires, M. Bastien égaye l'auditoire en lisant quelques articles du *Code des portiers*, du même législateur, précieux cadeau fait à l'école par le père Moscou, qui est inflexible sur ses droits, dont il veut jouir dans leur plénitude; il ne paye pas son loyer pour rien. M. Bastien ne manque jamais de terminer sa lecture comique par cette facétieuse observation :

— Messieurs, remercions M. Jacglé d'avoir composé cet ouvrage; il était bien nécessaire, il paraît, pour mettre un frein à la tyrannie de monsieur et de madame Ducordon, puisqu'il a été vendu à cent mille exemplaires. Faut il qu'il y ait du monde qui ait eu à se plaindre de cet aimable couple !

Il se lève; il récite une prière en latin que je soupçonne être un distique emprunté à Horace. Mais le pauvre vieillard l'aura trouvé dans un livre en épigraphe; il a vu que c'était du latin; donc ce doit être une prière, se sera-t-il dit. Il frappe dans ses mains; on reprend les rangs, le moniteur en tête; on sort en silence et l'on ne se sépare que dans la cour, après une admonition et sur un signal du maître.

M. Bastien, ne voulant pas compromettre sa dignité de professeur, ne chiffonne plus depuis six ans; il est d'ailleurs vieux, infirme et presque aveugle. Son école et la lecture du journal de la veille, qu'il fait tous les jours à haute voix depuis le titre jusqu'au nom de l'imprimeur, lui rapportent à peu près de quoi vivre, deux francs par jour, sans compter les nombreuses gouttes qu'on lui offre à l'Abattoir. M. Bastien tient son public au courant

de tout ce qui s'imprime pour ou contre les chiffonniers. Nous ne désespérons pas qu'un de ces
soirs cet article, tombant de chez un abonné de
Figaro dans la hotte d'un de ces philosophes nocturnes, M. Bastien n'en fasse la lecture à son auditoire. Ayant fait tous nos efforts pour être vrai, nous
réclamons son indulgence.

TABLE DES MATIÈRES

PARIS. — IMP. DLOT ET FILS AINÉ, RUE BLEUE, **7.**

www.ingramcontent.com/pod-product-compliance
Lightning Source LLC
Chambersburg PA
CBHW050149030726

47505CB00005B/1300